52度咏叹调

张乐东◎著

图书在版编目（CIP）数据

52度咏叹调 / 张乐东著. -- 北京：北京燕山出版社，2013.11
　　ISBN 978-7-5402-3348-8

Ⅰ．①5… Ⅱ．①张… Ⅲ．①散文集－中国－当代
Ⅳ．①I267

中国版本图书馆CIP数据核字（2013）第252850号

书　　　名：	52度咏叹调
作　　　者：	张乐东
责任编辑：	金贝伦　陈赫男
特约编辑：	叶青竹
书　　　号：	ISBN 978-7-5402-3348-8

出版发行：北京燕山出版社
　　　　　北京市西城区陶然亭路53号　　邮编 100054　　电话 010-63555979
印　　刷：北京兴星伟业印刷有限公司
经　　销：新华书店
规　　格：170毫米×240毫米　1/16
印　　张：16 印张
字　　数：280 千字
版　　次：2014年1月第1版　　2014年1月第1次印刷
定　　价：32.00元

版权所有　翻印必究

自 序

唱给草民

　　书中这些短文所记，或是沉淀于脑海中的往事，或是直面人生时的感慨，或是说及亲人师友时展露出的情怀。

　　我不敢说自己的文章是黄钟大吕，能震撼人心。但我敢说，它们记的是真事，说的是真话，流露的是真情。我知道，真的东西，正在渐行渐远。

　　我不敢说自己文笔玄妙，开卷能给人美的享受。但我敢说，它们都不是无病呻吟式的顾影自怜式的拿腔捏调。我不喜欢那种小情调。当然有人喜欢。那是别人的事，我也理解。我觉得，一个好的社会应该很开放，给大家更多的自由和宽容，特别是意识、观念一类的东西，更应如此。如一味强行整齐划一，会窒息一个人，一个人群，也会窒息一个民族。

　　这些文章，是我唱给草民们的歌。

虽然从很年轻我就成了一个怀揣"铁饭碗"（也有人说是"金饭碗"）的"干部"，但从思想感情而言，我的血管中流淌着的却是草民的血。我出身农民，我敬之爱之的父母双亲更是地地道道的农民，是最底层的平民百姓。直到现在，我九十多的老母亲还住在生我养我的小院中。不论是常回家看看，也不论是常接触进城打工的农民，还是常从媒介中一窥平民百姓的现状，我都一直没有离开那个非常熟悉的生活和思想环境。像氧气会通过呼吸融进血液一样，与他们丝丝缕缕的气息交换，使我的草民之血虽然有时浓稠有时稀薄些，但却始终没有发生质的改变。当我敲击键盘时，这种融化于血液中的感受，不知不觉中，会在字里行间弥漫、充盈、流淌。

　　我将这些文章写给他们，并不是为了歌颂他们，替他们鼓吹呐喊，替他们树碑立传，也不是煽情于他们，为他们呼吁或是争取什么，更不是要改造他们，让他们的思维顺上连我自己都拿捏不准的轨道。那究竟是为了什么呢？说来很简单，就是想同他们拉拉呱，说说闲话，聊一聊可能是些陈芝麻烂谷子的心里话，让他们听了，松松心，歇歇肩，喘口粗气，然后，重新扛起自己并不轻松的生活担子，在总是有些坎坷的路上，继续朝前拔步。

　　说句露怯的话，为他们歌唱，我心有余而力不足。我是业余歌手，是业余歌手中的新手，而且是年纪老大不小了的新手。我缺少一副天生的好嗓子，声音有些沙哑而且五音不全。我未经专门训练，不懂音域和音色，也不懂美声和传统唱法区别何在。我的歌不但唱不到优雅动人，也唱不到字正腔圆，甚至有时还会跑调，总之，我唱得远没有那些名唱家发出的声音，阳春白雪般激越华美，婉转动听，余音绕梁，犹如天籁。但可惜的是，他们往往很忙，忙着走穴，忙着挤春晚，忙着奔国家大剧院，忙着唱堂会，忙着摇头晃脑，自我陶醉，所以他们没有时间没有兴趣没有激情为草民们歌唱。

有人说，歌唱者最好的命运便是遇到那些高贵的耳朵。我希望，有更多一些的草民能成为倾听我歌唱的高贵的耳朵。我更希望，以后能不断涌现很多的歌坛高手来为草民们歌唱，那时我会跻身台下，也支起"高贵"的耳朵，满怀喜悦地动情倾听。

我期盼着。

2013 年 7 月

目　　录

001　第一辑　心中的故园

002　杜梨树
011　看坡
020　乡音
025　雪情
031　老家的水井
036　阳河祭
041　小戏
048　硕鼠

057　第二辑　永不泛黄的相片

058　黄土地
065　姐姐
071　小美与大树
078　好"哥们儿"颐年叔
083　好人老婆叔
090　五大连池，与我同在的思念

096　我师王烈
104　送一份祝福给老刘
112　永远的愧疚

121　**第三辑　拾到筐中的落叶**

122　远方的大山
128　房东
135　小城中的露水集
139　菜园梦
145　远去的乐园
150　三山游记
156　老子故里皖豫游
163　包村三题
171　我和我的书们
176　是小偷太高明
181　赶海

187　**第四辑　醉中梦中的吟唱**

188　黄须菜

192	斜风细雨不须归
198	我的公司
203	与死神的第一次擦肩
208	生当为达士
215	抑气制怒
221	漫话饮酒
225	牡丹之爱
231	洼老鸹
235	放下

第一辑

心中的故园

蓦然回首，已物是人非、人是物非，或人与物已皆非。心中的故园，竟成童年往事或梦中情景。回家的路究竟有多长？我不知道。我只知道从何而来，却不知向何而去，只能茫然行走在路上，四顾而踟蹰。

杜梨树

杜梨，又名棠梨，为蔷薇科梨属落叶乔木，是嫁接梨的主要砧木。树冠最高可达12米。小枝棘刺状，叶长卵形，长5至9厘米，叶缘有粗锯齿，花乳白色，花期4月中下旬至5月上旬，花乳白色。果熟期为8月中下旬至9月中旬，果赭石色，圆形，粒径2厘米左右，味涩可食。

——摘自相关资料

今年春，我参加了老家红盆村党支部和村委会召集的一个会议。会议内容，是商讨撰修村志事宜。

麻雀虽小，五脏俱全，这用来形容撰修各类志中的村志，可能是最恰当不过的。像我们村，七八百人，在我们这一带只能算一个小村，但族姓、人口（及繁衍）、地理、经济、建制沿革、风土人情、文物景观、人物、事件等等，都有大量需要记载的内容。将700多年的历史加以梳理、提炼，使之凝结于文字、表格与图片，如想办好的话，应该说够得上一个纷繁复杂的系统工程了。与会人员集思广益，讨论得很是热闹。在谈到村里的景观与文物时，大家谈到了先前阳河岸上的柳林、村前的砖木古桥、村小学遗址、祖坟中的石碑等等，而说得最多最热烈的，是张家祖坟上的那棵杜梨树。

文章开头有关杜梨树的介绍中，最重要的一点没有说，就是这种树生长得格外缓慢。在北方，杜梨树与黄杨树可能是长得最为缓慢的树种。大家知道，凡是长得缓慢的树木，它的年轮间隙就非常小，树质就会格外坚密瓷实，所以杜梨树和黄杨的木头，都可以用来刻章——年轻时，我就曾用过它们刻过章。因为生长缓慢，所以现在在我们老家已很难见到杜梨树了。时下，人们心浮气躁，不论养猪喂鸡，还是栽花种草，都是眼巴巴地瞅着，按分论秒地希望它们吹气一般长大，好使自己立马暴富。不能很快得利的事情，不论是长官还是百姓，大家都不屑为之或敬而远之。

　　自那次会议之后，不知怎么，我老是想到那棵杜梨树，想到那棵树给儿时的我带来的莫大欢乐，和它好多神秘诡异的传说与故事。

　　杜梨树长到12米得需要多少年，我不清楚。但我知道，我们村的那棵，长到七八米高的样子，就用了大约七百年。它的身子长得特别粗壮，得两人合抱，两米高处，放出五个大树丫，树丫都粗得一人抱不过来。树丫中的两枝朝向西南，它们离得既近，长得又粗壮，两个人可以并排躺在上面睡觉。老人们说了，最大的树丫之所以朝向西南，是因为张家一族的根在那个方向。树的冠，尤其巨大，能遮蔽住大约两三分地的面积。粗壮的身材加上超大的树冠，真是亭亭如盖，在平坦舒缓的大平原上，四五里外就能摄人目光。在周围，有不少树木长得比它更高大挺拔，但却如众星捧月般拱卫在它的四周，造就了它领袖群伦般的气派、气魄和气势。

　　发掘被岁月深埋的记忆，我忽然有了一个发现，原来树同人一样，也是有气质的。人的气质好，是美于外而秀于内，它通过静态的相貌与身材，动态的举手投足和一颦一笑，精神层面的谈吐与眼神，或是从三者的集合交融上，折射出来一种磁场，带给他人一种感觉。这种感觉，顺眼，舒服，有吸引力，令人仰慕甚至自惭形秽。树，也有身材、相貌，也有面对风雪雷电时不同的形态品相、风姿气韵。它也有磁场，它也给人不同的感觉。那棵杜梨树的气质是什么呢？不是雍容华贵，不是潇洒倜傥，不是风流儒雅，不是强悍霸气，它集大度、沉稳、自信、淡定于一身，具有蓬勃的生机和超强的亲和力。它的气质，是日月精华、天地灵气凝结出来的不激不厉的高僧修为，岁月沧桑、阅历变故熔铸出来不怒自威的侠客热肠，是含辛茹苦、任劳任怨携领、庇护着几十代后世子孙不矜不伐的长者风范啊！

　　正是这种气质，使杜梨树成了我们村张姓一族心中的圣物，成了整个村五姓乡亲的自豪和骄傲，成了周围一带十村八庄老祖坟中叫人羡慕称赞的偶像。

　　杜梨树下的坟茔，叫棘子坟，棘子坟下，埋的是张家的先人们。为啥叫棘子坟，村里人有着不同的说法。有人说这是"一字坟"的谐音。因为由北而南，九辈单传，一字阵型排开了九座坟墓。还有人说，原来的祖坟周围荆棘遍布，所以就叫棘子坟。在这两种说法中，我觉得后边的说法更为合理。这不光是因为我们这里，一直就将荆棘叫作棘子或是棘子棵、棘棵子，而且棘子坟的说法，更有传统、文化和情感的沉淀充盈于内。

据可靠记载，张家先祖自南宋景定二年，也就是元朝中统二年（公元1261年），从襄阳（现湖北）的枣阳县移居于此，所以我们村的历史比周围其他村要早上一百多年。为了写此文章，我查对了一下，方才注意到了先祖来此定居创业的历史背景：1234年金亡之后，蒙古人旋即对南宋发动了40多年的战争，1276年元军入占南宋首都临安，1279年南宋灭亡。先祖的祖籍襄阳，正处南宋最北疆，地处两方交战的最前沿。先祖或许就是为了躲避兵祸战乱才逃难北上，一路颠沛流离来到这里。这时的山东一带，由于之前金国与蒙古人的连年战争，也早已是千里不闻鸡鸣了。所以说，张家的先人来此创业，比之后来周围村庄从山西洪洞、河北枣强而来的移民更为艰辛百倍。这是因为，后来的移民全是明朝政府组织的行动，难是难哉，但毕竟有各级政权组织和安顿，又是结群而至，可互相援手协助。而张家的先人却是孤零零一户来此拓荒。当时的情景必是荆棘遍地，蒿草连天，四野空寂无人，只有野兽出没。孤单单，一家几口，不知奔波多少时日，方才选定阳河之滨的这个地势高处，停下疲惫至极的脚步。为了搭建起那个勉强可以遮风避雨的草窝，为了在新开垦的土地里撒下第一粒种子，他们流了多少血，洒了多少汗，滴了多少泪，有谁说得清？这段披荆斩棘艰难困苦所遗留下的信息，不正是通过"棘子坟"之名，强烈地渗透出来的吗！

不知从何朝何代始，棘子坟四周的棘子为茂盛的荻草所替代。荻草，我们这里叫荻子。荻花开在夏秋两季，远远看去，随风摇曳，清素可人。我们村的老人们都知道，荻子可以用来入药，据说可以清热活血，特别是用于治疗妇科病，而杜梨树的梨和花与叶，甚至冬天的杜梨树枝，都可用作药引子，不论有病的是男是女，病就好得快得多——当然，其他村的人用了，就不如红盆村的人灵验。红盆的人,不光是姓张的灵验,就是另外的四姓李、王、朱、庞,用了都灵验。这是因为,他们来到红盆村或早或晚,都已多代,虽然族姓不一,各立门户,但经世代通婚,相濡以沫地相处往来,早已血脉相连,习性相通,气息相融,气味相投了。

杜梨树在阳河南岸,离河不远,棘子坟的北头。棘子坟和杜梨树下,是我们小时爱去玩的地方。春天,老远就能看到树上开满了乳白色的花。我们从村前桥上跑过去,跑过去并不是为了看花,虽然那花好看,但男孩子们都不怎么爱看花。大家去了,是捉迷藏,拔荻子的嫩芽含到嘴里吸它的甜气。大孩子会爬到树的高处,朝四下张望,然后对下面爬不上树的眼巴巴的小把戏们,炫耀说看到了什么。如是夏天,我们在河中游泳,游累了,就将衣服拿着,跑到树下去玩。大孩子们光着屁股爬上去,将湿了的衣服挂到高处的树枝上,叫风吹干。秋天的杜梨树下,是大家最爱去的地方,这时它会长出赭石色圆圆的小果果,涩涩的。等到小果果变黑了的时候,涩味淡了,会甜得多。

以前,村里人迷信,大都相信老祖宗们有神灵,杜梨树有神灵,他们会保佑自己的后代,所以他们都很敬奉杜梨树,不允许孩子们对它有任何的亵渎。有一次,一个十来岁的男孩,用刀子在大树身上刻字,他想刻红盆村三个字,谁知红字刻好,盆字刚刻了一个分字,就被他正巧经过这里的老爹发现,屁股上挨了狠狠的一脚。踢过了自己的孩子,老人又像是吼一样对我们说,杜梨树是老祖宗种下的,保佑我们村的人好几百年了,记住,可千万别动它啊!

1967年,学校停课闹革命,我大多数时间在家干活。那年夏天,在生产队的甜瓜地里,我就听看瓜的张奉天,对我讲过他曾得到老祖宗保佑的一件事。

张奉天是个彪形大汉,有一身好武功,枪刀剑戟无不精通,尤以马叉和流星锤的功夫叫人称绝。他年轻时给人扛长工,有一年除夕替东家到寿光县东部一个村里讨债。债讨到了,就连夜往家赶。谁知走到离着村三四里地的地方,忽然招了"挡"。招挡,有的地方叫鬼打墙,就是眼前突然变得伸手不见五指,不管怎么走,转来转去总是回到原先那个地方。他转到了大半夜,纵是一身武功，也害怕了，里边的衣服全都湿透。实在转没力气了，就坐到地上寻思。忽听西北方向有鸡叫，他明白那个方向应该就是自己的村子，于是他就朝着那个方向走，走了不到半里路，就觉眼前霍然透亮，老远就看到了那棵杜梨树，高高地挺立在那里，像是向他招手。他赶紧跑了过去，在杜梨树下，给老祖宗们磕了一个头，就往村里走。他边走边回头看，就见回家的路通明豁亮，而走过去的路又变作漆黑一团。他回到家门口时，正听到早起的人家开始燃放过年的鞭炮。

张奉天还告诉我们，杜梨树不光能保佑后代，还有神灵自护。民国初期，附近一个村曾发生过一个"松树"案，那族的老坟地被盗去一棵巨柏（我们这里过去称柏为松）。这引起全族人的愤怒，大家纷纷出资，派出人丁四下打探，终于发现了线索，将3名盗树者告上县政府。当时我们村有一人在县政府当差，回来说了审案中有关联的情节：偷柏树者在大堂上供说，他们本来是想偷红盆村的杜梨树的，谁知摸至树下刚想挥斧动锯，就听到四野似有万马奔腾，又有金戈齐鸣，人声鼎沸，朗星之夜，忽然变作漆黑一团。这几人心惊肉跳，抱头鼠窜。

张奉天看瓜的地方，是在河的北岸。他吧唧吧唧使劲抽上几口烟袋锅，然后用烟袋杆朝南一指，说："看到了吗，正南，过了河，那棵杜梨树就是长在那里来！"

我虽然下意识地顺着他指的方向望去，但我清楚杜梨树早已不在。这棵活了700多岁的杜梨树，纵然躲过了历朝历代的兵燹贼盗，却已在9年前訇然倒下。

就在张奉天讲述他的经历后没有多少天，棘子坟也被彻底荡平了。平坟的活，我是参加了的。我不知这是不是上一年"破四旧"的余波，只知道当时全公社乃是全县全省甚至是全中国，都兴起了轰轰烈烈的"平坟运动"。那年秋，我们村包括棘子坟在内的所有的祖坟，都被毁掉。

几千年来，祖坟是中国人最为敬畏的建筑，对这一族人最严厉的攻击和污辱，就是动了他祖坟上的东西，特别是掘了他家的祖坟。被羞辱了的一方，是铁定不会善罢甘休的。但是，从20世纪50年代起，中国大地上的子子孙孙们，却心安理得笑逐颜开地将为老祖宗们遮荫的大树连根拔去，将祖坟里的砖运回家砌了猪圈，或是为生产队盖起了办公用房，将棺木拣好的解开来做了木板，差些的，则烧火取暖。耸立于坟前铭刻着感恩戴德文字的大石碑，有的被移去他处做了桥墩，还有的被抬到大街之上，在夏夜乘凉时，垫起后人们的屁股。直到现在，村里的老少爷们还清楚地记得，那时，从公社干部们开始，流传开来一个调侃的说法，掘了祖坟，用了祖坟里的东西，这不是不孝，不是灭祖，而是革命事业的需要：这叫人民公社建设中的"老社员投资"——老祖宗们，是人民公社的"老社员"。

那个年月，是中国历史上一场空前浩劫。我清楚地记得，说起杜梨树的命运时，我大爷讲给我听的，就是它的"在劫难逃"。

我大爷叫张殿秀，他去世时才58岁。他是病饿交加而死的，而他的罹病，与饿有着直接的关系。他去海边出伕，身材高大饭量也大的他，每顿饭只能分得一个小杂面饼子。他饿得前心贴后心，还要干很重的活，这使他大伤了元气。回家后饥荒愈加严重，孩子又多，困苦日甚。他先是浮肿，以后又添了好几种病，苦撑苦捱，终于有一天，高大的身躯摔倒在了院子里。到1959年秋后，他已面色如纸，骨瘦如柴。一天，躺到土炕上的大爷，见我眼泪汪汪，就拉着我的手和我说，孩子，别哭，别哭，这是老天爷不让你大爷活了，要是还有那杜梨树，还有它的果和树叶树枝来煎药，我就会好起来的……可是，大树没了，老祖宗就不能保佑我了。

在我最后一次站到他的炕前时，病入膏肓的大爷忽然给我和我的叔兄弟们，讲了一个故事：

上年刚入秋不久的一天晚上，大爷去棘子坟为生病的奶奶寻药引子，老远就看到有个人站在杜梨树下。大爷很纳闷，天这么晚了谁还在那里干什么呢？他过去一看，原来是一个身材高大的白胡子老汉，头发朝上梳起，留着四方髻，四方髻上还包块麻布，穿的像是演戏的袍子，只是有点短，颜色就像是前些年女人们穿的蓝色印花布。大爷问他是哪里人，他说就是这东张村的。大爷心想，这里明明是红盆庄啊，怎么还东张村？老汉定定地看了大爷几眼，轻轻摇摇头，长叹道："难逃难逃，在劫难逃，树难逃，人难逃，都是劫数啊！东张一村，今后几代本来该出很多人物的，谁知遇上这样的劫数，真是时啊命啊！"说着说着，老汉大哭起来，就见眼中泪水哗哗地淌进了阳河，一会儿眼中又开始出血，那血染得阳河南岸全都红了。忽然间，那棵大杜梨树呼地倒地不见了，就见那老汉，也颓然倒地，越变越小，那件青花衫，也慢慢地化为一堆灰，随即被一阵旋风卷进了阳河。大爷害怕极了，药引也没敢找，撒腿就跑。跑出去好远，忍不住回头一看，只见杜梨树却还好好地立在那里。

　　大爷咳嗽不止，像在耗尽最后的力气，断断续续地说："大概是过了两三天，那棵树就被砍掉了。碰上这个事，我心里害怕，谁也没敢说，现在快不行了，我也没啥害怕的了，说给你们听，你们不要外出说，也别相信……"

　　"还有一个事，我临死了也不明白：那老头说了两句，说不花，不花，如何，如何。到底是有钱不花，还是没有钱花？这几天，我一合眼就是他的样子，我猜着，那老人家说不准是咱的老祖宗啊，这几天，我还两回梦见你们死了30多年的爷爷。这是他们，在叫我了……"

　　第二天，大爷去世。

　　说真心话，我当时对大爷说的事并不相信，以为那是他弥留之际的精神错乱。直到最近，看到村志会议后，村里人搞出的村志草稿，方使我大吃一惊。在打印成的第一页 A4 纸上，就清清楚楚地记着：

　　据《张氏家谱》记载，元朝中统年间（公元 1260-1264），先祖卜花携妻儿自湖广襄阳府枣阳县（今湖北省枣阳县），迁至山东省青州府乐安县（今广饶县）城东二十五里，古阳河之滨居住。后因张氏家族居多，取名东张村。明嘉靖年元年（公元 1522 年）因多数村民以制烧红泥盆为业，改村名为红盆村。比周边村庄早一百余年，至今已有 750 年左右历史。

　　原来，50 多年前，大爷说的"不花"，就是我们村张家第一代始祖之讳"卜花"的谐音，而东张村，就是最初的村名！

　　村志草稿景物部分中，提到了那棵杜梨树，最后一句说它"毁于 1958 年的大炼钢铁"。我很想知道它被毁掉的具体经过和它的最后结局，但村志的执笔人不清楚，问了其他很多人，也都说不知道。他们说，当时的村干部都已过世，再是那时全公社"一盘棋"，不论动集体的还是私人的财产，根本就不需要征求对方的意见，所以，大家众口相传的说树毁于大炼钢铁，也都是"听说"而已。可我总是不死心，又托他们继续打听，但好多时日之后，依然没有新的发现。

最近一次回家，我去希哲大叔家打听这事。大叔85岁了，是我们村现代史上的"活字典"。问起杜梨树来，他也不知那树的下落。大叔还说，1958年大炼钢铁时，他就在公社下属的管区当会计，全管区炼钢，地点就在管区的院子里，那里安着好几个小高炉，用木柴、焦炭和鼓风机日夜不停地冶炼，原料就是各家各户被砸烂了的铁锅碎片。说起大炼钢铁，大叔不住地摇头："真不明白，那时的人怎么都成了嘲巴（傻瓜），成了疯汉……炼什么炼？炼什么炼！炼出来的都是些废铁蛋！本来好锅好盆的还能用，一炼，粘上了炉灰渣，连个锅盆也做不出来了！"

"那些废铁蛋呢？"

"谁知道啊！有人说是被上头拉走了，又有人说是全填了阳河底了！"

他一脸苦笑。我一脸茫然。

杜梨树凄婉的结局，成了心头排解不开的纠结，一想起来，就会郁郁不快。持续多日之后，我忽然发现，可能是写这篇小文章使自己陷入一个情感圈中难以自拔，其实，事情的真相很可能并非如此。比如说，在老家流传了好多代的传说与故事，或许就是乡亲们用虔诚之心编织出来的美丽的神话，那棵杜梨树，原本就没有什么灵性、灵魂与神秘，它只是一棵普普通通的因年代久远而长得高大了些的树木而已。

我忽然感觉到了一种从未有过的如释重负般的轻松。

我之所以作此想象，是因为我一想到那棵杜梨树如果真有灵气的话，那么，在它承受刀劈斧斫时，在与子孙们相别时，在被填入那个土炉为烈火烤炙时，它就会肝肠寸断，会老泪长流，会发出痛苦的呻吟，会流淌出殷红的液体——

谁说那不是血呢？我宁愿心中永远失去那些凄美动人的记忆，也乐意在有生之年得到一份不被时时折磨的安宁。我已走向垂老，只要带走一点不变的记忆就可以了：村前的阳河之滨，曾有一棵高大的杜梨树，永远枝繁叶茂。

谁知事情却并未结束。

我有个习惯，喜欢将写成的文章发到博客上，请博友们评头论足，提出修改的建议。就在我将《杜梨树》发到我新浪网"回头万里雪"博客上十来天后，在《发评论》栏目中，我看到了博友"醉斜阳"写下的一段文字：

张老师：

您好！看了您写的《杜梨树》，我告诉您一件极为怪异的事情。我是湖北省枣阳县九方镇张庄村人，真名叫张汝可，是村里的会计。我村南边就是全县最高的玉皇顶。据村中老人说，1959年春某日，顶下近村山坡处，忽现一杜梨树，高不及人，但生长超常迅速，十余年后，方才放缓。现顶端高度，已远超您文章开头所说的"最高12米"。此树亭亭如盖，颇具长者之风，为众乡里喜爱与崇拜。其树身中有一大一小"红分"二字，几十年来令人百思不解，也是直到读了您的文章，方才大悟。与您文章所述不同者，是其最粗壮之两大树丫直指东北，我查过地图，方向恰是您的家乡黄河口一带。我为此事遍访村中诸老并查阅了张氏族谱，始知南宋未亡之前张氏先人确有逃荒山东、河北者！这使我再三思考，难道冥冥中真有超人力量的存在？您可否与村中领导和乡亲通告此情，如果方便，务请来此做详尽考察，届时我将全力协助。此外，我拍下大树相片十余幅，发至您的邮箱，请您与村中父老详勘。

我见此评论后，也是惊讶万分，赶忙将文字与相片都打印出来，赶回村中。全村乡亲们听说后，都络绎不绝赶至村委会办公室去看那些照片，凡是以前对杜梨树印象深刻的，无不失声惊呼："啊呀，真是那棵树哩！"

经过讨论，村里很快形成了决议：近日内由张姓集资并组织人员，迅速赴湖北枣阳考察并寻根。

2012年12月8日

看　坡

看坡：20世纪50年代末到80年代初，中国农业合作社和人民公社时期，在每年的夏秋季节，由生产队安排少量劳力，到野外保卫、看护农作物，防止畜类对其糟践和人类（特别是"阶级敌人"）对其偷盗、破坏，最大限度地减少生产队损失，在保证完成上交国家任务之后，别让全队社员一年到头的汗水打了水漂，致使本来就有些瘪的肚子变得更瘪的一种活动。

——词条撰写人：本文作者老张

为什么能够理直气壮地当仁不让地不假思索地写出上边这好多行文字？理由就是因为我曾干过"看坡"这一光荣而不大艰巨的工作。

提起这事，我真是有些自豪，别看有人当了半辈子社员，啥活他也干过，甚至啥活他可能也干得很漂亮，但他就是没看过坡。知道这是为什么吗？因为看坡，不是随便啥人想干就能干得了，想干就会干得上的！而我，虽然当农民的时间不过数月，可就干过叫不少社员眼热的这份差使。

所以，对看坡这活，难道我不是很有发言权吗？

说来话长。

那是在1969年的麦收后，本人高中毕业，回家做了一名光荣的人民公社社员。我干的活路，一开始是跟着大队人马做锄地、薅草、撺牲口、推水车一类的常规农活，大约大半个月后，忽然领受了我一生引为得意的新任务。

对我下达任务的，当然是生产队唯一的长官——队长。我们的队长叫张觉民。他是当时农村少有的有文化的人物，会写毛笔字、美术字，还会刻手章。头脑活泛的他，队长当得精熟，不但通晓农时节令，善于安排生产套路，而且还有胆量,敢于做些在当时看来属于顶风而上的事情。我记得住的,有以下几件:一是他叫人用棉籽油炸油条,然后叫大闺女小媳妇们用竹篮挎了到各村沿街叫卖。他早就交代好了,要是有人问是哪村的,就乱说一个村名,以防备上级以后追查过来。而赚的钱,就由全体社员年底按工分分红。去卖的有提成,大约是卖5根自己可以得1根。所以那些女社员们积极性都很高,全然没了"下街"的害羞。二是支上棉花弓弹棉花来赚加工费。为这事公社工商所的来查,将他没头没脸地训斥。他背起手,靠着墙,嬉皮笑脸地说:"不了,不了!别再熊俺了!——俺不了,还不行吗?"工商所的抬不动机器,只得拿走了轮子上的皮带。但没等他们走出村去,队长就已拿出藏在旮旯里的备用皮带套上,弹花机又轰隆隆地转起来了。还有一件事,说来有些不好意思,属于俺队的"队丑"了——他还好几回在风高月黑夜,组织劳力跑到好多里地以外去采摘不知哪村种的蓖麻籽,晒干了后去卖给收购站换钱。大家明知是偷,但却干得很是起劲,回家的路上说说笑笑,有的还高唱革命歌曲《狠斗私字一闪念》呢。

在队长英明而正确的领导下,我们一队全体社员到年底时共分红人民币5000元。看到这里,你可别哑然失笑啊,其他3个队,人数与我们相差不多,他们每队分红只有1000元左右。作为一队的社员,过年时腰杆都挺得比别人直啊!

就是这个觉民队长对我说,咱队在村东种了20多亩地瓜,老是有牛羊啃苗,再是地瓜地往东,还有一大块玉米地,往年每到成熟时,也总有人去偷。你,再加上长冬,两人看起来吧!

我一直不明白他为什么叫我去看坡。到写此文时我才猜想,或是因为我多上过几年学,属于村里的文化青年,所以他高看我一眼?或是因为我根本就不会干农活,而对我量才使用?或是因为我是刚毕业的学生,胆量小加上觉悟高,不会借看坡时监守自盗,乘机往家里拾掇东西?而这,正是不少人眼热看坡一活的原因所在。但是,不知为何,反正是叫我干了。我很高兴,也很感激他,因为看坡这活既自由,又轻快。于是,我立马和长冬,也就是大号叫张富德的老弟，美滋滋地走马上任了。

　　看坡有两种方式，一是只在白天去巡逻看护，另一种就需要在坡里安营扎寨。队长给安排的是第二种，足见他对这事的重视程度之高。我们的"营寨"是用木棒和席子扎成的窝棚，可容二人放下被褥睡觉。这类窝棚，除了实用性功能之外，还有一个象征意义，就如同竖在庄稼地里吓唬麻雀的稻草人，警告某些人注意：小心点，别不知趣啊，这里可是住有保卫人员的！

　　兵贵神速，我们迅速驻扎进去了。一两个昼夜交替之后，我就对住窝棚有了最深切的体会：随着日没月升的轮回，我过的日子真是冰火两重天。队长问我怎么样，我就笑笑回答说，白天在社会主义天堂里快活，夜里在资本主义的地狱中煎熬。

　　队长也笑起来："你是不是后晌（夜里）害怕啊？"

　　"其实，倒是……可是……不过……"

　　年轻些的读者，你可能很难想象得到，在我们扎营的地瓜地里，有一片坟园（墓地），窝棚就搭在坟园之中。不知那些都是谁家的老坟，有十来座大小不等的坟头。

　　为给我壮胆，队长又给我们增加了一盏可以防风的马灯——我们当地也叫保险灯。

　　我害怕，倒不是怕坏人。我们既非美女，亦非权贵，腰无分文，且不看守贵重东西，别人也就没有祸害我等的理由。说出来你可别笑话，我害怕，是怕鬼。

　　我自幼胆特小。而这胆小，是叫大人们吓出来的。因为小时太淘气，所以他们就老是拿很恐怖的玩意儿吓唬我。最常用的有两个，一是美国鬼子，二是"麻胡羔子"。我怕美国鬼子，就是因为大人们老说他们鼻子大，还会造大炸弹，我不知道他们的鼻子和炸弹到底有多大，大得总是叫人害怕。而"麻胡羔子"，实际上是说的隋炀帝时负责开凿大运河的督工麻祜（也称麻叔谋）。这个麻祜凶狠残暴，不但毒打民工，而且以盗食小儿为乐。当时沿河地区的娃娃哭闹，一听大人说"麻祜来了"就吓得立即停止哭声，后来竟至全国小儿都闻麻胡之名而不敢夜啼。我小时搞不懂麻胡是啥玩意，只知道反正是很厉害的东西，大约是野狼一类的猛兽吧。所以只要是大人们一喊"麻胡来了啊"或是"美国鬼子来了啊"，正一个人在屋里钻床底的我，会惊恐万状大叫着蹿至屋外。等到知道世界上根本就没有这样的"羔子"，大鼻子又远在地球那边，而且抗美援朝期间还被毛爷爷打得落花流水，应该他怕咱才对时，可是晚了，我早已被培养成了地地道道的胆小鬼，就是在自家院里，天黑了我都不敢到茅房里去小解。

看坡前，我已看过谈妖说怪的《聊斋志异》。而睡在坟园之中，越发容易想起书中的鬼怪。想起来最多的，是《连琐》。那篇开头就是"杨子畏，移居泗水之滨。斋临旷野，墙外多古墓，夜闻杨叶萧萧，声如涛涌。"之所以老想到这篇，是因为在我们驻扎的坟园中，恰好有十来株大杨树，风吹杨叶，真是闻如涛声，阵阵涌来。听着杨叶响个不停，我就老在担心，要是睡熟了，真有鬼魂自墓中飘将出来，摇着骷髅头，伸出长有长长指甲的爪子，来窝棚中扼住我们的喉咙，或是咧开白森森的两排獠牙，伸出滴血的舌头来舔我们的嘴唇，再对着我们的嘴吹气可怎么办？

《聊斋》中倒是也有不怕鬼的青年，忘了叫什么名字了，他的对策是"雄鬼来，我有利剑杀之；雌鬼来，我开门纳之！"可惜当时我枕下既无宝剑，胸中更无任由雌鬼从门缝钻入的色胆，只得辗转反侧，直到困乏至极，方才迷懵入梦。

天明了，阳光泻到田野上，照到坟园里，也有一缕缕射进棚子中。好一个清平世界，朗朗乾坤！使劲伸伸懒腰的我，想起昨夜的胆小，禁不住觉得好笑：哪里有什么鬼怪啊，纯是自己吓自己！但一到晚上，却还是继续重复昨夜的故事。听到紧挨身边比我小了好几岁的富德老弟，睡得鼾声起伏，真是妒嫉得想狠狠地蹬他几下。

夜里并不是纯粹平安无事的。有天夜里，也不知睡到啥时辰了，忽听窝棚外传来嘻嘻哈哈、桀桀唉唉、变幻不定的怪叫声，忽远忽近，在旷野的深夜，听来叫人毛骨悚然。刚开始我以为又是偶然光顾坟园的夜猫子（猫头鹰），仔细听听才辨出可能是人的声音。我踹醒富德,两人都披衣出去细心察看,却不见人影。富德就直埋怨我说,好俺的哥吔,你是做梦啊,你做了个坏梦,耽误了俺的好梦——俺正梦着啃猪蹄子呢!

印象最深的,是看坡时我曾处理过一次"阶级敌人"的"破坏"活动,而这件事,叫我愧疚了好多年。

有一天,我发现地瓜地里有掐了的地瓜蔓。这引起了我的高度警惕,就决定实施隐蔽侦察行动。前三天毫无战果。就在第四天的午饭时分,躲在坟园中的我,看到老远从村里出来一个人,牵着一只羊,走走停停地吃着路边的青草。慢慢的,他来到了地瓜地里,任羊啃地瓜叶,而且还掐下瓜蔓喂羊。

老远我就认出来了,啊!这不是地主分子张涛吗!

张涛,实际上是他的字,而他的真名叫张长胜——这是直到为写这篇短文,我打听村里人才知道的。而且,不光是我不知道,村里的绝大多数人都不知道他的真名。这是因为,他是上过大学堂的人,而这样的人,往往就有字,叫多了,就以字为名了。

"站住!不许动!"

血脉贲张的我,以百米冲刺的速度,像一蹦十八垄的兔子,蹿至张涛的跟前。

这是我第一次近距离地打量他。他瘦骨伶仃的身材装在洗得发灰的打着补丁的粗布衣服里,就似稻草人摇摆在风中,大约60岁的年纪,且又面目憔悴,在我眼中已经是垂垂老者。俯得低低的脑袋偶尔一抬然后就赶紧低得更低。

阶级斗争的觉悟加上连续三天中午的蹲守而结的"积怨",本已使我怒不可遏,而他畏畏缩缩的样子,更助长了我怒气的爆发和快意宣泄。正是暑气蒸腾的中午,就在四野寂静无音的天底下,我连珠炮般对他开展了情势绝对一边倒的革命大批判。而他,头更深地弯下来,垂在胸前,那只提着地瓜蔓的左手,和整个瘦削的身体一起颤抖。大约用了半顿饭的时间,直到我宣泄够了,气也平了,方才摆摆手,喝令他离去。

谢天谢地,我总算没在最后叫他"滚开"。

我清楚地记得，他走时手里还抓着那根地瓜蔓。

回家后，我兴高采烈地和父母说起刚发生的事情。母亲说："哎呀，你咋乜样啊，他可是你的大爷啊！"

"可他是地主，是搞破坏的地主分子！"

父亲说："他算啥地主啊？咱村根本就没有地主，他是凑数凑的。他也不敢搞破坏，借他个胆他也不敢。你张涛大爷从年轻就知道念书，人家是上过大学堂的，念了一肚皮书。他不会干活，老了能去放羊，还不赖呢！"

末了，父亲还不忘搭上一句说："地瓜蔓掐一点，对地瓜的生长不碍啥事的。"

瞧瞧，都是什么觉悟啊，一点阶级斗争的观念都没有。怪不得毛主席说，严重的问题是教育农民呢！

但是，当我年岁渐长，并且渐通了人气之后，想起那件事来，却越来越失去了底气，越来越感到脸上发烧。以后我回村，从他家屋后走过时，我总是加快脚步，生怕与他碰面，怕他认出我来并与我说话。所幸，我所担心的，并未发生。更所幸的是，我后来终于有机会向他道歉，并弥补了自己年轻时用无知和粗暴对他造成的伤害。

那是1983年，转业回老家并在党史办公室工作的我，为了了解我们村张洛书先生的事迹，两次去拜访了张涛大爷。张洛书（1905～1946）是山东和东营党史上有名的人物，1923年，经王烬美介绍加入中国社会主义青年团，不久加入中国共产党。他先在山东，后去关东，长期从事革命活动。抗战时期，曾被日本人关过10年大狱。抗战胜利后，是大连市第一任党的负责人。他在山东工作时，张涛在潍坊上学，两人交往密切。受张洛书的影响，张涛曾参加过CY（共青团）的活动。所以他掌握着很多张洛书的情况。

第一次登门时，只他一人在家。他的背比先前驼得更为厉害，面目更显苍老和憔悴。他还是没有看我，哆哆嗦嗦地从抽屉中摸出一包东西，说："他们前几日已捎信于我，说你要来见我。这是我托人到县城去买的好茶……"我心中一热，赶忙接过来，洗壶涮盏，冲水。一人一杯。看着眼前袅袅升起的一缕热气,我思索再三,开口道:"大爷啊,真是很惭愧,你看,那年,我年轻不懂事……"

他呵呵地笑起来,缓缓地摆摆枯瘦的左手,不让我再说下去。然后,一字一顿地说:"社会使然,时势使然,年岁使然,我当时即未介意,又相去多年,就不必再提起了吧!"

这是我见过的,他唯一的一次笑容。

他的豁达大度和深明事理,使我如释重负。我们轻松地进入了正题。经过两天的交谈,我了解了很多有价值的材料。事后我帮他整理写成了回忆录《忆洛书》。因这篇回忆录价值重要而被收入了《广饶县党史资料第一辑》。

回想起这事,我总是想到马克思、恩格斯关于人的自然性与社会性的论述。马、恩认为,人是动物,人性是从兽性进化而来的,而人和人性形成的历史,比起兽和兽性的历史要短得多,因此"人来源于动物界这一事实已经决定人永远不能完全摆脱兽性,所以问题永远只能在于摆脱得多些或少些,在于兽性或人性的程度上的差异。"这使我意识到,作为一个具体的人,要靠社会环境和自己的修养来张扬人性,压制兽性,而作为社会,则更需依靠好的制度和机制,来保证这片土地上的人群更多更快地摆脱兽性,增加人性。当一个社会,人的兽性越来越膨胀,人性越来越匮乏时,即使你说得天花乱坠,它骨子里头却已是很糟糕的了。

我是很希望长时间看坡的。但是,大约不到两个月的时间,我们就被队长解职了,而解职的原因,就是我们的擅离职守。

忘了起因了,我在看坡期间两次跑去北镇(现在滨州)。第一次是和队长请了假的,想去买小猪崽来喂。小猪崽没买成,却神使鬼差地买回了一条小推车的外胎。我到集上卖了,赚了大约四五元钱。巨大的经济利益使我竟然将毛主席的教导和当时割资本主义尾巴的风险与禁忌统统置诸脑后。尝到了甜头的我,借了钱,又去北镇买了五六条车胎回来搞"投机倒把"。这次又发了一笔小财,但我们的本职工作却出了大纰漏。

临走时,我和富德说好了,我要悄悄外出一次,你一定要盯上,千万不要都离开。以后你有事时，我也可以一人盯上。谁知满口答应的他，却同样脱了岗。3天时间，他到底去干了什么，事后问他，他总是支支吾吾。而就在这期间，队里配发给我们做饭用的铁锅却不知叫谁偷去了。

队长很快知道了我们擅自脱岗和丢锅的事，他自然很不高兴。谁知祸不单行，很快又发生了一件至今我也弄不明白的很有些迷信色彩的怪事。有天晚上，我在懵懂浅睡中，仿佛看到有人闪进来摘下马灯，悄悄提着出了棚门。我倏然惊醒，顾不上害怕，一骨碌起身，拉开棚门追到外边，然后蹿到最大的那个坟头上四下张望，但只见四野静寂，月色如水，哪里还有半个人影！

后来，我揣测有可能是觉民队长为了惩罚我们而搞的动作。但他矢口否认，而且最终下了决心叫我们"收队"。

我们两人都该干啥干啥去了，窝棚也被三下五除二地拆掉。

对这种处理，我从没有过不满，而且还对队长心怀感激。因为没有扣我们的工分，甚至也没有对我埋怨或是数落几句，这真是对我高看一眼，真是手下留情啊。

40多年后，有一次我在街道上乘凉时遇上老队长觉民，说起了过去的一些事。我笑问那盏马灯是不是真是他给提走的。谁知他竟然将安排我们看坡的事，全都忘得精光。看，做了好事而不往记忆的硬盘中储存，更是叫我好生钦敬。

但是富德却没有忘。

在我当兵走之前，他就去东北谋生去了。他走时腰无分文，是要着饭走的。头两次作为"盲流"从东北被遣返回来，他第三次又扒上了开往关外的火车，历尽千辛万苦，终于在黑龙江省立住了脚，后来还做了铁力县酱菜厂的副厂长。三中全会后，他回家将做酱油醋的技术传给了自己的大哥。他也每隔几年就回家看看。有次我正巧遇上了他，聊起家常，便问他记不记得当年看坡之事，谁知这老弟竟然说："那还能忘得了吗？咱俩在坟园里支锅做饭，为做饭，咱还常到张庄的地里去偷菜呢！"

"什么？偷菜？"我愣了一愣，笑起来，"你瞎说些什么啊！"

"哎！你忘了吗？从咱的窝棚向东，路北，在张庄看坡的屋子南头，我们去偷过好多回。有一次偷回来一些很红的柿子椒，你不小心倒油倒多了，炒出来还直说很香哩！"

我想啊想，终于想起来了。真的，真是有那么回事哩！

天啊，我是经受过特殊时期洗礼的革命小将，我那么听毛主席的话，我又担任看坡的任务，还对"阶级敌人"毫不留情，可我自己怎么竟会去做贼呢？

人啊人，你到底是什么"物件"呢？

有哲人说你一半是野兽，一半是天使，叫我这个非哲人看来，你就是披着一张人皮，顶着一颗人头，人头上长着一张人嘴，有时候说人话办人事，有时候说人话不办人事，还有时候既不说人话也不办人事，能两条腿直立行走的高级动物啊。

2010 年 11 月 8 日

乡 音

乡音就是家乡话，或是老家话。

乡音标示的地理概念是相对的。比方说，我老家是东营的，如在济南，东营话就是乡音；如在北京，山东话就是乡音；我要是去了伦敦或是纽约，汉语就是乡音了。我这样说，不知正确与否？

乡音只有同其他地方的话作比较，才会真正明白它的韵味。一个一生足不出户的人，是很难理解乡音的情义的。如长作游子，忽闻乡音，就会觉得那腔那调熟熟的、亲亲的、甜甜的，撩拨得心里痒痒的，忍不住地就要找个茬口，搭讪几句，攀谈起来。

唐朝诗人王维有首杂诗："君自故乡来，应知故乡事。来日绮窗前，寒梅著花未？"老家来人了，说起家乡话，打听老家的梅花开得怎样，在乡音的旖旎中聊解思乡的愁绪。这首诗虽然弦外有音，但还是有些直抒胸臆，不如崔颢的《长干曲》中若隐若现的乡音更引人遐思。"君家住何处？妾住在横塘。停船暂借问，或恐是同乡。"两个青年男女为何邂逅，诗人没有写。当然最好是别写，写上就画蛇添足了。但按理推之，应该是听到乡音，才停船借问的。如是他乡话，听都听不懂，更难以想到"或恐是同乡"的。那样，最多是擦船而过时瞟上对方几眼，生出此人好帅或是好靓的感慨来，但是心中总会留下几缕遗憾：可惜不是同乡，要不然的话……

我老家是东营市广饶县大王镇。上小学时学校虽然也推广普通话，但实际上老师和学生，都是一口地道的家乡话。13岁那年，我考入县一中。一中在县城，从我老家往西走十二三公里，就这么近的距离，但口音却有不同。班里其他同学全都是县城一带的人，都善意地讥笑我的"东乡话"。教英语的李德先老师，曾预言我会成为英语专家，但也说："你的英语发音，一口大王腔，将来说口语，是要受影响的。"在中学里，老师们讲普通话的就多起来了。我初三时的班主任，也是为我们带数学课的任淑梅老师普通话说得最好。她是青岛人，资本家出身，那时还未成家。现在回想起来，她的一颦一笑，真是能诠释清楚什么样子才真可以称之为大家闺秀。她讲课时，一边"嚓嚓"地在黑板上写着像男老师们一样刚劲有力的板书一边讲解，发出的声音抑扬顿挫，珠落玉盘。但好听归好听，有很多同学模仿她的字，却没人学她的普通话。

　　高中毕业后，我当兵去了38军。在野战军里，战友们的籍贯几乎遍布全国各地，语音更是五花八门，绝对是南腔北调的汇集之所。这时我才发现，山东口音实际上接近于普通话，"土"是土了点，但好懂。四川虽然位居祖国大西南，但那里的话也很好懂，我请教过到部队锻炼的中文系的大学生，才明白了四川话原来是属于北方语系的。最难听懂的是江西话和福建话，再就是湖南话。我在政治处有个战友叫邓旭初，湖南邵阳人，听他说话很费劲。早饭明明吃的黄豆包，喝的豆浆，他说是呷的黄碉堡，喝的碉浆。大家听了都笑得肚子疼。我那时挺爱听东北话的，也喜欢四川话，但不怎么喜欢北京话。这是因为北京兵多是高干和市民子弟，优越感很强，看别地方的都是乡下人。加上我们常进北京，北京城里的人似乎对穿军装的不怎么热情，大家心里有感觉。其实北京话并不是严格意义上的普通话，儿化音忒重，有的为了显摆他是地道的皇城根的人，故意拿腔捏调的掺用鼻音，透出一股浓浓的酸不溜丢的京油子味。大家都有些烦京油子。我们驻防在北京西南面不远的河北易县，连当地老百姓都有顺口溜说："京油子，卫（天津）嘴子，保定府的狗腿子。"

　　再后来，我在团政治处当宣传干事。有年夏天，天太热，为了消夏，团副政委给了我一个任务，叫我晚饭后给团直属队和后勤处的指战员上时事政治课。讲课地点就在团部的灯光球场，我用扩音器讲，五六百人坐小板凳上听。记得有一次讲的是中越关系。那时中越矛盾刚明朗化。我浓重的山东口音不时引得全场人发出笑声。当讲到中国共援助越南200多亿元物资时，我几次把"亿"的发音说成"姨"，这就成了"200多个姨"，大家笑得更欢。到了第二天，通迅连有个四川籍的战士对我说："张干事，你讲得蛮好哇，你的山东话发音也要得，你看我们部队的山东首长，都是说山东话，哪里有得说啥子普通话的？你一定能当大官的撒！"

可惜那个小战友的话莫得应验。

那时当兵的回家探亲，有的人就学说南腔北调的普通话。说这种话的，往往是战士比干部多，文化低的比文化高的多。不管在部队还是探家，我总是那口家乡话。乡亲们都夸我说话不"撇腔捏调"的，我受到表扬，更不想学说普通话了。这事使我想到贺知章那首"少小离家老大回，乡音无改鬓毛衰。儿童相见不相识，笑问客从何处来。"与王维的闲淡和崔颢的浪漫不同，贺知章诗中的乡音使人觉得苍怆凄凉。他是会稽永兴，也就是现在的杭州萧山人，36岁中进士，授国子四门博士，开始在长安朝中做官，到86岁告老还乡，作下那首千古不朽的《回乡偶书》。贺知章客居他乡差不多50年，看来他的官做得安逸得很，舒服得很，可以说是花天酒地，醉生梦死，温柔乡里不知醒，以至乐不思越，半个世纪都不回家看看。杜甫有《醉八仙歌》，说"知章骑马似乘船，眼花落井水底眠"，贺知章也自号四明狂客。狂虽狂，但到老了，还是告老还乡，还是叶落归根，回到老家时还是一口萧山话。一生游戏于官场，对于故乡却依然一片冰心，还是叫人感佩的。

所幸我身为游子时间不长，所以便没有贺知章遭遇的"笑问客从何处来"的故事。十二年军旅生涯，我是一口老家话出去，一口老家话回来。转业后在县城工作，差不多全是一样的口音，也就模糊了乡音的概念，只有出发时才注意到它的不同。到现在花甲之年了，我还是没学会标准的普通话，就是偶尔硬说上几句带着浓重乡音味的普通话，自己也觉得别扭，不如干脆来老家话痛快。所以别省的人一听就知道我是山东人，山东的一听就知道我是东营人，东营的一听就知道我是哪个县甚至是哪个乡镇的。

说到出发在外，还想起一件事：乡音未必都会给你带来福祉，整不好还会叫你上当。我和我妻子都有过这样的遭遇。

几年前单位组织红色旅游，我们从井岗山下来，就顺道跑去逛庐山。下山时到了半山腰，导游小姐将我们领到一个寺院里，说这是伍子胥过江愁白了头的地方，什么关的旧址，全中国所说的烧"高香"，就是从这里烧起来的。她还说了不少因为买了高香来烧，再加给寺里布施，因此得到神灵佑护的故事。见大部分人不为所动，又从里边出来了一个年轻僧人，说是山东老乡，动员我们买高香。他说自己是山东菏泽的，大学毕业后看破红尘，来这里剃度出家。我说太好了，可碰上老乡了，我就是菏泽的。我问他是哪县的，他说是城区的，我说更好了，我就是城区的，又问他是哪个区哪条街的，他支支吾吾好一阵，说哪个区不清楚，老家是荷泽，但自小是在别地长大的。我明白了，不知他是不是假和尚，但起码不是真老乡，要不然那山东话不会说得那么生硬，那么蹩脚。

　　同样遭遇假老乡，妻子就没我幸运。她游香港、珠海回来，一进门就兴高采烈地说，这回出去可遇上大好人了，老家是咱们东营永安的，特殊时期因"成分高"跑了的。先上东南亚，以后到香港，现在又到珠海开了大珠宝店。好几个月不见山东人了，一听我们是东营的，激动得掉泪，非要赠送东西给我们，大家过意不去，坚决不要。最后人家才以特优价卖给我们的——明明价值一两万元的东西，最后才勉强要了我们两千元！开始我也替她高兴，慢慢地却起了疑心。心想，别说是珠海，即便是香港、澳门那里，山东去旅游的一天没30拨也得有29拨啊，怎么还好几月见不到山东人呢？我就说，哈，你们被骗了，导游同他们是勾着的。你们一进门，店员就说老板是山东的，先叫你们产生好感。一会老板出来，说上几句似像不像的山东话，骗得你们忙不迭地掏钱。妻子还是疑惑：他怎么知道东营的各县区，还知道市里的书记和市长呢？我说，有了互联网，这太简单了，只需几分钟就可搞定。老板出来的晚，就是在屋里查资料。正巧第二天电视上播了天津一个100多人的旅游团在珠海被骗的事，店家的手段如出一辙，所不同的，不过是老板由山东"棒子"摇身一变成了天津"嘴子"而已。

　　人不能因噎废食，大可不必一出门就疑神疑鬼的。再说了，有人学山东方言，装山东老乡，是看得起咱，说明咱山东有经济实力，说明咱山东人人缘好，也说明咱山东人有诚信——讲诚信的人才容易被骗嘛。自从妻子从香港、珠海回来，我更以自己是山东人而自豪，也就更喜欢乡音了。

说真的，山东话的发音并不是很好听，东营话特别是广饶话更不是很好听，最多比章丘话和淄博话好听点。我们东营是吕剧故乡，你听听吕剧的道白就明白了，它庄户腔太浓，发音太艮太实在，尾音很重。如我不是这里的人的话，我会觉得山东话不如北京话好听，不如四川话好听，也不如河北话好听，甚至不如东北话、河南话好听。但我却喜欢山东话，尤其喜欢东营话、广饶话。山东人有首歌叫《谁不说俺家乡好》，你听了这首歌唱就明白了一半。我再告诉你另一半，那就是：儿不嫌母丑，狗不嫌家贫。

　　说到这事，我就想感谢一下秦始皇。幸亏他统一中国之后，书同文，车同轨，但没有话同音，要不然就没了山东话，没了东营话，没了广饶话，全国一律是陕西话，就像郭达卖大米的秦腔调，怎么听都是一口土豆味。

　　现在推广普通话，我举双手赞成。我的两个小外甥小美和大树，偶尔露出一两句乡音腔调来，我和妻子还都赶紧用不大标准的普通话予以纠正。我想，再下去三代五代或是十代八代，全国各地都讲普通话，那时就没了方言，没了乡音。好在现在有影像资料，有人要是发思古之幽情，想知道自己祖宗是怎样说方言的，就调出碟子来听听，很方便的。

　　那时，我肯定是不在了。说着乡音长大的我，正在说着乡音慢慢老去。

　　啊，我真是打内心里喜欢乡音啊。乡音就是俺的歌，乡音里凝聚着俺的情，增长的年轮一圈圈，我对故乡和乡音的情爱啊，到——永——远！

2010年7月31日

雪　情

雪的境界，雪的韵致，雪的情怀，实际上，是雪在天空中就酝酿好了的。

临下雪的天空，与快要下雨的天空，不尽相同。虽然都是阴沉沉的，但生雪的天空，云层往往更厚实实的，更沉甸甸的。下雨的天，像是小孩子或是阔人们、长官们的脸，说变就变，而下雪的天，却像是老年人的脸，厚积着沧桑和阅历；又像是老年人的话语，沉闷而迟缓；还像是老年人的步履，蹒跚而执着。即便是暴风雪即将来临的天空，也像是老年人的愠怒，带着抑制，带着隐忍，带着无奈，令人在畏惧中搀杂着些许敬意。

对于雪的降临，人们都充满了殷切的期盼。

"天气预报不是说今天有雪吗，怎么还不下呢？"我眼巴巴地仰望天空，与其说是问妻子，倒不如更像是自言自语。

"是啊，怎么还不下呢？"妻子也很喜欢下雪，她等于没回答一样地回答我。

"哟，下起来了！"

"真的，下起来了哩！"

说不清谁更早看到了，就赶快告诉对方。两人的脸上、眼里、心中，满是喜悦。

盼望雪的降临，有一种情结交织于心中。我们位于鲁北平原的老家，属于山前冲积平原，农作物都靠汲取地下水浇灌。几十年来，随着环境和气候的巨变，雨雪越来越少，河流干涸，"客水"断绝，地下水的补源难以为继。水位不断下降，机井不断报废，种庄稼的成本不断增加，所以期盼雨雪常常成为乡亲们挥之不去的一种情愫。我和妻子都是农民出身，我还在乡镇工作过，时间久了，这种与生产、生活相联结的情感同常人喜欢下雪的闲情融会到一起，致使对雪的这种殷殷期盼，尤为强烈。

好不容易盼一回，雪要是下得很小了，就会叫人失望。要是盼到了大雪，自然是令人高兴的。

最叫人喜爱的是鹅毛大雪。这种雪有两种下法。一是飘飘摇摇地，有条不紊地，不紧不慢地，打着旋儿自天而降。看着雪花大片大片地飘落，真佩服李白"燕山雪花大如席"的艺术夸张。如叫我辈，充其量壮壮胆说燕山雪花大如银元，或是大如锅盖一类。到底是诗仙，到底是浪漫主义顶峰上前无古人后无来者的巨擘啊。再一种，是借着风力，扑头盖脸地下来的暴雪。对这种下法的雪，《水浒传》上《林教头风雪山神庙》一回描绘得最是精彩："正是严冬天气，彤云密布，朔风渐起；却早纷纷扬扬，卷下一场大雪来"，"那雪正下得紧"，"那雪越下得猛。"不论其中的哪一句，还是"纷纷扬扬""卷""猛"等字词，无不都是神来之笔，经得住反复地揣摩，为林教头风雪山神庙平添了多少精彩呵，难怪这一片段被收入了初中语文课本呢。

我住在一个北方小城的四楼，看雪，更多的时候，是隔着窗户玻璃朝外送目。特别是在夜晚，远近不同的路灯下，一团团迷茫的光环中，上苍恩赐于人世间的无数精灵，飞舞着，跳跃着，如飞蛾扑火般，从黝黑的夜空中不休不止地飘落。看着看着，终于忍不住了，要出去踏雪。踏雪，最好是踽踽独行。面前的雪厚厚的，没有一个脚印，自己的脚步踏上去，发出"嚓嚓"的轻响。雪花簌簌地、飘飘地落到头发上、衣服上、脸颊上，飘进脖子中，带来丝丝凉意。此时，你的眼睛，你的耳朵，你的肌肤，甚至你的呼吸和心灵，都会感受到雪的存在。天与地混沌成一片，模糊作一团，一个大写的人，立于天底下、地上头，连接起大宇宙间的气息。正在飘洒的雪，点点丝丝如帘幕，隔断了平时难以挥去的落寞、哀伤与孤独；已然铺就的雪，盈盈平展如画图，既不刻画眷恋，也不涂写希望，它只在劝慰你，给大脑留下一片空白：你是不是累了？那就好好享受这一刻难得的宁静吧，最好什么都不要去想，就这样静静地立于天地之间……

在乡下的小院中赏雪，别有一番情趣。若干年前的一个夜晚，回家看望父母的我遇上了一场大雪。夜已深,风已停,人语已歇。没有车马喧,没有鸡犬鸣。四周静极了,真是万籁俱寂。年迈的双亲和同来的妻子早已入梦。我轻轻带上房门,一人伫立在小院中的梧桐树下,听到的,只有自己的心跳,再就是极轻微极轻微的落雪声。隔上一小会,扑地一响,那是竹梢上和桐枝上的积雪挂不住了,跌落了下来。村里没有路灯,望去天空,只有白茫茫一团。飞舞的雪花降下来,滋润着生我养我的这片大地。小院里,除了天地之外,就是自己的亲人,此刻感受到的,是拥抱着无边无际的温馨,是承接着永恒不断的亲情,是感受着汇集于一处的幸福。

啊!感谢父母赐与的生命,感谢妻子不渝的相随,感谢上苍降下的瑞雪!斯其时也,真想叫时间定格啊。

赏雪的极致,应该是踏雪探梅。宋代诗人卢梅坡有诗曰:"梅雪争春未肯降,骚人搁笔费评章。梅须逊雪三分白,雪却输梅一段香。"

他还有一首姊妹篇道:"有梅无雪不精神,有雪无诗俗了人。日暮诗成天又雪,与梅并作十分春。"很是遗憾,年已花甲并且喜爱书画的我,至今仍旧无缘感受踏雪寻梅的乐趣。我居住的北方小城中好像没有梅花,到江南去探梅,能否去得成另当别论,就是去了,谁敢保证就一定凑巧能遇得到雪,特别是如席的大雪呢?

说到赏梅,我心中一直有一个向往已久的情景:大雪天,到酒馆中去小酌。房间不需很大,但一定要临街,三楼最好,二楼亦可。窗玻璃要干干净净,能清清楚楚看到窗外飘落的雪花。高度的白酒,烫得热热的,菜不须多,但要精。人要少,最多三四人,须是知己,或是好友。最不可缺的是,窗外一定要有一株老梅,正斗雪怒放。记得鲁迅的小说中有此情景,但故事中的主人公那酒喝得很是沉闷,很是压抑。我辈难有鲁迅先生忧国忧民的情怀,只想快活一时是一时,不想让国事家事伤煞风景愁煞人。此情此景,我曾不止一次在梦中见过——也只能是在梦中。

雪是一篇动人的华章,有开头,也有结尾;雪是一餐丰盛的宴席,有团聚,也有离散。只因为太喜欢雪的降临,所以也就很失意于它的离去。

52度咏叹调

随着天气的转暖，雪逐渐融化，尤其是立春之后的雪，消融得更是快速。看到它从最暖处变薄，从最薄处变黑，慢慢地缩小着自己的身躯，总是不由自主地想起庾信《枯树赋》中的"昔年种柳，依依汉南；今看摇落，凄怆江潭。树犹如此，人何以堪"，想起范中淹《岳阳楼记》中的"去国怀乡，忧谗畏讥，满目萧然，感极而悲者矣"，想起黛玉《葬花吟》中的"明媚鲜妍能几时，一朝漂泊难寻觅"，想起乔羽歌词《思念》中那飞进窗口的蝴蝶："难道你又匆匆离去，又把聚会当作一次分手？"雪之消融，同树之枯败、人之去国怀乡、花之飘零、蝶之飞离，总是有些相似之处，此时最怕勾起伤心之事，叫人心境消沉，郁郁不得欢悦。

今年元宵节，小城有幸遇到了多年不遇的大雪，在不远处一个临街的店铺门口，不知是谁堆起了好几个雪人，其中最大的一个堆得比真人还高。我端详再三，还给他添了一个嘴巴，两个耳朵。我将他当作了知己，老是想对他倾诉点什么。一连三天晚上，我总是去拜晤这位朋友。凑巧了，每次都有几对年轻夫妇带着孩子在雪人跟前玩耍，他们同我一样，也是久久不愿离开。谁知，到了第四日的晚上，我再去那里时，雪人都已不见，只剩下用来做鼻子的那几块红纸板，静静地躺在满是雪水的地面上。我环顾左右，确认了他们真的已经消失于人世间。我本想到店里问问，雪人到底是化掉了还是被人铲走了，但又怕偌大年纪了却童心未泯，难免为年轻人所笑，所以走到店的门口，到底还是失去了进去的勇气。以后好多天，我再外出散步时，不愿再经过那里。至今已经过去了多日，想起这事，还是怅然若失。雪人生命是如此地短暂，如此地脆弱，诚如庾信所言，人又何尝不是如此呢？

雪之来，带来了银装素裹的圣洁，雪之去，也往往将这短暂的洁净送回原形。唐代诗人高骈有《对雪》说："六出飞花入户时，坐看青竹变琼枝。如今好上高楼望，盖尽人间恶路歧。"诗的点睛处，在于最后一句，看得出诗人心怀铲平人间罪恶的期待，所以他的喜欢雪，是喜欢雪能暂时掩盖了肮脏。但是，当那份圣洁褪去，剩下了一切如故时，有思想的人，是很难高兴起来的。

人世间的社会现象，同自然界不同，它是有着美与丑的差别的。美好的固然很多，但丑恶的也已不少。我们大可不必再来自寻烦恼，无谓地给自己增加些凄楚与悲凉。所以，见到雪的离去，我们最好想到，雪毕竟带给过我们纯洁无瑕，带给过我们温馨惬意。

何况那雪，还化为了一汪春水，滋润了大地，浇灌了庄稼、树木和花草，给人们带来了收获的希望呢。

老家的水井

在我老家，原来吃水要靠去井上挑。

这一挑，最少得挑了两三千年吧？

很早的事不大清楚，但从我记事起就知道，水井有的砌在大街一侧，有的砌在胡同头上，还有的就在农户的院里。前两种，往往是水井周围近邻各家共同出资掏挖的，过些年淤了，脏了，还是由这些人家一起淘洗，或是出工，或是出钱雇人，费用都是均摊。在院里的井，就是一家的，不论开始的打井，还是以后的淘井，都是自己的事。不过，要是四邻八舍的常去这家挑水，在遇到淘井时，要过去帮工，或是送点吃的用的，表示一下对工程的支援。

小清河在我县过境。它是条明确的地理分界线，河之南北的土质构造有着很大的不同，而这种不同，对于打造吃水井带来了很大的影响。河北边属于退海之地，地表是黄河淤积而形成的横土，那儿是不好打井的，勉强打成的井过不了多久便会坍塌淤塞。再说，地下水是咸水，不能喝，所以那里人只能喝湾里积攒下的雨水。那水肯定不甜，而且也不干净，牛啊羊啊常跳到水里去，粪蛋儿漂在水面上，用水瓢朝一边推推，就往桶里舀——这当然是说的过去，现在都喝上自来水了。我的老家在小清河南，脚下是山前冲积平原，土是竖土，就是刨个不加砖衬砌的土井，若干年都不会坍塌。我小时候，地下水位浅，在田地里刨一眼浇庄稼的井，两三个青壮劳力一天就能掘到泉眼。村里吃水的井，因为使用频率高，又考虑到安全和清洁问题，都要用砖衬砌井壁。这样的井，能百年不坏。

我见过挖新井和淘老井。对不大富裕的农户而言，这都算得上正儿八经的工程。井上架上辘轳，用一种很大的、圆圆的、上粗下细、底呈圆锥形，叫作"筲头"的铁箍木容器，往地面上提运土和泥。下井的都是男人，脱得只剩一个裤衩，家里穷得连裤衩也穿不起的，只好光着屁股。每人头上都戴着柳帽子。柳帽子样子就像现在的安全帽，只不过是柳条编的。井下温度很低，过上大半个钟头，上边的就得与他们换班。爬上来的人，冻得牙齿打颤，浑身发抖，赶紧喝几口辣酒，然后就用力蹦跳取暖。蹦跳的样子很夸张，特别是光屁股的跳起来显得更是滑稽，引得人们哈哈大笑。吃了苦受了累，吃饭时就得改善一下生活，除了一定要有酒外，主食缺不了擀白饼，煮鸡蛋。掏井的人一边吃，一边打着嗝说："白饼卷鸡蛋，好吃不好咽！"另外，还有很普通的几个家常炒菜，能见到肉末的，就是很不错的了。

那时还有专门在农闲时给人淘井的，报酬是钱或粮食。他们因为总是下到冰凉的井里，时间久了，有的人就得上静脉曲张，两腿青筋暴露，弯弯曲曲，像是爬满了蚯蚓，不等到老就浑身酸疼。

我家没有水井，担水主要是到西邻二叔家门口的井上。打水是个技巧活，用井绳上绑的或是扁担上拴的铁钩，钩住水桶提手，送到水面上，摆呀摆，摆到桶口几乎要朝下了，用力往下一送，"噗"的一声响，赶紧就朝上提，满满一桶水提离了水面，然后左右手不停地倒换，水就提上来了。刚学打水，怕把水桶掉到井里头，就将桶提手和铁钩绑一块。学到稍为熟练时，就不绑了，而这时最容易将桶掉到井下去，我就掉下去过两次。掉下去了，大人一般不会责怪，赶紧找挂钩打捞。那时水位浅，水面离地面也就是3米上下的样子。1964年大涝，井水几乎平了地面，好多天后才见下降。

为了答谢井龙王一年的恩惠，每到除夕下午太阳快落山的时候，母亲都要到井边烧纸、上供，给井龙王"发钱粮"。她口中总是念念有词，说的什么我至今不知，但我猜得出来，肯定是祈求龙王老爷保佑我们一家四季平安，最低最低，也别缺了我们水喝，再是不管下雨下雪，打水时别滑到井里——要是我上供的话，我就得这样祷告。母亲说，年初四还是井龙王的生日呢，要再去井边上供。小老百姓们地位卑微，势单力薄，别无靠山，只得依仗神灵。靠山当然是越多越好啊，所以就有了很多的神，不光有老天爷和阎王爷这样的大神，还有了井神、门神、磨神、树神这样的小神，厨灶之神就是灶王爷。对这些神们,过年都要上供祭拜。我们老家的人,懂得感恩,东西不在多少,神灵们辛辛苦苦给自家掌了一年舵,做了一年保卫工作,或者说做了一年公仆,可不能忘了他们。

到了上世纪70年代中期,不知哪里发明的一种压水井传到了我的老家。这种井有一个井头,是用195拖拉机的废缸头做的,井头下边接一根三四米长的塑料管,伸到地下。缸头里面本就有一个与它配套的钢阀,在阀上安上一个橡胶皮垫子,利用一根有弯头的铁棍作杠杆,压动铁棍,拉着钢阀在缸头中上下运动,利用吸力把水吸上来。

当时村里有这种井的人家还不是很多。我父母常到北邻一家去压水。我从部队回来探家,看到这种水井,觉得好用,便对老人说,别老去麻烦人家了,再说阴天下雨的也不方便,咱也打个井吧。见我坚持,父母便同意了。我找到村里的行家,问清了所需的器材,便加紧采购。那时连摩托也没有,就骑着自行车跑到30里远的县城,料和工具都备好后,请来帮手,就开始打井。

打这种井是个小工程,请来帮忙的就两个人,我充当助手,主管零活和端茶倒水。他们两人抓一根四五米长的铁管子,嘴里嗨嗨地喊着,一点一点地往地下撞,大约有两个钟头,就达到了深度。然后顺上塑料管,用铁丝把它与井头捆牢,再固定住井口,灌上引水,压啊压,一会开始上水了! 大家都好高兴啊,晚饭时喝得脸上通红,说话舌头也不会打弯了。

从此,我家告别了没有水井的历史,不用到外边去挑水了。邻居们有来挑水的,父母就很自豪,忙不迭地和大家打招呼,请大家到屋里坐,喝水。

但是,这个井大概用了三四年就不行了。因为地下水位在不断地下降,原来的这套设备,已经压不上水来了。很快,村里人研究出了一种新井,就是从地面再向下刨三四米深的井筒,将井头下到井筒的底部,并将井头接上和井筒一样长的铁管,伸到地面,在地面上再接上一个井头,井头上有一根钢筋和下面的钢阀相连,这样等于将吸水的能力下移了一截,就能上水了。我很佩服乡亲们的智慧。1976年,我随部队执行任务,住在北京西郊四季青人民公社的南辛庄。这个村也是用压水井,为了解决压力不够的问题,也是打了一个井筒，但他们就没解决了从井筒底下往上提水的问题，人得爬到井下，把水压到水桶里，上头的人再负责提上来。和那里的人比起来，老家的人真是不笨哩。

我再次探家时，也请人刨了这样一个井。不过这个井维护起来比原来的要麻烦得多，每次皮垫子磨损了要换时，都要爬上爬下。可是这样的井，两三年后，又寿终正寝了。因为随着工业的发展，地下水位持续下降，这类压水井全都报废了。而且，报废了的不仅是村中这些压水井，还有村外浇地的大批机井。水位的连续下降，使人们不断增加投资，加大提水的马力，老年人忧心忡忡地叹息："看来以后还要没水种庄稼，没水喝了哩！"

大约是上世纪80年代中期，不论是老水井还是压水井，都成了陈年往事。为了吃水方便，村里打了一眼四五十米深的机井，修了水塔。全村的人都到水塔那里用担挑水，用小车推水。我父亲70多岁了，几乎天天推着小车，装上好几个塑料桶去推水，推来的水不但做饭洗衣，还在院里种了几垄蔬菜。

到了上世纪末，村里安了自来水，水管都通到了各家各户。开始时，用水还算正常，可是过了没有多长时间，有的人家为了种菜，便刨坑将水龙头往下降，方便用水。这个办法迅速推广，结果很多人家的水龙头一滴水也放不出来了。于是，有的人又开始刨"井"。这种井虽然叫井，但实际上是水窖，类似大西北严重缺水地区用来积存雨水的地下蓄水池。这里的蓄水池是圆的，自上到下，包括底部，都用水泥抹好。大约一个星期的工夫，水泥凝固好了，趁村里机井放水时就往水窖里灌水，灌满了能用好多天。

这种井，我家造过两次。第一次，是我叔伯弟龙德帮着建的。他是好意，为了替我省下200多元的费用，没请专业人员，自己动手刨了一个不大的井筒，并在井底用上了一个弃之不用的大水缸。大家都夸他心眼多，他也很满意自己的杰作，谁知水缸里有没发现的暗纹，灌上一井水，有两三天就渗得只剩下小半缸。村里是分成4条线放水的，也就是每4天轮一次。水塔在村南头，那边很多户以在院里种花为副业，夏天大量用水。为此，这些人家都修了很大的水窖，每到放水时就开动吸水泵抽水。这种吸水泵很厉害，它响起来，别家就很难上水了。我家住村北片，流程远，水量小，这里很多人家干脆一点水都没有了。

有些人就到村里反映，但村里干部也没办法。这样，我家本来就难以蓄水，好不容易灌上点水又渗漏光了，为这事很是头疼，所以我下了决心，在2007年正月里，砌了一口能装两三立方水的"大井"。

这井用到现在一直好好的。去年冬天，我曾担心天冷冻坏了水泥抹的井沿，但它安然无恙。每到井里水少了，轮到我们这条线放水时，堂兄龙群就过来用吸水泵呼呼地往井里吸。我有一次回家遇到了，就和他说，少抽点，抽多了，别家要受影响。他白我一眼，撇撇嘴说："你还想当毛主席哩，你还想管着全中国哩！忘了自家好多天没水了，那时候人家怎么不怕影响你？"我只好摇摇头，叹口气。

两年前，镇里帮各村通了自来水管线，水龙头安到了各家的院子里，不管啥时，一拧开关，水就哗啦啦地淌出来。有了自来水，我心里好高兴啊，因为老母亲在家住，24小时有水，我再也不用每隔几天就要打电话问有水没水了。不过，那个大水窖还没有彻底退出历史舞台，它老是存着满满一井水，以备不时之需。

我们村乃至我们家的水井，记载了几十年来老家一带环境、生活状态甚至人们思想的变迁，留给我了五味杂陈的记忆。

前几年我有时到外地去办事，在不少地方，还能看到压水井。见到了，我就觉得很亲切。有次在安徽省涡阳县的老子庙里，我老远看到了这种压水井，就跑过去，将肩上的背包朝地上一扔，灌上引水，压啊压，很快压出一大盆水，然后我就稀里哗啦地洗胳膊洗脸，心里那个高兴和痛快就别提了。压水井边有一老一少，是附近村里的农民，在庙里干零活的。小伙子很幽默，凑过来问："这井怪好吧？这么带劲儿的水井，您以前没见过吧？"

"不对，我好像见过！哦，想起来了，我曾经从外国电影上看到过的，这么先进的设备，你们是从哪国引进来的啊？"

三个人都哈哈大笑起来。

2011年2月

阳河祭

我们村前有条河,那是我心中的一条母亲河。

在我的心目中,它有着长江、黄河、小清河那样的分量——当我说到自己是个中国人的时候,我总是想到长江和黄河;当我说到自己是个山东人的时候,我总是想到黄河和小清河;而当我说到我的县我的乡镇我的村的时候,我总是想到那条河。

那条河,叫阳河。

它为什么叫阳河?我不知道。不光我不知道,别人也不知道,甚至比我更老,老上一辈子两辈子的人也不知道。我小时候曾问过他们,他们说了,阳河就是阳河,怎么还为什么叫阳河?后来我大了,查过资料,也没查到过阳河名字的由来。再后来,我明白了,人们不知道它为啥叫阳河,是因为它太小了,不值得知道。像长江之所以叫长江,是因为它的江道很长很长;黄河之所以叫黄河,是因为它的河水很黄很黄;小清河之所以叫小清河,是因为它的河水很清很清——当然我说的是过去,现在如果按河水的颜色,就应该叫小黑河了。其实,饱经沧桑的老人们说得对,你没有必要知道它为什么叫阳河,你只要知道它叫阳河,就足够了。

这是条很小很小的河,是条长不过百公里、宽不过十来米的小河。它从南边百里外的青州云门山中,迤逦走来,绕过村前,又向东北款款而去,不过百里,注入寿光县的清水泊。这么小的一条河,在比例尺稍大些的市级地图上,就看不到它的身影,难怪原来有些文人也将它称之为溪:阳溪。

阳河姑娘般的娇娜身躯中,热烈地跳跃着的,是颗慈母般的心。四时不竭的河水,是她甘美的乳汁。不知是几千年,几万年,还是十几万年了,它哺育着两岸的生灵万物,哺育着两岸的子子孙孙。清粼粼、甜丝丝的河水,有的欢快地跑过去，有的就盘旋着留下来，渗进两边的黄土地里。河水的滋补，使得两岸的土地丰腴而肥沃，即便是天大旱，只要阳河有水，吃水或浇灌都极方便。有时春旱，村里人便"挡堰"取水。每到"挡堰"的时候，不啻于村里的一个节日，全村人扶老携幼去看热闹，一片欢声笑语。老人们不住地笑着点头："一碗水一碗油，真是一碗水一碗油啊！"

阳河的水甜。村里人平时喝井水，来客了，过节了，就去阳河挑水。过年，一定挑下一满缸阳河水。阳河水的甜美，尤显功力于泡茶。河边好喝茶的人，都知道茶要泡出高境界，除了茶叶要好之外，还有缺一不可的三样东西：陶泥壶、木柴火、阳河水。去阳河挑水，是有讲究的。一路上不能说话，水桶的前后位置不能交换，从河边要一口气挑到水缸边。你要是说话了，中间水桶换位了，或是休息了，高人就能品得出来。这不知是真是假，但好多辈子的人都这么说。说多了，人们也就信。谎言重复千遍都能成了真理，何况阳河边上的说法，肯定不是谎言，最多是实话说得有些夸张而已。这些年来，喝好茶已改用纯净水或矿泉水了，但有人说，什么水也出不来当年阳河水冲茶的香味了。我不懂茶道，也不爱喝茶，但我信这个说法。因为我明白，人的感觉，不只是纯生理的感觉，在这里面，还有一样极为重要的东西，叫感情。

我们这里有个说法，叫"有水就有鱼"。这是以前的说法，现在早已不为准了，但原来这话是毫无虚假的。那时的阳河，只要有水，就有鱼。阳河里产的鱼究竟有多少种？我不清楚，我见到过的，有鲤鱼、鲫鱼、鲶鱼、嘎鱼、鲢鱼、梭鱼、红眼混鱼、麦穗鱼，还有好几种我叫不上名字的鱼。除了鱼，还有鳖、虾、蛤蜊和毛蟹。我用针弯成的钩钓到过鲫鱼、鲶鱼，用镰刀砍到过鲤鱼，用小网捉到过虾，用铁锨挖到过毛蟹，用手摸到过蛤蜊。六七岁时光屁股下河，我还摸到过一只大老鳖。当我双手把它搬出水面后，一看如此模样，以为是碰到了怪物，吓得赶紧一扔，口中没人声地大呼救命，爬上岸抓起裤子就跑。

那时的人不如现在的人机灵、心眼多、办法多、家伙什多。大家都有些傻傻的，没人炸鱼，没人电鱼，也没人毒鱼，钓鱼的人也很少。用网打鱼的有时能见到，打得多的，能成桶地往家提。河里还真有大鱼，我一个同学，抱住过一条大家伙而被它狠狠甩了一个跟头。有一次，上游头"挡堰"，村前河道里断流了，水深不及膝盖。晚上，给队里看瓜的张奉天，横着身子在浅浅的水里滚着"压"鱼，一晚上压住了18条鲤鱼。

有水，树就长得好。沿河两岸，是一棵接一棵的柳树，粗大而挺拔。所有的柳树都是河柳，不是垂柳。河柳比垂柳长得更高大。家乡有一首儿歌，就是歌唱河柳的："阳河边上柳树多，迈一百步，十八棵。一棵柳树十八个杈，一个杈上十八个窝。你说窝里有什么？都是老鸹和喜鹊！"一到傍晚，归巢的鸟雀像是突然从西天的晚霞里钻出来的，络绎不绝地飞过来，黑压压地，像半天里的云。回到家里的它们，不知为什么不是快些歇息，而是还站在巢边的树枝上大声地叫，大声地唱，叽叽喳喳地合奏，一团声地响，那声音能传去三四里之外。

文明、文化和河水好像总是联系着的。阳河虽然小，但阳河水也是有一份光发一份热地哺育着两岸的文化和文明。大王镇境内的河边，有大汶口文化遗址，有以魏碑名碑《马鸣寺根法师碑》（亦称《马鸣寺碑》）而名闻天下的马鸣寺遗址，有中共在山东最早建立的两个农村党支部，有海内保存最为完整的第一版《共产党宣言》。就是"左"起来，阳河岸边上的人，也不甘人后。像人民公社吃"大锅饭"的时候，全国最大而且唯一的"大锅"——全社实行一级核算财政体制的公社，就是我们的大王人民公社。阳河边上还有一个传了不知多少代的说法：如果一个官是一粒米的话，阳河岸上能出一斗米的官。一斗米得有多少粒呵，谁也数不清。这里出过国民党抗日名将李延年、李玉堂，出过共产党七届二中全会候补中央委员刘子久，原国家广播局局长丁莱夫，解放军济南军区司令员、上将张太恒，至于其他的中官、小官，真是只能以米粒之多来衡量了。

不过，这都是过去的事情，都是记忆中的情景了。

阳河岸边的人们，从上去大约几十年起，既没人通知，大家也没商量，没讨论，就不约而同地开始虐待和毁灭阳河。形成这条美丽的河，经历了几万年还是十几万年，谁也说不清，而毁坏它，不过就是用了一代人或最多两代人的时间。真是人心齐，泰山移，真是人多力量大，热情高，好办事，真是只要有了人，什么人间奇迹也可以创造出来啊！

鲁迅先生说过，"悲剧就是将人生的有价值的东西毁灭给人看"。而发生在我们眼前的，更是悲剧中的悲剧，因为编写、排练和上演了毁灭阳河悲剧的，正是阳河水养大了的子子孙孙们。

这是令人痛心而又徒叹奈何的事情。清水没了，鱼虾没了，大柳树没了。树没了，树上的鸟雀自然也不会有了。河中流淌的是如同酱油般的臭水。北边某乡镇有个光棍，很有经济头脑，他跑来就地取材，将水灌到瓶里桶里当酱油卖。很多人觉得这酱油颜色还不错，看来没掺水，而且便宜，大家纷纷掏腰包。但炒菜时发现，酱油的味道好像不怎么样。后来工商局破了这个"疑案"，买酱油的人都哇哇地想吐。密封再严的汽车由河边路过，也会闻到扑鼻的腥臭。地下的水位一降再降，抽上来的也不再是清洌可口的甘泉。莫名其妙地患上怪病的人越来越多。有人说，昔日的"将军之乡"已成了"癌症之乡"，因为年轻人体检时老是肝大，这里已经没有了多少合格的兵源。我们村是个只有七八百人的小村，每年有四五个甚至七八个人死于癌症。乡亲们说，除非是上头来进行诸如"环境优美乡镇"验收的时候，情况才略微好点。更多的时候，总是能闻到刺鼻的气味，从四面八方飘过来，在田野里村子里院子里屋子里和肺里游荡徘徊。有钱的人都到外地买房子，想尽一切办法尽快搬离这个地方。没钱的、钱少的、有命，只能眼巴巴地在这里熬着，靠命抗着。

阳河，我心中的母亲河，你已经再也不是我记忆中那个风情万种的小姑娘，那个风姿绰约的少妇，你已变成了一个百病缠身、奄奄一息的老太婆。我知道，河中流淌的，是你辛酸苦涩的泪水，河道上吹过来呜咽的风，是你悲痛绝望的号哭。

河道两边的人，特别是想着升官发财的人们，都在炫耀着本地经济的发展是多么神速，GDP的成果是多么地骄人，又有谁会为这条河的毁灭而羞愧而自责呢？或许，有人为医治母亲河的病痛，开出过妙方。但，谁出药资？谁去抓药？谁来煎熬？谁将药汤不分日夜奉献于母亲的病榻之前？

或许有人能办，但他不想办，不敢办；或许有人想办，也敢办，但他没有能力，办不了。

我可怜的众乡亲！我可怜的母亲河！

而且，该说的，已有不少人说过多次。而说过多次，也等于白说。

呜呼！即使如此，我还是以后辈子孙的愧疚之心和泫然之泪，奉上此文，给阳河。愿她早日祛除病痛，重新恢复昔日的健康与美丽。

2007 年 12 月 6 日

小 戏

我老家广饶县，是山东吕剧的故乡。上世纪八十年代区划变动，诞生吕剧的那个乡镇划归了东营区，自此始，吕剧故乡就成了东营市东营区。不过，相邻的博兴县也坚持说他们那里才是吕剧的诞生地。这类文化遗产项目的争执在中国司空见惯，大家各执己见，互不相让。可这没法做亲子鉴定，也无法像中国南海一样"搁置争议，共同开发"，所以就只能各说各的，各利用各的。

我们这里的人，把京剧叫大戏，吕剧叫小戏。

都说媳妇是人家的好，孩子是自己的好。由此论之，山东人，特别是东营人，说起吕剧就该夸成天下第一。就像我在部队时，河南战友说起豫剧来，嚯！那个好一顿夸啊！不是一般的好，是最好，是顶好，是老好，别的统统不在话下。俺东营这里的人不这样，大家不光说吕剧好，听了京剧、豫剧还有评剧、黄梅戏、东北二人转什么的，也都说很好。

看，俺这里的人多谦虚——谦虚才能使人进步嘛。

东营这里，很多村都有唱戏的传统。像我们村，虽说是个小村，但旧时候就有人唱子弟戏。所谓子弟戏，就是一个村的老少爷们，瞅闲时候凑一块说说唱唱，不为挣钱不为出名，只是图个热闹。有个叫张锦钊的，过去在县城玉福堂学过戏，说起来该算科班出身了，还有个叫张之芳的，也有深厚的功底。他们几个在我们村排演过《武家坡》《捉放曹》《铁弓缘》《钓金龟》等。这些戏的角色少，唱起来方便。这几出戏还到邻村轮流演过，都是叫了好的。

人民公社之前，我们村也唱戏，有一年为了制造轰动效应，当老师的张三乐大叔写了海报，叫人贴到好多个村子里。海报上"五彩灯光、立体布景、文武带打、名角助阵"的字样，吊起了很多人的胃口，没想到宣传得夸张了些，晚上十里八庄的人来看戏，结果都大呼上当。不过我们村好唱戏却由此出了名，三乐叔也给村里留下了一段佳话。到现在说起这事，他还同大伙一起嘻嘻地乐了又乐呢。

人民公社那个时候，上头号召各村开展革命文艺活动，我们村也成立了"庄户剧团"。说剧团有点勉强，其实就是个小戏班子。进入冬季，农活少了，村里爱唱的人就找个地方，凑到一块排练。我们村排戏时曾刨过地窝子，但多是在小学校里。开始排练时光用晚上的时间，快到临近演出时，就要加劲了，白天也得去。排戏时，就有很多戏迷拿着小板凳去看。因是上头布置的革命任务，所以大队就有人组织、张罗。参加排戏的都在各自的生产队记工分。但大家都是冲着爱好和兴致去的，不论主角、配角还是跑龙套的，也不论操琴的司鼓的敲锣打光钗（钵）烧水看灯打杂的，都没人计较工分的多与少。

演出是全村的大事，好似奥运的倒计时。大伙儿每天都会念叨，说还有多少天就要演戏了。真到了开演那天，村里像过节般热闹。有的人早早放个小板凳占位子，有的人干脆早吃饭去戏台下坐着等着，还有的去外村请亲戚邀朋友来看戏。大家见了都满面春风地打招呼。

天黑了，戏台上的两盏大汽灯亮起来了。又过一会儿，锣鼓响起来了，这叫"幌台"，是用锣声鼓声发出信息，快点来呀，好戏马上就要开台了！台幌到第三遍，大幕拉开，戏就真的开演了。这时，台下的叫声，笑声，呼喊声，同台上的锣鼓声胡琴声，还有唱声搅作一团。这种气氛，只有在村里看戏才能感受得到。

我们村演的昌剧，我最早看过的是《李二嫂改嫁》。我本家的二叔张殿公在这出戏中扮演老是阻挠二嫂改嫁的坏蛋李七。他有一句唱词是"红绸子裤，绿阑干，世上就数寡妇难"。我们小孩子看了戏，就把他当成了坏人，见了他也不叫二叔了，都跟在他后边喊他李七，有的还学着他的腔调唱"世上就数那寡妇难哪"。开始时二叔不理我们，闹得次数多了，他就装出生气的样子，回身伸开大手来抓我们。小伙伴们都哇地一声，回头拼命狂奔。但是二叔又扭回头走了，并没有真来抓我们。大家喘息过来后，说二叔本来是好人，演李七演成了坏人，好凶啊。

后来演《三月三》《红嫂》《白毛女》《沙家浜》《三世仇》《心上人》这些戏时，就是文革期间了。这些戏，好像都是从样板戏或是其他剧种移植的，动作或是模仿母剧的动作，或是自己琢磨创造。唱腔当然是吕剧的，而道白，就用我们当地的方言——这可是最标准的吕剧道白啊。

说到这里，我忽然想起一事。我在部队时，一次去师部集训，晚上无事，在球场的灯下下棋，有次遇上了一个师部文艺宣传队的队员同我对垒。那人长得很帅，北京话说得很显摆，很像是高干子弟。他一句接一句地学我的山东话。后来我有些不高兴了，问他这是干嘛，他一本正经地说，你别生气，主要是你的口音忒（太）像吕剧道白了，所以禁不住就想学。我很自豪地说，你知道吗，吕剧的故乡就在我们县啊。他忽地肃然起来，收敛了脸上的笑容，连说，呵，怪不得呢。再后来，连着三盘，他被我杀得屁滚尿流，只好摇摇头，拱拱手，走了。

我们村的剧务总管，大约相当于旧时的戏班班主，是希哲大叔，他德高望众，有学问，有心计，将戏班管理得井井有条。戏班还有艺术顾问，或叫艺术指导，是家乐哥。那时他在公社财政所上班，也是戏迷，有空就回来和大家说戏，大家都很尊重他的意见。副总管兼导演是效尧哥。他师范毕业后在青岛上班，后来被打成右派撵回村里。他满身文艺细胞，做念唱几乎都能达到专业演员水平。戏班里就他识简谱，他一句句地教，别人一句句地学。因为从心里喜欢，所以学的就能硬生生地记住，那时候演戏时没有扩音器，更没有现在的假唱，就是靠真嗓子盖住台下的声音。

演戏是在小学校里。戏台朝东，台子后边有一棵大树，方便扎戏台，挂布景。有一年，忘记是演什么戏了，剧中有一个男主角用手枪打落鸟的情节。这很难演，因为没有真的鸟。事有凑巧，演出前不知谁捉到一只鹞子（我们这里土话叫小鹰子），正派上了用场。演出时安排人爬到树上，男主角一甩手，只听啪地一声响，半空中真的掉下一只大鸟来，台下一阵惊呼，又齐声叫好，把气氛推向了高潮。

52度咏叹调

可惜就在我们村小剧团的演技差不多达到最高水平的时候，演出却戛然而止了。出现这种变故，是因为发生了一件始料不及的事情。

不论哪村演戏，也常常会发生一些叫人挠头的事。那时没有更多的文化活动，有些小伙子百无聊赖，精力没处发泄，就到唱戏的地方去找热闹。他们少者三五人，多者十几个，去了并不是真看戏听戏，而是伺机捣乱。有时是乱挤乱搡，有时是挤倒一片人后大家压上去，就像足球赛一方进了球时的庆祝动作。前者，大家称之为"抗蛋"，后者叫作"压摞"。更可恶的，是有人趁乱去年轻女人们身上乱摸，或是拧她们的屁股和大腿，这时会听到女人们的尖叫或是怒骂。这样，戏就很难看得好了，所以凡是演戏的村子，都要组织一些人来维持秩序，这些人叫"管台的"。管台的人手里的家伙什是手电筒和长竹竿，闹得轻时，拿着手电筒朝闹事的地方照过去，呵斥几声；再不行，就拿着竹竿朝捣乱的地方，劈头盖脑地打下去（当然往往是虚张声势），这样他们就会收敛一些，秩序就会好一些。

我们村历代有着练武的风俗，并且有过在村内将沧州飞贼打得哭爹喊娘，出外时将拦路行劫的强人揍得跪地求饶的佳话，但对待周围村庄的乡亲却从来不好勇斗狠，所以演戏时往往就有来捣蛋的。1968年春节过后的一天晚上，因为文革闹"两派"的原因，邻村来了一帮同我们村不一个"观点"的青年老在捣乱，看台的怎么也制止不住，老少爷们火了，都骂起来："打那些熊种们！打！打！"义愤填膺的年轻人，还没等使上武术的招数，就将闹事的那些人揍得哭爹叫娘起来。但不知怎么回事，我们村自抗日战争之后唯一的一次演武行，却放跑了"真凶"，错打了北面庞项村的人。戏是没法演下去了，大家都散了伙。大约到了10点多的时候，忽听我家屋后大街上一群人通通乱跑，过一会，有人吆喝说庞项村的来人把效尧抓走了。原来是挨了揍的人心里窝火，就约了很多人，来把效尧哥抓去出气。记得当时颐年叔在我家玩还没走，忽听街上喧嚷，我们要出去看看，母亲怕我们惹事，坚决不让我们出去。第二天听说，当晚我们村就有人去了庞项村调解。其实，两个村关系一直不错，相互间亲戚也很多，又是误会，所以效尧哥很快就安然无恙地回来了，而挨了打的，可能就是白捡了一顿打。

而这次只演到一多半的戏，就成了我们村"庄户剧团"最后的告别演出。

当年那些唱戏的人们，还有些人旧情难舍。兴之所至，就或在雨雪天或在晚上，有时也在农闲季节，临时动议，约上三五同好，唱上一回过过瘾。我家前邻是悦之家，就常常有悠扬的胡琴声和唱声传到老远。还有的则每隔三天五日就定期集合到一家，热闹上半天。几年前，回家过春节的我，竟在大年初一的上午，遇到邻村一个中学时的同学，拎着二胡，串了好几个村找戏友唱戏，真是迷得可以。

我曾问过他们，现在还能不能再组织起戏班子唱起来，他们都说已无可能。因为现在有点闲空，大家就忙着上网、玩麻将打牌、看股市行情，爱看节目的，都看节奏快而情节逼真的故事片和连续剧。就连电视上高水平大剧团专业演员演出的戏剧节目，都少有人喜欢，何况我们这些草台班子的演出。如果我们庄户人自己再演，就很难有以前那么多的观众了。再说了，就是有人想看，谁又有这闲工夫去唱呢？

汪曾祺散文集《草木春秋》中，有一篇《胡同文化》，文章最后写道："看看这些胡同的照片，不禁使人产生怀旧情绪，甚至有些伤感。但这是无可奈何的事，在商品经济大潮的席卷之下，胡同和胡同文化总有一天会消失的。也许像西安的虾蟆陵，南京的乌衣巷，还会保留一两个名目，使人怅望低徊。再见吧，胡同。"我觉得，与胡同相比，村里小戏的衰败凋零，是无奈更甚的事情。胡同如不以强力摧毁，它还会好端端地存在下去，而村中的小戏班子，却是自己从体内消尽了苟延下去的活力。就在前不久，我遇到了吕剧老家东营区时家、杜家一带村子里的人，他们说有的村还有吕剧演唱队伍，但它得靠上头的财力扶持，而这种扶持的动因，就是这里是吕剧的故乡。如单凭兴趣，维系下去的难度就更大了。

其实，想想也不必为此过于感伤。社会，本来就是新事物的产生和旧东西灭亡的过程。过程呈现出的是绿色，但结局的照片，其颜色却都是泛黄。不论新与旧，展示给人看的不变的图案，永远是新枝催败叶。这是历史的潮流，任谁也难以抵挡和改变的。

　　但这并不妨碍还是有人爱唱小戏，甚至再过几十年几百年，我们这一带，包括我们那个小村子里，应该依然有人喜爱唱小戏——尽管那时的爱好者，可能比现在还要少而又少吧。

2010 年 7 月 29 日

硕 鼠

硕鼠硕鼠，无食我黍！三岁贯女，莫我肯顾。逝将去女，适彼乐土。乐土乐土，爰得我所。

硕鼠硕鼠， 无食我麦！三岁贯女，莫我肯德。逝将去女，适彼乐国。乐国乐国，爰得我直。

硕鼠硕鼠，无食我苗！三岁贯女，莫我肯劳。逝将去女，适彼乐郊。乐郊乐郊，谁之永号？

——《诗经·硕鼠》

在我们老家，有农历十月初一上坟的风俗。这天上午，我早早驱车赶回了家中。

在院子里，娘儿俩说了没几句话，母亲就开始对着我数落起老鼠。她说，家里总是闹老鼠。不知为啥，猫不见了，只好用粘鼠板粘，用药毒，用箱子套，用鼠夹子夹，可是不大管用，村里的大老鼠越来越多，成群结队，厉害得很，啃透了东屋的木门，钻进屋里去偷吃饭菜，在院子里，还专咬长得最旺最水灵的青菜心。东邻三婶在院墙外种的豆子，也叫老鼠吃得精光。

保姆刘嫂，正在往东屋木门最下边钉铁皮，用来堵被老鼠啃出的洞，听到母亲抱怨，也插话说："张大哥，老鼠这东西鬼着呢，特别是大老鼠，真是能成了精，得了'道业'的！"她见我笑了笑，似有不信，就给我讲了一件事。

她是蓬莱人，住在离县城十多里的乡下。解放前，她娘家的二伯在牟平城中一家大油坊中当过多年伙计。油坊的后院中，有若干大缸用来盛大豆或是豆油。油坊特别招老鼠，赶不退，逮不净，提起老鼠，掌柜的和伙计们都恨得牙根发痒。有次，一个伙计好不容易逮住了一只老鼠，就搞了个恶作剧，将它的爪子全都用刀剁下来后放了生。他想借此方法给其他老鼠送信，吓唬它们，另外也想看看这只残废了的老鼠会是什么结局。但以后一年多时间，油坊里的人却没再发现那只老鼠，所以大家慢慢地也就将这事淡忘了。有一天，正在打扫院子的二伯，看到成群的老鼠在缸沿上乱跑，就拿起大扫把往前猛地一扑，同时震天响地大吼一声，结果大部分老鼠落地而逃，也有的老鼠掉到了空缸里。他过去一看，大约有六七只的样子，在缸底窜来窜去急得吱吱乱叫。他心想，我也不逮你们了，就叫你们饿死在里头！于是他便扭回身继续干活。谁知不一会儿，他无意中一抬头却见一只老鼠从那个缸沿上跳下地溜走了。他觉得奇怪，就拄着扫把站在那儿观察。不一会，就见成群结队来了二三十只老鼠，在缸底的一边扒土。大约过了大半个小时，空缸忽然歪倒了，掉进缸里的老鼠都溜了出来，结队而逃。二伯快步蹿过去一看，只见摇摇摆摆跑在最后的那只，肥胖硕大，四肢无爪，竟是以前被伙计放走的那只！

"张大哥，我二伯那人，是从不说假话的，"刘嫂看到我表情有些惊讶，就以更认真的口气说："以后油坊的人慢慢地想明白了，原来掉缸里的那些老鼠，没法出去了，就想了办法，一齐使劲，将一只老鼠抬出缸外，让它去搬救兵。救兵的首领，或是军师，就是那没爪的大老鼠，是它指挥救兵在外挖坑，坑挖大了，缸歪了，所以老鼠们就都跑出来了——你说这老鼠不是成了精吗！"

其实，我也曾经从书上看到过不少有关智鼠、义鼠的故事，对刘嫂说的事，还是相信的。

她们关于老鼠的话题，使我忽然又想到一件事。好像是从去年始，我回家时，母亲就常常同我说到闹老鼠。那么，这老鼠为啥突然多起来了呢？我有点纳闷。我知道，老鼠这东西很怪，特别是俗话中说的"老鼠搬家"，就常常叫人心生迷惑。它们有时候像是初一十六上大潮般地成群结队冒出来，而有时又似大逃荒般地忽然蒸发得踪迹无寻。近几年来，在我住的城中小区里，有时就有这种怪现象。

听了我的疑问，母亲说，村里人都议论，是因为近一两年来，坡里没了庄稼，老鼠没了吃的，才搬回村里觅食的。

我似乎有些明白了：

我们村是个只有700多口人的小村，不到千亩土地，多数乡亲以耕种为生。但从一年多以前，"上头"作主，将土地全部"租"了出去盖工厂。为了解决吃饭问题，就按照吨粮田（一亩地一年产1000斤小麦、1000斤玉米）当年粮价，折算成现金补助给大家。村里的土地全是良田，而这类土地是更上头早已三令五申绝对不得巧立名目改作他用的。所以上有政策，下有对策：先将土地撂荒，让它长满杂草，然后拍下照片报上去，说是荒地，再设法逐级打通关节，变通处理。这样，来办工厂的，就有了土地；各家各户也不用再种地，从此可以坐等吃穿，而有权力运作这类事情的，既有政绩上报，说不定又有好处入囊。总之吧，最少是三大欢喜。

我忽然有了一种冲动，想去看看可能过不了多久就会永远埋入钢筋和水泥下面的那片黄土地。

上坟都是在下午，上午没事可干了，我便打手机约上堂兄，叫他用电动车带着我，匆匆悠悠地朝村外驰去。

我们村土地全在村东。我以前回家时，总是情不由己地走到那里徜徉。虽然田野中已无法寻见儿时最叫人心动的景色，平展规矩得近乎于呆板。但即便如此，它还是那么令我流连。很多年来，每到此时，我总是有一种难以说清的情绪浮于心际，只到不久前，我忽然间有了再清澈不过的解悟：那一次，我正遇母亲翻看她那些一直舍不得扔掉的旧物，自己无意间走过去，一下子就捧起了一件旧棉袄。我心中电击般滑过一阵震颤，那份融融的温暖，从身体的最底层激迸而出，唯有自己才嗅得出的儿时洒下的奶香味，依然沁人心脾。

这片土地是我少年时的乐园。它没有鲁迅先生《从百草园到三味书屋》中所说的高大的皂荚树、紫红的桑葚，但也有鸣蝉在树叶里长吟，肥胖的黄蜂伏在菜花上，轻捷的麻雀忽然从草间蹿向树梢。我们去挖野菜，粘知了，捉蝈蝈，逮蚂蚱，摸鱼虾，追野兔……有时我们还会打蛇。那时的蛇是常见的。这里的人不爱吃蛇，再肥大的蛇也不会成为桌上的佳肴。在我们的尖叫声中，它或者钻入哪个洞穴捡得了性命，或是被我们打死丢弃在那里，不知以后成为什么动物的美餐。有时也会遇到黄鼠狼，我们对它有些敬畏，轻易不敢招惹它，因为大人们说过，黄鼬是会押人魂魄的。"千年黑万年白"，如果嘴成了白色的，那就得道成仙了，但不论黑嘴还是白嘴的，我们却从未见到过。

"你看，这里就是原来的'河圈地'，往南几十米，就是那条河来，你小时候用镰刀砍中了一条大鲤鱼的地方，就是这里！"堂兄指着眼前的土地。

我当然记得这个地方。除了用镰刀砍鱼的事之外，我还有记忆更深的挖田鼠。上小学时，正是三年大饥荒时期，任何可以用来活命的东西，都会被人填入肚子。我们曾多次在河圈地挖过田鼠，因为这里的田鼠既多又肥。带领我们挖田鼠次数最多的，是双余二叔。虽然他只比我们大三四岁，但小时候这个年龄差距就是孩子和大人的差距。我们好几个小伙伴跟他到坡里挖野菜和玩耍，就像是一群小鸡崽不离左右地跟随着一只老母鸡。在我们眼里，二叔学问很大，他不但知道有的汽车长着10个轮子，叫十轮卡，还知道美国人造的炸弹特别大，差不多有飞机那么大，一颗就能炸出比我们村还大的一个湖来。而最叫我们佩服的，是他会在地里看鼠洞并用随身带的一个小铁铲，将田鼠挖出来。

田鼠就是《诗经·硕鼠》中说的老鼠。田鼠是学名，我们这里叫它仓老鼠。它比家鼠尾巴短，腮两边各长着一个口袋，可作运输工具，能将偷来的粮食含起来，运到洞中。它的洞很像地道战的地道，左拐右拐的，有明有暗，有真有假，可用来迷惑敌人。二叔领着我们在地里走来走去，忽然在一个地方站定，然后用小铁铲朝眼前一指，以不容置疑的语气说，就是这里！那个样子，就好似一个大将军扬起指挥刀时的神气。接下来，他又变作了战斗员，用铁铲使劲挖，不一会，从地道里挖出不少豆粒，又一会，在我们的惊呼声中，真就挖出一只大仓鼠来！他先将它用铁铲拍死，然后点火烧烤。这时，我们都四处跑去捡柴草给二叔。很快，在白白的烟雾中，香味冒出来了。二叔这时又成了大将军，像分派战利品一样，将那鼠剥开来，一点点地分给我们。他分得很是公平，自己也不多吃多占。运气好时，我们半天能吃到好几只仓鼠。那种香味，令我至今难忘。

可是，而今的脚下，却是荒草及膝，随风而舞，如同弃妇的蓬头乱发。

不远处就是正在施工的工地，几台大型机械正在轰轰作响。每隔大约十米，就有一个两米见方的大水泥桩嵌入地下，纵横交错，伸向远方。看得出这是将来厂房的桩基——不知多少千年万年枯荣交替的生生不息，很快就要化为坚固与冰凉的"现代化"厂房了。

近午的阳光暖煦而亮丽，我的心中却悲怆凄凉，怅然若失。

我对堂兄讲起吃仓鼠的事，并问他，现在村里的老鼠，是不是村外的仓鼠没了粮食吃而跑回了村里？他说不是，村里的还是家鼠。看我不解，他就解释说，近二三十年来，村里的房子地面全都用水泥铺了，有的连院子也铺了，老鼠没法打洞，没了吃的，被逼得跑到了村外吃庄稼。但现在这土地一撂荒，粮食没了，老鼠只好又转移回了村里。

"啊，原来是这样！"

"老鼠也得活命啊——"他笑起来，并且又补充一句："都是人逼的！老鼠算什么，人才厉害呢——人比老鼠可厉害多了！"

堂兄推着电瓶车，领着我在笔直宽阔的柏油路上慢慢走。他不时驻足，指指点点，说这是原来的什么地片，要建什么工厂。他说，全村的地，要建三个厂：电瓶厂、农药厂和塑料厂。

我大吃一惊，问："这些厂子，都是要排污的吧？污水往哪排？"

他摇摇头，说不知道。

我无心再转下去了，便说天不早了，回家。

吃过午饭，本想躺下小睡一会儿，但全无睡意，便在床上用笔记本上网，看到的消息是河南省某地因平祖坟而引起的官民冲突。到下午三点多钟去上坟。本想上完坟后回家，谁知在车中打着火后，却旋即将火熄掉，然后从车上下来，一个人又向地里走去。

我明白，自己是要去与即将逝去的家园，做最后的道别。

下车时，我从车上拿下了数码相机，想拍下些照片留作纪念，但走着走着，我却失去了拍照的欲望。拍下来，不过是徒增凄凉伤感，倒不如将这最后的印象刻于心底，以后随我化为青烟直至虚无。

在一面新砌了一半的砖墙边，我遇上村里一个正在那里放羊的老弟。说过几句话后，我向他问起工厂排污之事，他用鞭子朝前一指，说："哥，你看到那眼机井没有？全村的机井都没有填，都是这样封起来，你说是干什么！"

我心中冰凉透底，记起以前见到过的报道，说辽宁某地曾将工业废水注入地下，以致人们再也无法在那片土地上耕种。我还知道，在离我们村不是很远的外乡镇的一个地方，有一个厂子，就是打井将工业废水排至了地下，导致周围好几个村的乡亲患癌症的比率陡然上升。有的人恨恨地发狠话，说要串通好几个村的人，集资雇凶，去割下那个老板的人头。但发狠没用，老板的人头至今还好好地长在脖子上，而且长得更大更肥。废水照常灌入地下，唯一的变化，就是由几十米的浅地表，下降到了几百米的深处。

"这三个厂子往这一躺，乡亲们以后还能喘上口新鲜空气吗？"

老弟笑起来："俺的哥啊，中国人就是鼠目寸光啊，你不这样咋办？你们当干部的命值钱啊，俺们这样的贱老百姓命值啥钱？就是糊弄一时是一时呗！"

"当然，老百姓里，有的人命也值钱，不过那是有钱人家，"不等我回答，他又接着说："人家都到大城市买房了，走了；没走的，也是说走抬腿就能走。穷主们，能往哪去？你说，能——往——哪——里——去！"

起风了。

回家吧，幸好还有个家。对面残阳夕照，背后秋风劲吹，忽然体味到了古人离乡去国的别绪愁肠。"多情自古伤离别，更那堪，冷落清秋节。"柳永笔下人物，与有情人的相离，或许只是暂别，就叫人无语凝噎。如今面对的，却是先人们留下的家园，正在逝去，正在永别。这个家园，在外人眼中，或许只是几亩黄土，而对于这个村里土生土长的人来说，却差不多就是整个国家，整个世界。

回到家，见刘嫂正在屋外放逮鼠箱，说是刚去买的。我对母亲说，把东屋木门下边干脆都用铁皮包了，老鼠就啃不动了。母亲说不用了，因为说不定哪天就要"规划"，凑一起住楼了。

52度咏叹调

"你愿意住楼吗，刘嫂？"

"当然还是住个小院好啊，人能接地气，能种点菜，还能晒被子。可是，老百姓叫咋着就得咋着啊。"她叹口气，忽然说："地不是个人的了，坟园没了，再没了天井（宅院），老百姓真就没有一寸地了——没有地了，还叫个家吗？"

我惊讶地看了看她，不大识字的她，竟然说出了这样的话。

一天的经历，特别是刘嫂的话，令我心绪纠结。因为身体不好，懂得一定要注意保持愉快的心情，所以就一再劝解自己，尽量不往心里装事。于是晚饭后看书消遣，谁知翻了好多页，全然不知书中所云，在眼前晃动的，不是惊恐万状的老鼠，就是那些冰冷的大水泥墩和张着大口的废机井。

直至此时，我方才明白，这个村子和村外的土地，是自己精神的支撑、依托和慰藉。60多年前，自己生于这个地方，生命之初的水，是这里的，呼吸的第一口空气，是这里的。第一滴泪，第一声哭和笑，都是给了这个地方！那早已化为微粒子的最初始的生命原质，就是化作了灰烬，也难以与自己分离了。

无眠。

不知夜至何时，干脆披上棉袄，拥被半坐，闭目假寐。不知不觉间，听到外屋那座30多年的老式挂钟不紧不慢，敲出当当两声。而就在此时，忽听屋外传来"吱吱"的尖叫。我穿鞋下地，轻轻打开屋门，悄悄步出屋外。借院外路灯的亮光，看到一只大老鼠被关在箱内，而箱外的一只，见到我后，忽地奔窜而去。

看得出，这应该是一对难舍难离的爱侣。

我随手捡起一根细铁棍，准备结果了箱内这只老鼠的性命。看到走至近前的我，它更加惊恐万状，拼命挣窜。那无助的样子，叫我忽然动了恻隐之心，竟然可怜起这些小生灵来。

硕鼠啊，硕鼠！以前你们吃我们的黍，吃我们的麦，吃我们的苗，逼得我们逃离故土去寻找乐土、乐国、乐郊。所以先人们写了诗来诅咒于你们：你们是多么可恨的硕鼠！可是，可是现在我们没了黍给你们，没了麦给你们，没了苗给你们，你们就只好和原来的我们一样，也没了乐土，没了乐国，没了乐郊了。

　　同是苦命者，相煎何太急。

　　我怔怔地看着它，许久。忽然间，不知为什么，我下意识地拔开鼠箱的堵头，并用铁棍拨动它。它慢慢地溜到箱口，然后"忽"的一下蹿出箱外，转眼间消失在院子里的菜地里……

2012 年 11 月 26 日

第二辑

永不泛黄的相片

　　时间能叫过往的永远定格,倏然而后,铁定不再。但唯有一种例外,那就是真情与厚爱。不受时空的限制和束缚,被它浸润过的人或事,底色的青绿,与宇宙同在。

黄土地

表姐夫打电话告诉我，前些天父亲托梦给表姐，说他的"屋"漏了，往里灌风进雨。这个梦叫他俩心中不安，就骑上三轮车，带着铁锹，到父亲的坟上看了，果然真有个洞，可能是不久前那场大雨浸灌的。最后，表姐夫对我说，那个洞已补好，你放心就是。

不知怎么，这事装在心里就放不下了。两天后，我回家，见过母亲后，就赶去了父亲的坟前。

村公墓在村东杨树林中。这是全村父老乡亲的又一处生活之所。在另一个世界里，若干辈子的前人们都在这里相聚。视死如"归"的五柳先生陶渊明，将这种居所称之为生命最后永远归之的"本宅"。在这个规划得也很整齐，不过稍稍微观了些的村落里，最东边一排，从南往北数，第三户就是父亲的宅子。

我围着他的宅子转了一圈，看到姐姐和姐夫填补土坑的痕迹还在。

我带了点心、火腿和盒装的鲜奶，献给那边的父亲。这都是他生前最喜欢吃的。小瓶北京红星二锅头，是我随车带的，也给他斟上一点。只一点，他不能多喝，喝多了会过敏，喘不过气来。这回，我本想控制着不流泪的，可是终究还是没忍住。四周空无一人，我任两行清泪顺腮流淌。问候过几句话后，我就开始数落他给表姐托梦的事。我说，我姐姐身体不好，你是知道的，你给她托一回梦，就会成了她和姐夫若干天的心事。你有事，和我说还不行吗？到了那边了，怎么还老给我姐姐、姐夫添麻烦啊。你得记住，以后有事不能和他们说了！

晚秋的季节。已泛黄的野草和杨叶，送给人满目凄凉。正是北雁南归时，哀鸿声远，断人心肠。天空阴沉沉的，预报说是有雨，但没有下。紧一阵缓一阵的东北风荡过原野，扫过杨林，吹过我的心头。杨叶飒飒，声如涛涌。不时有衰败至极的黄叶，翻着跟头从空中飘落。

我说的，你要是记住了，就让一片杨叶打到我的头上！我默默地祷告，合上双眼等待。

许久。没有应验。我叹口气，睁开眼，坐到不知从几千几万年前开始称之为坟的那个黄土堆前，任已不再年轻和敏捷的思绪信马由缰。

我的目光穿越了那层不是太厚的黄土。黄土下边安放着一个不大不小、不贵不贱的盒子。那盒子是一年多前我抱到坟边，然后由别人安放下去的。那里头，是化为灰烬了的父亲。

倏然间，电石火光般地一闪，我有了一个发现：是因为我没有满足父亲最后的心愿，他所以生气，所以有事才不托梦给自己的儿子。

他是上年正月二十四过世的，活了97岁。据说他是村里好多辈子以来享寿最长的男人。去世前两个多月，往板凳上落坐时，不小心一屁股跌坐在地，沉重的身躯挫断了或已糠化了的胯骨，他从此不起。

我一直盼他能活过百岁。在我的老家，百岁老人每年都有一定现金的补助。我和妻子多次对着他已聋得很厉害的耳朵大声说："你得活到100岁，给我们挣钱花啊！"开始，他总是咧开没牙的嘴巴笑笑，伸出几个手指头，意思是，你看，我在努力着呢，就差这几年了！但在去世前一年多，他对这话已没了反应，只是茫然地瞅瞅你，并不作任何回答。看到他这个样子，我心里涌出阵阵酸楚，明白了什么叫风烛残年，什么叫油尽灯枯。我知道，他像一部磨损得非常严重的机器一样，随时都在准备熄掉他的生命之火了。我自己不怕死，但我很怕身边的亲人舍我而去。每次一想到本来活生生的人突然间与你阴阳两隔，唯有记忆留存脑际的时候，就会痛苦，就会茫然。再说，只要有老人在，我就觉得自己还是个孩子，依然有资格拥有童心，而童心是生命活力的发动机。我虽然有了孙辈，但因有他和母亲的蔽罩而依然童心不泯。

"明明，双双！快些上东坡，刨坑把我埋了啊！"在过世前好几天里，他一次又一次发出呓语，用我两个女儿的名字低低地呼叫我——自从我有了孩子，父亲就用孩子的名字招呼我。在生命的最后时刻，他在耗尽最后的能量，振起那一缕游丝之气，叫我去完成他若干年来最大的一个心愿：将他的肉身埋入黄土。一屋子的亲友们都不知如何安慰或是回答他——其实任何的安慰、任何的回答，他也已无从知晓。而我，也只能流泪。

大约是从80多岁的时候开始，他就害怕听到有人辞世的噩耗。只要听说了，他就会一两天闷闷不乐，茶饭不香。所以我对常到我家去的人都嘱咐过，不论谁没了，不管是否是他认识的，都不要跟他说，免得给他增添些无谓的恐惧。其实，在此前，我也曾多次听到他同年迈的乡邻们谈到过火化。每次，他都会自言自语地一次次说出下边的话来："人没了，还要去烧成灰……像过去那样，埋了多好啊！"

直到今日，我才发现了自己本不该有的一个疏忽，将他怕火化误以为了他怕死。多年来，我一直有一个模式化的习惯思维：他不识字，又不在教，所以对死难免有一种莫名的恐惧。

想到这里，我很内疚，内疚得不知如何说才好。这么多年来，我多次听到过他对于死亡和丧葬方式的内心表达，但却没有认真地同他有过哪怕是一次思想上的交流与沟通。我自以为聪明，自以为有知识，自以为揣摩透了老人们的心理。而且，我还总是懵懵懂懂地以为，不缺他钱花，不缺他爱吃的东西，身体不舒服了又能及时为他医治，这就尽到了做儿女的责任。但是，作为儿女，这显然是远远不够的。这个道理，我也早就明白，而且还多次以此教育过他人。可是，明白了却又懒于去做，岂不更为可恨与可恼！

从父亲往上数，三代之前，我家的祖上曾是个殷实人家。但后来却越过越是潦倒。到了父亲小时候，因为老是断顿，奶奶就不得不常常领着孩子们沿街乞讨了。父亲有两个姐姐，兄弟三人。孩子多，又穷，就不金贵，所以祖父母竟然没有记住父亲的生日，只记住他生在六月。而那年有两个六月，到底是前一个六月还是闰六月，也全无了印象。父亲80岁前从未过一次生日，后来还是表姐夫提议定了六月六作他的生日，才过起来的。这也是我想起来就不肯原谅自己的事情。

父亲年轻时，家里只有很少的一点地，两代人主要靠扛长工和打短工度日。

土地成了他最渴望得到的东西。土改前他一星半点地置买下几块土地，却将自己从贫农的队伍中挤了出去。有了地，他就更玩命地劳作，梦想再得到更多的土地。他身高体壮，恨不能只喝凉水，只呼吸空气。但老天就像在捉弄人，就在他踌躇满志想靠勤劳来恢复祖上的基业时，命运却同他开了一个不大不小的玩笑：1956年，土地和人都要入社。他想不通。因为他笃信那么多人掺合到一起只会便宜懒汉二流子。他软磨硬抗拖了一年后，是党员的三叔领了上头的政治任务，包着做他的工作，并且话说得已不是很好听，他才很不情愿地加入了农业社。

但即便是土地充了公，他还是对土地有着强烈的感情。他一直是生产队的好社员，闷着头只知干活，而且不管干什么都要做得最好。大包干后，他更是一门心思扑到那几小块承包的土地上。老了，他就摆弄自己的小院子。到了90岁上下时，只要身上还能生出一点力气，他就挣扎着在小院里种上蔬菜和几棵庄稼。后来实在干不动了，他便双膝着地，跪在地垄里，慢慢地朝前爬着劳作。我见了，便去想搀他起来。他执意不听，我也只好松手。再后来，我也就不再勉强于他。有很多次，我长时间站在他旁边，默默地看着他做着自己心仪的事情。每次看到他的样子，我的心灵都要受到撞击。我如同看到了青藏高原上的朝圣者，心无旁骛，匍匐前行，膜拜的双手捧出渴望与虔诚。而黄土地，就是他心中圣洁的神灵，或者说简直就是他自己的灵魂。他跪在地上，与其说是向土地索取，毋宁说是在向大地感恩，感谢大地给了他一生的恩典。看到老人雕塑般的身躯，我总是想，如果有大手笔的人物画家或是雕塑家，一定能够以他为原型，创作出一幅骇世之作，题目就叫《灵魂的守望》，或是《黄土地上的朝圣者》。

土地真是他的魂。他好像就是为土地而生的。他唯一的愿望就是永远守望并亲近着脚下的黄土地。而我，与他恰恰相反，从懂事起，我就以离开这片黄土地为追求。矛盾不可避免地由此而生。这是观念的碰撞，是时代前进发生的摩擦，是两代人在代沟边上的不可躲避的交锋。母亲对此不甚明白，她认为这是爷儿两个"犯相"，是我和父亲性格不合的结果。

52度咏叹调

  他好像并不羡慕做官的和经商的,在他看来,那有点像是另一个星球上的事情。他不懂,甚至有些望而生畏。他一生胆小怕事,很想关起门来朝天过。他尤其怕官,对当官的敬而远之,实在撞上了,躲不开,就满脸堆笑,退避两步,怯怯地不知说什么才好。他零距离接触的最大的官,就是公社再下一级的管理区的一个李主任。他先前虽然让我去读书,但在他心目中,读书的目的却不是做官。目的何在,我猜他也并不清楚。我自小不爱劳动,又因为学习成绩好,所以从上初中开始,就为自己勾勒了不止一幅虽然模糊但却与他的期望背道而驰的图画。因出身中农,我未被推荐上高中。他却高兴起来,并开始为我,也是为他构画一幅蓝图:爷俩,两个棒劳力去生产队劳动,多挣工分,然后我早点娶妻然后接连不断地生孩子并代代劳作于黄土地上。

  回想起来,在这个"大是大非"问题上,我违背他心愿,与他发生摩擦冲突,最大的一次,就是我的当兵远行。这在彻底改变我人生轨迹的同时,也将他的愿望彻底地击碎。那是1969年年底,我瞒着他偷偷报名,目的再清楚不过,就是要以此为跳板离开农村。虽然国家兵役法上并未明文规定独子不能当兵,但这种不成文的观念,在那时的老人心里根深蒂固,所以我很清楚要达到自己的目的困难重重,而这越发增强了我的斗志,调动起各种力量去做父亲的工作。而这时,给我提亲的接连不断,他正处于兴奋状态,盼我尽早娶妻,所以很怕我远走高飞难找寻。母亲站在我一边,双方各持己见,事情闹得很僵。关键时我请来了姥娘作援兵。父亲很孝敬我姥娘,只好违心地同意我的意愿。带兵的到家里走访,问父母的态度。虽然我早给他打过"预防针",并狠了心,说了如不怎样我就怎样来要挟他,但我心中无底,怦怦乱跳,很怕他一句话葬送了我的前程。谁知他吭吭几声以后,竟石破天惊地说出一句:"愿意,愿意,去保国家,打鬼子,俺全家都愿意啊!"这使我对他的不满立时烟消云散,并且好生感激。我穿着没有帽徽领章的军装去公社集合时,父亲挤在为我送行的人群中不断地抹泪。那是我见过他唯一的一次流泪,我装作看不见,但感觉那泪就像是滴到了我的心里,很涩很酸。

  我是独子。他梦里也盼我能有男孩传宗接代。妻子生了双胞胎,是丫头。

他盼着我再生男孩。妻子后来怀孕流产时,他偷偷地流泪,对我母亲说过应该留下那个孩子。没有孙子,这是他一生最大的遗憾。但从两个丫头降生到他过世,整整30年的时间,他从未对我夫妻俩提过一字。可能在都是"国家人员"的儿子和儿媳面前,他感到自卑或是明知说也无用故尔干脆缄口不言。为他超乎寻常的明晓事理,我反而感到难过。

虽然稀罕孙子,但他对两个孙女依然视作掌上明珠。一直到死,他始终分不清两姐妹哪个是姐哪个是妹,见到了都是明明、双双地喊着,而两个孙女,也就不管他叫哪个名字都赶紧答应。有一次,院里种的向日葵熟了,他背了一包袱,后半夜3点多钟起身,步行3个小时,到了我们居住的县城宿舍门口,高声叫着孩子的名字。这件事我的妻子至今还常常提起。亲友或是邻里送点什么稀罕东西,他就放起来要留给孙女。好多次都放坏了,他也舍不得吃。为这事我和妻子说过他多次,他充耳不闻,照常我行我素。我父母的情也换来了两个孙女对他们的爱。现在,在机关长大的孩子很少有对老家一往情深的,但我的两个孩子却不是这样。她们从不嫌家里脏和冷,经常跑回家去看望两位老人。有一次,父亲便秘七八天,疼得直喊,实在无法了才打电话告诉我。我将他拉到我住的城里治疗,在急诊室里,两个孙女动手给爷爷抠下了大便。这事使我都深受感动。父亲出殡那天,两个丫头哭得死去活来,谁也劝不住,乡亲们说,老人家没白疼这两个孩子啊!

粗犷的线条,简单的墨色,涂抹出了父亲的一生。他是一幅焦墨画,甚至都没有大写意水墨的绚烂与淋漓。他是个极普通所以也就极典型的农民,普通得在任何一个村子里可以说是随处随时可遇。固守于黄土地,劳作于黄土地,多生孩子——最好是多几个男孩再厮守于黄土地,死时将完整的身躯返还给黄土地,这就是他一生矢志不渝的心愿。

父亲生于1911年农历六月,属于清朝人。从他往前,直到秦始皇或是更早,历代相沿,几乎都是如此简单的重复。但自他往下,社会却在急剧地发展变化。他对这些变化,反应好似非常迟钝。除了农业上的新技术之外,他对新鲜事物很少产生兴趣。几乎是一字不识的他,看不了报纸,甚至也很少看电视。而他

52度咏叹调

看电视给我留下印象最深的一回，竟是他夜深了还坐在那里看一个高等数学的讲座。屏幕中，只有一个老师在讲台前讲，往黑板上写。我忍住笑，问他看到了什么，他茫然地摇摇头，说上头有人在动。他深沟壁垒，封闭起自己的思想，而我又没有真正坐下来好好和他沟通过，直到他的辞世。像我很难真正地明白他一样，他也很难真正地明白我，很难明白整个社会的沧桑巨变。

去年正月二十三日夜里，父亲已进入弥留之际，而我们却都认为他可能还不要紧。多日的疲劳使我在对面的屋里昏昏睡去，等到母亲高声呼喊，我披上衣服蹿过去时，老人家已停止了呼吸。我没有掉泪，也不想掉泪，甚至都没有动情地呼喊他一声。呆呆地盯着他瘦削的面容，茫茫然我脑中只是一片空白：生我养我对我疼爱有加共同生活了近60年的人，就这样刹那间生死歧路，你说人生天地间，究竟有何意趣？

我真的希望父亲有魂魄，最好有所谓的三魂七魄，其中一部分再来人间，托生于一个殷实而善良的人家，另一部分还在天国，享受我们的祭祀，在远远的苍穹看着我们，降给我们福祉，并等待着我，有朝一日前去相聚。那时，我会同他做朋友式的长谈，同他讨论甚至是争论很多很多的事情。而其中有件事，我会这样对他说："不是我当时对你的话不以为然，你看，我不是照样烧作灰烬来同你相聚吗？不光是我，大家都得化为灰烬。有一个叫周恩来的，你不知道他，他可是当总理的，比李主任大着很多很多的大官，他也被烧掉了，而且他的骨灰扬得到处都是……"

下雨了。这次天气预报还是很准。

稀疏而硕大的雨点落在杨树林中，打在杨叶上，发出"哒哒"的声响，秋风依然"呜呜"地穿过杨树林，其声如泣如诉。这不是秋雨的雨点，也不是秋雨的下法。但它真的就是这样下起来了。

我站起身，准备离去。就在此时，一片杨树叶，打中了我的头顶，然后又打着旋儿，落到了脚下的黄土地上。

2008年11月

姐　姐

姐姐是我大姨的闺女。

在鲁北，我们这一代的人，当面称起表亲来，不论姨表、姑表，前面都不冠以表字，而是直接称呼。这种习惯好，让人觉得更亲。从这事上你也能看出来这里的人质朴、厚道，重感情。但是现在有些年轻人就不同了，他们跟着电影、电视上学，也开始表叔、表爷、表舅、表姑、表哥、表姐地叫了。社会在变，人也在变，没法子啊。

姐姐小时候命苦，三岁没了娘，六岁没了爹。她开始住姥娘家，七八岁以后才回村跟着大爷大娘生活。她大爷大娘待她如同亲生，把她拉扯成人。

我最近才听姐夫说，那时候你姐住在咱姥娘家，就是俺二姨（我母亲）把她搂大的。当姨的心疼外甥女，姐姐大些后，我母亲有时就接她到我家来住些日子。我家也不宽裕，住三两天还可以，住长了，父亲就不乐意，并将这种不乐意写到脸上。他勤劳节俭而又有点自私狭隘，既不想占别人一丁点儿便宜，也不想吃一丝一毫的亏。在这件事上，母亲对父亲很不满，以至到老也不肯原谅他。父亲故去好几年后，母亲还对姐姐和我提起这事。但我姐姐不记仇，她总是把话题引到别处去，要不就说一句"那时候，都难着呢"，再无他言——姐姐从小就话语金贵。

我比姐姐小十来岁，对她来我家住下的事，我记住的不是很多。但有一次记得特别清楚。那年我六岁，刚上小学一年级，白天在学校学了鸭子 yā yā 地叫的汉语拼音，到了晚上看课本时却忘了。我就问她，她说念 yā，我说不对，她说是啊，小扁嘴（鸭子）就是 yā yā 地叫嘛。我不听，涨红了脸喊起来："不是，不是，就是不是！"姐姐就笑起来。她自小命苦，很少笑，所以一笑起来就格外好看。她一笑，我就不再乱喊了，乖乖地跟着她 yā yā 地念起来。

去她家的事，我倒记住不少。每年都有好几次，母亲领我去看她和她的大爷大娘。他们村叫王永槐，离我们村只有里把路，不知不觉间就走到了。我最乐意秋天去，因为她大爷家有个很大的院子，院子里种着十多棵我们这里叫作果末的果树。果末树现在已经很少有人种植了，它的学名好像是叫海棠，果子就像小苹果，也有苹果的味道。我那时特别蹭（调皮），一进院子，也没经过大爷的允许，就飞快地爬到果末树上，专挑又大又红的果子摘了就往嘴里塞。我爬树的时候，姐姐就在树下站着，瞅着我，怕我摔下来。这时她说的话还是很稀罕，一是叮嘱我小心，再就是将最好的果子指给我看："这个大！""那个红！"还有一次，我一会儿钻到她家床底下，一会儿蹿到她大爷的炕上，在屋氅子里乱翻。母亲生气了，大声呵止我，姐姐却不让母亲管，说姨你别管他啊，他愿意咋玩就咋玩好了！可亲可敬的大爷，很喜欢我，也呵呵地笑出声来说，小孩不蹭，大了无用呢。到现在想起这事，我既难为情，又觉得心里暖暖的。

记不得是哪一年，姐姐出嫁了。婆家是本村的，姐夫和姐姐自小青梅竹马，这时他在离家很远的一个公社供销社上班。姐姐长得俊，三五村里都有名，大了后不断有人提亲，提的目标有工人，有干部，还有军官，但是大爷大娘和姐姐一说，姐姐总是一声不吭，只是摇摇头。于是，大爷大娘对提的亲事就不应承。以后有人对大爷提我姐夫，大爷问我姐。我姐红了脸，还是一声不吭。但不吭声归不吭声，这次却不摇头。一看这样子，大爷明白了她的心意，就痛快地应下了这门亲事。提亲中有一道程序，是安排她俩见面谈谈，两人进到一间屋里，你看我，我看你，都禁不住哧哧地笑起来——这事，是近几年姐夫才告诉我的。

姐姐结婚后，不断地添孩子。那时候都盼着生男孩传宗接代。我姐夫兄弟四个，他是老大。三个弟弟结婚后都添了男孩，就我姐夫没有。在农村，没有男孩子会被人看不起，所以姐姐和姐夫俩总是于心不甘，就一个接一个地生。为生男孩，姐姐可没少吃苦。那时生活困难，又遇上过大灾荒，吃没的吃，用没的用。姐姐前后生过十个孩子，两个男孩都夭折了，八个闺女，都活了下来。她们的大闺女叫秋英，二闺女叫小英，自三闺女起，也都起了名，但嫌叫起来麻烦，难记，所以干脆就叫三、四、五、六、七、八。我十六七岁那年，有一天去姐姐家住下。她一家都住在一个大炕上。晚上睡觉前，姐夫在炕沿前面一个一个地数小脑袋瓜，数够数了，再关屋门。他说有天晚上数着少了一个，出去找，结果发现那个坐在大门洞的地上，睡着了。

  生了老八后，姐夫和姐姐商量着把她送了人。为这事，姐姐和姐夫没少犯难，心里刀剜般地难过，但思前想后，又觉得养着实在难，跟着自己只能是受罪。送人之前，姐夫费尽心思打听了一家家境很好的人家，盼着她去了能享福。孩子是父母的连心肉，送老八成了姐姐和姐夫一辈子忘不了但又不敢多想不敢提及的心事。以后，那头有人偷偷对老八说了她的身世，老八找到了姐姐和姐夫，哭着质问他们："你们生了八个孩子，就多我这一个吗？"姐姐和姐夫无言以对，只能默默地流泪。为了这件一生后悔不已的事，相认后，他俩总是小心翼翼地从心灵上呵护和补偿着这个最小的丫头，同时还要忍痛不让她常到家里来，免得伤了那头父母的心。

  因为孩子多，姐姐家日子过得很难。为这姐姐和姐夫没少发愁，也没少受累。姐夫还不顾单位上一再挽留，坚决辞去了供销社的工作，回家帮着姐姐拉扯孩子。姐姐就一直任劳任怨一声不响地苦熬。她带着孩子们到生产队里干活，背着一个，抱着一个，一只手牵着一个，还不时回头招呼跟在后边跑的。姐姐和姐夫都是好脾气，再苦再累也不冲孩子们发火。孩子们顽皮了，姐姐就喊她们，但喊的声音大约相当于别人说悄悄话。姐夫有时就扬起巴掌，装出很凶的样子："看着，看着，我要打了，这回可不是光说说就算了，是真要打的！"但那巴掌从来没有落下过，闺女们看到他高高扬起的巴掌，反而嘎嘎地笑作一团。

  到后来政策松动些了，为了补贴家用，姐夫自学厨师，遇上四邻八村的有了红白公事，就去给人家"掌勺"，挣个零用钱。为了把菜做好，五十多岁的姐夫每天晚上躺在被窝里背菜谱。他背，姐姐看着菜谱给他把关。姐夫手艺好，又会为主家精打细算，所以请他的人家越来越多。有一次，从冬到春，他连续给二十六家办婚事的掌勺，腿都站肿了，晚上回家后都要用热水泡了消肿解乏。再后来，允许搞个体经营了，姐夫用靠着大公路的宅院搞了个小饭店，姐姐带着好几个闺女给他打下手，一家人没日没夜地打拼，到这时家境才稍稍地好转了些。

我们家情况相对好些，母亲也尽量地贴补她家一点点。姐姐坐月子，鸡蛋都捞不着多吃几个。她自己说，生闺女生得大家都拿她坐月子不当回事了，过了十次月子，送鸡蛋一次没缺的，只有俺姨。姐夫常到我家去，有时去看看，有时也去帮着干点活。他是个很重情义的人，而且会研究人的心理，嘴巴还特别甜，所以说话总能说到我父亲的心坎里。他成了我父亲少有的好人，隔十天八天不见，父亲就念叨他，并且开始关心起我姐一家来，给姐家点东西不但不再心疼，而且还常常主动地叫着送。1969年冬，父亲和我到离家七八十里外的大洼里去打草，一人打了一推车。没等回到家，他就叫我直接把一车草送到了姐姐家。为这小事，姐夫到现在还不忘提起。

斗转星移，近十几年来，姐姐家的情况发生了很大的变化。闺女们全都生活得很不错，都住上了楼，买上了车，有的还有好几辆。姐姐家早就搬到了镇上，住的房子就是闺女们添钱帮着买的。后来，闺女们都嫌爸妈住的房子小了、旧了，又凑钱帮他们买了一套新楼房。房子不小，装修得很漂亮，家具全是新的。

到了镇上后，姐姐还是不声不响地做家务，伺候闺女们、女婿们和越来越多的外甥们。姐夫也很忙，常做些在居民中出头露面的事，成了居民小区的代表。他还不时地到镇上或县里的会上做个发言，镇上办的小报上偶尔也刊登他的事迹。他好显摆自己，我去了，他就拿出珍藏着的报纸来给我看。姐姐一家成了五好家庭，闺女们都以孝敬公婆闻名。姐夫特别重视这件事，有时还召集闺女们开会讨论，制定孝敬公婆公约，为了把会议精神落到实处，姐夫还叫人写了孝敬公婆的匾额，发给每个闺女一块。闺女对公婆好，女婿们更是投桃报李，一个大家庭相处得和和睦睦，远近闻名。社会给姐夫的荣誉越多，他就越发来了精神。他爱打太极拳，爱舞剑，不断地有人请他去做指导。有时身体不好，他也硬撑着去。劝了他几次，他总是不当回事儿，我就直言于他说，姐夫你虚荣心太重，太看重名声，太在意别人怎么看你，这样活得太累了，你要再不注意，会累出毛病来的！他这回听了连连点头，说就是、就是呢，这样下去还真不行呢。但一转身，他还是依然如故。

　　使我最难忘怀的，是姐姐一家对我全家的情和爱。提起我姐姐和姐夫，我们村的人都羡慕我父母，说他们的外甥女和女婿，比亲闺女和亲女婿还要亲。1995年我离开工作了多年的县城，调到距家百里的东营上班，而父母还是留在村里，姐姐和姐夫去看望两位老人就更多了。2000年之后，父母的年岁越来越大，生活已逐渐不能自理，因此我请了保姆照顾他们。但姐姐和姐夫还是不放心，隔三岔五地去看他们。开始是骑自行车，以后骑人力三轮，再后是骑电动三轮，或是叫上哪个闺女开车和他们一起去。每次去，他们总是带不少吃的东西。怕老人吃得不对口味，姐夫还常常把菜做熟了送去。他心细得很，爱琢磨，生活上的很多细节比我细心得多。姐夫成了最受父亲欢迎的人，看见姐夫，他就拉着姐夫的手不松开。父亲2007年去世时，姐夫、姐姐和闺女们都去送殡，我的外甥女们都哭得泪流满面。去年5月，我做胃局部切除手术，秋英姐妹三个有事去找我在医院上班的妻子，正巧遇上我被推出手术室，姐妹仨都哭了。妻子对她们说，回去别和你们爸妈说，免得他们着急。她们回去就瞒着。但不知怎么回事，姐夫从我手术那天起就时常莫名其妙地烦躁，一连两天老是失手打坏东西，晚上又做很不好的梦。他看到闺女们就嘟囔："不对不对，可能是出了什么不好的大事了！"看到他失魂落魄的样子，闺女们忍不住，只好和他说了。他一听急了，把闺女们好一顿埋怨，然后马上跑到医院看我。他担心我母亲受不了，去我家就更勤了，每次去都编些谎话来瞒我母亲，直到几个月后母亲才得知实情。

　　我是个不好表白心迹的人，尤其是对亲近的人，很不善于说感谢的话。实在过意不去了，我就对姐夫说，你和姐姐对我的情义，我这辈子怕是还不上了，怎么办啊！姐夫很喜欢别人夸他。我这一夸他，他更是很开心得意，笑得眼角弯弯的，屈起手指指着我："呵呵，你原来不会说客气话！老了老了吧，怎么倒学得嘴巧了？"

　　大半生过度的辛劳，影响了姐姐的健康。她得了一种病，开始是常常呕吐，半夜三更地吐，以后时好时坏。姐夫和孩子们很着急，花了不少钱四处医治，但还是没有明显的效果。几年后，她耳朵慢慢地听不见了。耳朵聋了，呕吐居然好了。为了交流信息，姐夫就买了一块小黑板，给她往黑板上写字。说起这事，真是得感谢姐姐的大爷。姐姐那么大岁数的女人大部分都不识字，是老人家一直供她念到高小，否则，老了突然耳聋了，会多痛苦。现在虽然她听不清了，但认字，就能看书看报看电视，电视节目大部分有字幕，所以她还不是觉得很寂寞。

我去看她时，常常给她往小黑板上写字，她对着黑板，很认真地一个字一个字地念。我听她发音都不流畅了，就在黑板上写：姐姐，你要练习朗读，没事时到阳台上大声朗读、唱歌！我姐姐把这些字都念出声来，冲我认真地点点头。我问姐夫："俺姐姐会唱歌吗？"姐夫说："呵，你姐姐唱得可好了，年轻时，村里演戏，她演喜儿，我演大春。你姐梳着大辫子，人又长得俊。她一上台，台下就有好多人拍手叫好，有的老头老太太还高声说，谁要是娶了这个闺女做媳妇多好！"

我就在小黑板上写：姐姐，姐夫说小时候你演喜儿，他演大春，台下的人都夸你长得俊！

姐姐看了，咧嘴笑了笑，抬头看看姐夫，满眼里都是幸福。姐姐和姐夫无疑是幸福的。这正像有人说的，小时有福不是福，老了有福才是福。这话有道理。

我在给父亲上坟祷告时，每次都忘不了对父亲的在天之灵提到姐姐和姐夫。我虔诚地对他说，你要保佑我姐姐、姐夫和他们的孩子们都平安健康啊，我姐姐和姐夫苦了大半辈子，该享享福了，你保佑她们好好地享福吧！

说到这里，您可能发现了，我一直还没有告诉您我姐姐和姐夫的名字。我不是忘了说，而是我压根就没想说。因为知不知道他们的名字，对您而言并没有多大意义，您只需知道一点就行了。这点就是，这世上有着浓浓的亲情，在这亲情中有着这样的一份：一个做弟弟的，有一个好姐姐和好姐夫。就像他们永远爱着他一样，他也永远爱着他们。

2010年春

小美与大树

小美是我小丫头的丫头，大树是我大丫头的小子。他俩的妈妈是双胞胎。

如果光从两人的名字上看，别人往往还误认为大树是哥哥，小美是妹妹呢，其实恰恰相反，小美比大树大两个多月。

这并不是大人们的疏忽，起名时没考虑到这事，而是小美开始的名字并不叫小美，大树最早也不叫大树。

小美自小就有了大名，叫王誉潭，但却没起小名。没起小名，就给她带来了好多小名，家里人都根据自己喜欢的称呼叫起来，如爷爷奶奶、姥爷姥姥叫她潭潭，姨妈因她属猴叫她猴子，妈妈因她耳朵大叫她大耳朵，或是胖猴子，爸爸则叫她小猪。不管叫哪个名，她都知道是叫她，会根据自己的情绪，决定有时痛快有时不怎么痛快地答应。在两岁多时，她突然向大人们提出要求，我要改名叫王小美！天知道她的小脑瓜是怎么忽然产生的这个念头！或许是大人们都夸奖王誉潭很漂亮，很美？要不就是因为有个儿童故事叫《汪汪的小美》？不管为啥吧，反正人家自己都决定叫小美了，别人就得顺水推舟啊，于是，潭潭从此就成了小美。

大树的名字是我和他爸爸起的。为给他起小名，他妈征求我和妻子的意见，我想了想说，孩子姓杨，小名就叫杨树不好吗？我们是普通的人家，杨树是普通的树，普普通通，平平常常，平安吉祥。谁知这个想法恰好与他爸爸的意见不谋而合，于是立马拍板，就叫杨树！叫着叫着，不知谁第一个叫开了大树，于是杨树就成了大树。

给他们起大名，大人们可就认真起来了。小美的大名王誉潭和大树的大名杨旷溪，都是她们的爸妈花钱到起名公司去起的。据说起了后，从好多个网上查了，分数显示都老高了，反正不是99分就是100分。

以前，我对以分数高低来断定名字的好孬，有时信，有时就不大信。好多年前我同妻子去北京，看到刚兴起的电脑查名计分，一时心血来潮，忍着酷暑和口渴，一人少吃了一根大雪糕，省下钱查了查，都是刚及格，所以就明白了自己一家为何不能青云直上，从此更加乐天知命，再不作非分之想。那回我是信的。再后来有了互联网，有人吃饱了撑得难受，替国内外的不少大人物查了查，说他们也不过是七十来分的样子。可是，分数虽然不高，可人家照常是很大很大的人物，那些九十多分甚至百分的，想干到那个份上，祖坟上怕是冒不了那么高的青烟了。这时，我就又不大信了。但是，自从小美和大树的大名测出高分后，我又改成信了，而且这回不是半信不信，而是坚信不疑。这也是门科学啊，还是信了的好——老人们说过，很多很多的事情，心诚则灵，信则灵。说真心话，我这当外公的，倒不是盼着他们的名字分数高了能当大官，掌大权，平步青云，出人头地，而是盼着他们一生平安幸福，无祸无灾，小日子过得滋滋润润的，也就足矣。

有句俗话说，经一事，长一智。一点不错。过去，自己也知道孩子叫掌上明珠，但自从有了他们，我才真的明白了掌上明珠到底是怎么回事。

小美的爷爷原来是市教委电教站的站长，对于摄影摄像电脑什么的，精通得不得了，是那个圈子里鼎鼎有名的人物，大约相当于泰斗级别的。内退后，他牛刀小试，在街上开照相馆，收入不菲。但自从有了小美之后，他二话不说就将门头关张，与老伴一起齐心协力承担起了照看第三代这一最光荣最艰巨最重要的任务。小孙女刚从产房出来，他就在相机之中给她的小模样留下了可爱的定格。一直到现在，为孙女照相成了他最大的乐趣。等到小美两岁多时，他就带她去逛超市，每天一次，成了祖孙俩不可或缺的功课。他任孩子由着性子乱要乱买乱扔。爸妈怕这样惯坏了孩子，多次向他进言，但不管怎么建议，他只当秋风过耳，依然我行我素。

"咱又不缺钱，怎么能委屈了孩子呢！"我听他多次说起这话。话虽然是笑嘻嘻地说的，但语气非常坚定，毫无通融的余地。

大树的老家是在黄河边上的村子里。爷爷奶奶都在家种地。老俩情深意笃，从结婚后就没有分开过。爷爷的朋友多，酒场多，他又爱喝酒，喝起来也没法每次都掌握好分寸，而且喝多了往往就不吃饭。这件事，是做妻子的最不放心的。但自有了大树，亲家母便扔下老伴，进城来照看孙子。选择是两难的，但她没有任何的犹豫。而且，她的义无反顾，背后有着另一半的坚定支持。自此始，她对于老伴的牵挂，就只能通过电话来传递。她对孙子也是捧在手上怕掉了，含到嘴里怕化了。像先前农村的老人们带小孩时的喂食方法一样，只要大树不爱咬的东西，她就嚼细了，嘴对嘴地喂给他吃，那样子就像是《动物世界》栏目中老鸟给小雏鸟喂食的样子。有人说那样不卫生，对孩子的发育不利，我不能说这话不对，但我们大树不但没长矮了长瘦了，反而是高高的胖胖的浑身是劲，有时成半天在地板上、沙发上不住地蹦啊跳啊，一刻不停，真像只活蹦欢跳的猴子。

　　都说可怜天下父母心，但说这话时也请注意，父母的父母的心，难道不是同样够得上可怜而又可敬吗？

　　两个小家伙的降临，是生命之神对我们的恩赐，是欢乐之神赠给我们的幸福。特别是小时他们幼稚的思维和行动，常常带给我们乐不可支的笑声。

　　小美刚刚一岁半的时候，爸爸问她："妈妈和爸爸谁好？"她回答："都好。"然后诡异地笑笑。2岁的时候，她非要出去玩，妈妈说："不行，你听，外面的风呼呼的。"她反驳说："有风，没呼呼的！"3岁的时候，爷爷带她去买西瓜，她看见一个小朋友拿着气球，自己没有，便安慰自己说："西瓜能吃，气球不能吃。"因为她不喝药，妈妈说："小美啊，要勇敢，我数到十，你就能喝上的。"她哭着说："你数到一百我也喝不上！"5岁的时候，因为调皮，刚挨了妈妈训的她，立马指着电视喊："妈妈，你看，电视上的这个阿姨多丑，你可漂亮了，可是只要你一训我，你的脸就比她还丑！"有次为她顽皮，妈妈朝她屁股上不轻不重地拧了一下。拧过了，妈妈又心疼地哄她说："妈妈拧你的屁股，是为你好！但是，你要记住，将来你有了孩子，你是不能打他的！"小美一听，一下从沙发上跳了起来："不行，凭什么我挨打，他不挨打？我不能叫他那么舒服！"6岁的时候，奶奶说："我满口的牙疼。"小美就问："你那颗假牙也疼吗?"奶奶:"我什么都咬不动了。"小美:"你连豆腐脑也咬不动吗?"奶奶:"我的整个脚疼。"小美:"你的脚指甲盖也疼吗?"

刚上幼儿园没几天,大树就对老师说:"老师,你真好,我可喜欢你了,我要给你巧克力吃!"老师说:"好啊,谢谢大树,巧克力呢?给我吧!"大树:"在,在我家里……"

"妈妈,我怎么样才能长大?我想长得和老师那样高。我长得好慢呀,你快用水浇浇我吧!"

爸爸用嘴轻轻地啃了一下大树的胳膊,大树很害怕:"爸爸,你不要吃我的肌肉,我是锻炼出来的。你要是想要有很多肌肉的话,老师说了,你得自己练!"

大树自小就是个"官迷",特别喜欢当班长。他觉得当班长是最了不起的事情,只有当了班长才是小朋友中最棒的。要是当不了班长,当小朋友们的哥哥也行。他可会巴结人了。在幼儿园打扫卫生,他抢着去拿抹布,擦的第一张桌子肯定是老师的桌子。如果老师说大树真能干,擦得真干净,大树就开始擦别的桌子。如果老师没说表扬他的话,他会这样一直不停地擦下去,一边擦还一边不住地看老师,希望引起老师的注意。他还常常会根据"有利原则",来个刀回马转。一次吃饭,别人都坐下了,喊他三四遍,他老是盯着少儿节目不离开,我就以关掉电视相威胁。他很不情愿地坐到了饭桌跟前,但声明不愿意挨着姥爷,以表示对我的抗议。我装作自言自语地说,看来,非得去关掉电视不可,他就马上端起饭碗坐到我的旁边说:"嘻嘻,实际上,我最爱和姥爷坐一起了。"当姥姥的很满意大树的表现,说一家好几代人都是直筒子,没一个心眼多会来事的,所以老是吃亏。真是"风水轮流转,明年到我家",看来,这一代要出大树这个能跟上社会潮流,会与时俱进的人物了!

前几天,小美和大树,也就是王誉潭和杨旷溪,同时从幼儿园"毕业"了。用不了多久,小姑娘和小儿郎,就要不怕太阳晒,不怕风雨狂,背起书包上学堂了。

因为离上学堂还有一段时间,他们的爸妈为了叫他们多学点东西,就将他们送到了"学前辅导班"。这样，还没等上学堂，书包就先上了肩头。那书包好大啊，里边有铅笔盒，有好几种作业本，还有别的什么，沉甸甸的。看到大书包压在他们没法再稚嫩的小肩膀上，我的心里就很不舒服。我知道，过不了多久，他们就会被关进一个无形的笼子，开始他们人生的拼搏。他们要背起越来越重的书包，很可能还要戴上度数越来越高的近视眼镜，从小学到初中到高中，一溜小跑地奔过那12个"三百六十五里路"。

在这漫漫长途中，会有多少餐风露宿，会有多少寂寞与孤独啊！

由于大人们的灌输与引导，小美和大树似乎很向往上学的生活，眼巴巴，数着指头，期盼着那个日子快些来临。我不知道，到真的踏进学校的门槛后，她们的心情会发生什么样的变化。我想起了儿时的自己，由于自由被约束、教学方法的呆板、内容的枯燥和老师的严厉，上学之前的盎然兴趣被一扫而光。对学校对课堂对课本对老师的望而生畏，充斥了那颗童心。在三年级之前，我常常编造一些很幼稚的谎言作为不想上学的借口，比如肚子疼了，比如脑袋里不好受等等。父母很明白我这些小伎俩，但从未进过学堂的他们，也担心连着好多天上学，弄不好真会累着儿子，就常答应我"歇"上一天。这种手法使惯了，惹得父亲下了狠心（肯定也取得了母亲的同意），老鹰抓小鸡般拖着我朝学校走去，任我号啕大哭，任我双脚乱蹬，直到学校门口时，我忽然感觉到了一阵强烈的羞辱，才连连告饶，自己走了进去。

现在都在大谈教育的人性化，其实回想起来，少年时虽没给自己留下多少好印象的教育，人性化反倒比现在多得多。那时的作业没有这么多，出人头地的愿望没有这么强烈，一到放学或是放假，孩子、家长和老师都是一身轻松，而现在的他们，特别是做父母的，一年三百六十五天却少有松心的一刻。一个星期天，我遇上一个带孩子到公园玩耍的母亲。孩子在大转轮上大喊大叫，而她的脸上写满的却是重重心事。原来她在为孩子最近考试掉下了一个名次而焦虑，正在冥思苦索想对策。她的情况不是个案，而是无数个一般。一张无形的大网，打尽了所有的父母和学校，裹挟着他们给孩子层层加码。为了那个命根般的"分数"，多少个本来恩爱的夫妻吵得不可开交，多少个父母与儿女如同路人，多少个本该天真无邪欢蹦乱跳的孩子被改造成了以生产分数为目的的小机器人。总之，应试教育，成了人流如潮，涌动于其上的独木桥，成了压在所有中国人头上的一座大山。但是，如不以应试教育取人的话，又能怎么样呢？那样，社会公平的天平，会不会更加倾斜？普通人的子弟，会不会更难有出头之日？

小美妈妈是幼儿园的教师，她很清楚在现代教育理论指导下，孩子应该在一个什么环境中成长。但环顾四周，她没有把握，也没有自信坚持自己的信念。两年前，她就给小美买了钢琴，每个星期天拉着她来回跑30公里去学琴。她还要小美学英语，学绘画，学舞蹈。小美自小就恋家，就是在奶奶家，很晚了也想回自己的家。但练了不长时间的琴后，她却乐意晚上住在奶奶家里。因为住在这里，就可以免去练琴之苦。

我问她："小美啊小美，你长大了以后要干什么？"

"我要当，当钢琴老师……"她声音低低地回答。

"呵，我们的小美真有志气，好好练！"我在夸她的时候，心中却一阵酸涩。

大树的爸妈看到别人家的孩子星期天在学英语，也很怕儿子落人之后，花了不少钱送他上英语学习班。学习班里，还真有碧眼黄发的洋老师，能发出中国人听着应该是很纯正的"伦敦"音。每到大树学习回来，一家人就众星捧月般地问他。听到他熟练地背出英语单词的时候，大家就是一阵赞扬，要是背不出的时候，就是一阵鞭策："大树，可要好好学哟，要不然大了怎么能找个好工作！"

这句话的后面，还有很多的话没有说，是准备等他们大些再说的："没有好工作怎么能多挣钱？没有钱怎么能买好房子？没有好房子、好车子，怎么能找好媳妇？"

我想起了好多年前看过的巴金先生的《随想录》。书中有三篇文章，谈到外甥女端端。老人说，因为是名人之后，端端的妈妈很怕自己的女儿落人之后，于是时常有意无意地给女儿施压，好让她出类拔萃。巴金先生看不下去了，写文章为端端和天下所有的小朋友们鸣不平，讨公道。

其实，一个孩子，只要是身体健健康康的，生活平平安安的，以后做事正正经经的，就已足矣。看看当下的社会中，有多少父母因为子女跌到了这条底线以下而痛心疾首啊。

我盼望着，快乐和健康的童年、少年和青年时期，每一个孩子都能得到。这是因为，他们是祖国的花朵，他们是民族的希望，他们是社会的未来，所以他们应该踏上一条铺满鲜花的道路，公平和他们为伴，安全同他们相随，和风鼓动起他们的外衣，细雨滋润着他们的心田……

为此，我为小美和大树祈祷，为天下所有的孩子祈福。这个国家，请时时刻刻不要忘记孩子们！上苍如遇上不高兴的事情发脾气时，请避开孩子们！我还期盼出现一个摧枯拉朽的力量，为所有的孩子开创一个宽松、愉快的学习和成长环境，从此我们的家长和孩子不再羡慕什么英美加澳，而是眼热得那边的小朋友们，漂洋过海来中国度过自己的青少年时光。

中国在进步。这些日积月攒的进步，给了我足够的信心。我坚信，即使小美和大树他们这一代实现不了这个梦想，他们的孩子也是一定会实现这个梦想的。

天下所有的孩子，所有的父母，所有的爷爷奶奶、外公外婆，都为实现这个梦想而努力啊！

2010 年 8 月 2 日

好"哥们儿"颐年叔

颐年叔与我同村。按辈分,我得喊他叔,但从思想感情上说,却更像是朋友,或者简直就是好哥们儿,铁哥们儿。

我同他说起这个看法,他听后愣了一下,一拍大腿说:"哟,还真是呢!"得到他的赞同,我才起了上边的题目。

他与我虽是同村,但不是一大"份子"人。他是远支上的叔辈。"份子"是我们这里的方言,也叫"支""公支"或"枝"。对这事,城里人,特别是城里的年轻人可能很难弄明白。其实"份子"就是宗族的分支,是一个村里同祖同宗人中,由于繁衍而分成的几大群。打个比方,就像一棵大树,有好几大股树杈,每大股树杈就是一大份子。你如果还是不明白,我就给你说直白了:几百年前,一个地方移民来了兄弟几人,以后各人繁衍了后代,在每个人名下的后人们,就叫一大份子或叫一支。

人与人成为兄弟或是爷儿们,这是血缘决定的,由不得自己。但能不能成为"朋友",却是别样情况。交朋友有时很简单,有时又很复杂。道理往往好说,谁也能说出一套或是好几套来,但真的做起来,也难。在这里头起影响的因素很多,但有一条绝不可缺少,那就是两人要有共同的语言,拿老百姓的说法,叫两个人能说着话,能拉到一块。

我们爷儿俩,自小就能拉到一块。不但能拉到一块,而且拉起来没完没了。他住村东,我住村西,我要是不上学,下雨阴天,或是晚上,他常常跑去找我玩,我也常常跑去找他玩。我当兵时回家探家,只要我没外出,他就泡在我家里,和我天南海北地闲侃。有一年我爱人过月子,他还是天天晚上到我家玩,而且就在我爱人过月子的屋子里。按说过月子的屋,外人一般是不能进去的,特别是长辈的男人,可他不管这些,我也不恪守这些规矩。有一晚上到了快半夜，说话说累了的我，和衣靠在墙上打盹，醒来一看，他趴在桌子上呼呼大睡。我叫他好几声，他才揉揉睡眼，迷迷瞪瞪地起身回家。

小时候，他从我家临走的时候，总喜欢借走我的小人书。当时我家里条件好些，常买小人书。他说是"借"，但十有俩五是有借无还。我很爱惜书，看到我的宝贝们总是有去无回，很是心疼，就不想再借给他。为这事我不但偷偷从心里发誓，还当面和他阐述过不想再借给他的理由。理由虽然简单，但却很充分，他当然无话可说。于是他非常认真地表态，说不但要找回先前借去的那些，而且这回新借的，要藏得好好的，不能叫任何人看到。可是，两个人都是说归说，做归做，最后我的小人书有一多半都到了他那里，又从他那里一本不剩地到了别人手里。

他的父亲，我叫二耶（爷爷）。他名讳重阳，字天九，是我们周围好多村很有名望的教师，也曾在县城教过县里最早的中学。他是个德高望重的人物。他的德高望重是货真价实的，不像现在说的德高望重往往掺上不少水分，或者简直就是以次充好，以假乱真。说者是廉价的吹捧，听者也知道对方说不准心里正在骂着自己是老不死的或是老混蛋之类。总之大家都不甚当真，只不过心照不宣罢了。老人家教了大半辈子书，教出过很多有名气的学生，其中包括原国家广播局局长、中将丁莱夫，1926年加入共产党、1946年任大连工委书记的张洛书，还有1940年就担任广北县县长的门金甲，等等。重阳二耶给颐年叔起小名叫"学"。从这个名字就可以看出老人家的良苦用心，是想叫他传承家学，成为一个知识分子。但颐年叔小时候因母亲早逝父亲有病，学习受到影响，或是别的什么原因，总之成绩不是很好，高小毕业也没有考上中学。

他没上中学，当然也就没上大学，但这些都没影响他掌握学问和知识。他勤学好问，善于思考，说话有独见，且有逻辑性。他常常滔滔不绝地和他人谈论或是辩论天下大事、村内中事和生活小事，村里人能辩过他的人少之又少。人都有自尊，说不过他的人，有的就提着他的小名说："'学'的理论很棒！是马列大学！"马列大学就成了他的别号，以后马列大学又演绎成了"马列学院"。前几年时兴合校升级，是学院升大学，但以前乡亲们都不懂，以为学院更厉害，就将他的大学升级成了学院。当然，意思没错也就行了，并没有人去解释或是纠正什么。所以，后来不论辈分高低，慢慢地有人当面叫他"马列学院"，他也从不恼不怒。

三年困难时期过后不久，重阳二耶老两口都病饿交加，相继离世，颐年叔的两个姐姐也已出嫁，留下了他和弟弟寿年兄弟两人相依为命。一母同胞的亲兄弟，性情却截然相反。寿年谨慎心细，颐年大大咧咧，亲朋好友和村里人都不替老二着急，却替老大担心：没爹没娘的他，又不会过日子，将来怎么办，可别打一辈子光棍啊！

1969年冬，我和寿年二叔都验上了兵。谁知去公社集合时，颐年叔却出现在了新兵队伍里。那年他已二十四五岁，穿一身很肥大的没有帽徽领章的军装，长得特别繁茂的络腮胡子虽然刮了又刮，但看上去不但不像新兵，反而更像是复员老战士。村里负责征兵工作的三英大叔听到这消息，紧张得立时冒了汗，赶紧报告了管区的负责人，两人一起气喘吁吁地到处找，找到颐年叔后，二话没说就将他撵回了村里，换回了正在家噘着嘴生闷气，饭也不想吃了的张寿年。事后，三英大叔对我说，张颐年真是瞎胡闹，这样做马上就会露馅，别说他去不了，就连寿年也走不成。后来听说，原来是他们的二姐，担心颐年叔在家过不好日子，连个媳妇也说不上，就做了兄弟俩的思想工作，想施用一个偷梁换柱调包计，叫哥哥替弟去从军。当兵的光荣嘛，当了兵就能说上媳妇了。他们一家，真是好天真烂漫，以为弄巧了，纸里也能包住火呢。

其实村里人和他家的二姑，都是杞人无事忧天倾，就在我们走后不久，颐年叔就说上了媳妇。后来他同我说过，媳妇说得一点儿没费力。他去邻村一个老医生家，给那家生病的老太太伺候，没几天，老太太就看中了颐年叔，觉得这个小伙子为人诚实忠厚，好姑娘可以委托终身，于是老人家立马来了个封建主义拉郎配，不由分说，将她远房亲戚家的一个姑娘许给了他。说来也巧，那个姑娘，是我高小同班同学的妹妹，比颐年叔小五六岁，人贤惠温柔长得又俊。不知是她很听老太太的话，还是同颐年叔有缘分，总之是一眼就看中了其貌不扬而且不修边幅胡子拉碴的张颐年。在我当兵走后大约第三年，他们就结了婚。婚后生了两个丫头，现在外孙和外孙女好几个了，日子过得挺红火的。颐年叔和我说，他俩从相识到现在，从未红过脸，更没吵过嘴，真可以说是和谐美满，恩恩爱爱。听了这话，我由衷地替他们高兴。

我当兵走后，颐年叔就在村里做赤脚医生，这一干就是几十年。前些年，他又是这一片三个村合作医疗的负责人。他为人哈大糊实，既不嫌贫爱富，也不嫌脏怕累，在钱财上也从不与人计较，因此有人生病了，都喜欢叫他。有人看了病拿了药忘了给他钱，他也不计较。他对常见病、多发病看得很熟，诊断的准确率，大大高于大医院的很多大夫。可是他也有一个不小的缺点，就是办事有点丢三落四。按我们这里的方言，叫作"没拉根"。比如到了张三家给病人打上吊针，又上李四家送药，说不准就在李四家拉起闲话甚至吃起饭来，将前面打针的事忘得一干二净。大家当面笑话他，他也从不辩解，更不抵赖。但是他人缘好，技术也不孬，所以大家还是乐意用他，只不过常常相互提醒：张颐年很容易忘事，咱可得帮着他想着点啊！可能是吉人天相，大大咧咧的他，却从未出过什么医疗事故。

近十多年来，我在离家百里的东营上班，父母二老一直住在家中。老人不管是大病小灾，还是头疼脑热的，都是先请他给诊治。有时，我打电话问问家里，接着就打电话给他，请他过去送医送药。最使我感动的，是我父亲在去世前的两个多月，摔断了胯骨，躺在床上没能再起。因大医院的大夫都说不能接骨，只能保守治疗。这两个月，苦了老父亲，累了颐年叔，不论白天黑夜，也不论他的忙闲，一有动静就打个电话叫他。虽说好朋友不言谢，但欠下他的这个情，我这辈子是不会忘记的。

我不上班好几年了，回老家的次数就多起来，偶尔也小住数日。他到我家去，我有时就留他吃饭。有几次我还用车拉着他和别人，到附近的小酒店喝一杯。次数多了，他老伴就埋怨他："你不觉得自己讨厌吗？觉出来没有？真觉不出来啊？我可觉得你真是讨厌，真是讨死厌啊！"他把这话告诉我，我笑笑："这是说哪里话，谁跟谁啊！"他很赞同我的说法，一本正经地说："就是，就是，我也和你大婶说，我们俩谁和谁啊！"他家大婶说，要不咱也准备准备，请他来家吃顿饭。颐年叔却很不以为然地反驳她说："你以为你是谁啊？你觉得你面子很大吗？我去吃他一百顿，咱请他来吃一顿，他也不定来啊！"

听了这话，我好生惭愧，从中我觉察到爷们儿中的一丝隔阂。呵，我真那么大架子，那么难请啊？不行，瞅空得主动要求上他家吃饭去，去了还要毫不客气地说："有什么好酒好肉，尽管拿将上来！"

颐年叔生性率直，我从未听他说过一句谄媚于人甚至加意褒奖的话。这么些年的社会变化，几乎没有在他身上划下什么痕迹。我有时想，现在的人好心眼越来越少，使用坏心眼的频率越来越高；说真话的越来越少，说假话的频率越来越高，但他的脑子、他的嘴巴，怎么像油盐不进的花岗岩，就沾染不上乱七八糟的毛病呢？简直成了中国人中好不容易保留下来淳朴、直率、真诚的一块活化石了。

我为他写这篇小文章，绝没有为他树碑立传的意思，也不是为了传承中国人中的优良品行，而是爷儿俩好了大半辈子，而我大半辈子才写了这本小书，书上不提到他，总感觉缺了点什么，总不得劲。而写上他又是再简单不过的事，这就好像是我喜欢画画，就画了张画送给他一样。

他的大女儿和女婿在东营办着一个厂子，听说效益还不错。小两口商量了，以后在东营买个房子，将老两口搬到东营住。我听说了很高兴，盼着这个计划早日实现，那样我们就离得更近了，可以像小时候那样，有事没事的，都能凑到一块儿说说话。

说话能一辈子说到一块的两个人，不多。有这样的朋友，是人生一大乐事，也是一种福分。年轻点的人，对此可能不是很明白。等老了，或许会明白的。

好人老婆叔

我叫他叔,自然他是男的。可是男的怎么又叫"老婆"?我并没有卖什么关子,因为"老婆"是他的小名。

老婆叔今年六十五六岁了,可是村里人大多背后还是叫他"老婆"。小孩子们很纳闷,就问大人们,为啥他胡子都花白了却叫老婆。有的大人就说,他小时候叫闺女,结婚后叫媳妇,再后来,千年的大道走成河,万年的媳妇熬成婆了嘛!其实,这是说笑话,他从未叫过闺女或媳妇,自小只有一个小名,就是老婆。

有人说,老婆这名是他父亲给起的。他家好几代单传,父亲怕他命不长久,就给他起了这个对男人来说很特别的名字。说起来,这种事很平常。我小时候,或是比我更早的时候,在农村起名,讲究名贱福大。所以,男孩子的小名,就有叫狗蛋的(这和狗是不是真会下蛋并无关系),有叫狗剩的,有叫石头的,有叫砖头的,有叫粪耙的,有叫盆的,有叫罐的,还有叫盆和罐打碎后就变成的瓦碴的,总之吧,差不多叫啥的都有。说是名贱福大,其实未必。比如现在,省部级以上的干部,恐怕没有一个人的小名叫狗蛋或是粪耙——当然啦,就是有叫的,但因关乎自身形象,人家也不会轻易说出来的。

但事情的真相却并非如此。最近,我才听村里有的人说,老婆的小名其实是"坡",意思是坡孩,是从野地里捡来的。这也是讲究的名贱福大,叫着叫着,就被人叫成了老婆。不过我们村知道这事的人很少,都以为他自小的名字就是叫老婆。因为他不是名人,所以就没有作家或是史学家对他的名字进行考证。

老婆叔当然也有大名,而且他的大名很响亮,叫张课农。这个名字,是在我们村小学里当老师的张重阳老先生给起的。为啥叫课农?是重视农业,

52度咏叹调

是以农业为立家之本,还是说老婆叔一辈子只能操持农业?这只有重阳老先生才明白。随着他老人家病逝于20世纪60年代的三年困难时期之后,这个秘密就被永远地埋在了地下。其实,这也算不得多大的秘密,因为课农叔起名叫什么,可能根本就没人注意,叫课农也好,课工也好,或是课兵也好,都没人注意,要是叫课官,怕是就要引人琢磨甚至讥笑了。但好在重阳老先生没给他起名课官,所以就没人注意。

上学第一天,老师会将起好的名字告诉学生。可以想见,第一次放学的老婆叔,一踏进自家的天井,就欢天喜地地喊起来:"老师给俺起名了,俺叫张课农!"可以猜到,他的父亲,也一定是满心欢喜地答应道:"哦?张、课、农?张——课——农!好!很好,很好!"

小时候的课农叔虽然有了大名,但同辈或上辈的,当面还是直呼他老婆,而辈分低的,就在小名后缀上显示辈分的尊称,如老婆大叔,老婆大耶(爷爷),老婆老耶(曾祖),而他呢,得看看是谁叫他,有时他就很爽快地答应,有时却白眼珠瞅瞅,不吭声,有的他还会怒目而视呢。

那时,他家是我家的前邻。他很爱到我家玩。他比我大五六岁,当然呵护着我,不过有时也欺负我。呵护是常常的,欺负是偶尔的。我七八岁时,有人给了我一对小白兔,我就将它们散放在院子里。他见了,自告奋勇要给我刨兔窝,说要不然兔子一定被会黄鼠狼吃得骨头都不剩的。我听了急得要哭,催他快刨。他用了一天的时间刨好了兔窝,还用砖砌了兔子出窝的通道。活干完了,我还没来得及说声谢谢,他突然就褪下裤子,正对着我,在兔窝上撒了好大好大的一泡尿。我惊讶地问他这是干什么,他咧开大嘴,露出很大的门牙,嘿嘿地笑了笑说:"我白给你干活啊!"

有一段时间,他经常央求我到他家去睡觉。他住在他家最西边的小屋里,被子又冷又潮,躺下很不舒服。他怕我不想睡在那里,就小心地哄我,叫我睡里头,还为我讲故事。可惜他的嘴很笨,前言不搭后语的,吭吭哧哧半宿,一个好故事也讲不出来,他讲着讲着,我早睡着了。

老婆叔上学时好像总爱和同学打架,又不认真学习,所以不断地被"罚站",

有时还被罚到教室外面站着。有次我看到了，就走过去，很小心地问他："你又罚站了？"他就咧开大嘴笑笑，说："咱俩可是老好子啊，你可别上我家里说去啊！"见我很认真地点了头，他就放了心，又咧嘴笑笑。

那时小学分成初小、高小，从初小升高小也要考。他没能考上高小，就回家干活。而我过了几年，考上了高小，两年后又考上了县一中。他像自己考中一样高兴，好些天碰上谁和谁说。

1969年麦收后，我高中毕业，回家务农。我们是一个生产队的，他几乎天天找我玩，玩的时候多次问我："你是不是不想下农业社啊？"每次不等我回答，他就叹口气，自言自语地说："你是不能下农业社的……"我明白，他不乐意我离开队里，不乐意我离开他。但到了冬天，我还是参军走了。过了四年，我回来探家，他找上我，叫我穿上军装，一起去县城照相。他说我当兵走时，他就想和我照张相，但没来得及。我们两人骑自行车到县城照了一张合影，大概是很少照相的原因，他显得很是拘谨。照片取回来后，有人看了哈哈大笑，和我说："你和老婆照的那相，就像是解放军押着一个犯人！"但老婆叔特别喜欢这张照片，专门买了一个小相框，放上那张照片，郑重地挂在他睡觉能看到的地方。

1977年底，我的双胞胎丫头在县医院出生。那时我从部队请假回来伺候月子。过了四五天，家里去接我们回家。当时没有别的交通工具，就来了一辆地排车（架子车）和一辆小推车。我母亲和大娘一人怀揣一个丫头坐小推车上，我爱人躺地排车上，由老婆叔和我轮流拉着走。我清楚地记得，那天飘着雪花，迎面呼呼地刮着东北风。轮到我拉车时，走得慢。走不多远，课农大叔就不由分说地抢过去："给我，你白长个大个子，不中用！"好多年以后，只要说起我的两个丫头，老婆叔就想起这事。提起这事，他总是嘻嘻地咧开嘴巴讥笑我："想住没想住？你拉车时光使劲朝下跺脚，就是不朝前走哇，哈哈哈！"

他辈分高，但又喜欢嬉皮笑脸地和女人们开玩笑，所以下一辈、下两辈，甚至下三辈的女人们，也喜欢成群结队地和他乱闹，叫他老婆大婶子、老婆大娘、老婆嬷嬷（奶奶）。他这时往往脑子和嘴都反应不过来，只能笑嘻嘻地被动挼涮，成为大家的开心果。他到了哪里，就听到哪里女人们的一片笑声。

老婆叔年纪很大了还没结婚，自然也没有孩子。40多岁时，他抱养了一个丫头，听说是从外县抱来的，托他的姐姐给养着，稍大些了，才领到自己家里。丫头初中没毕业就辍学了，有时上邻村厂子打工，更多的是在家甩着手闲玩。她长得不矮，模样儿很端正，很水灵，但一看举手投足，就知道缺了良好的家庭教养。其实，这倒也不算什么，因为在农村，男孩子大了，没出息了，穷了，或是身上有残疾，可能会打一辈子光棍。但丫头家则不同，女孩子就是瘸的瞎的不大精神的，都不愁嫁不出去，甚至有些模样好的还会找个好对象。像他的丫头，自然应该会寻个很不错的婆家。大家都替他高兴，觉得他没白操心一回，以后会有人养老送终了。谁知老天爷偏心眼，就是不可怜苦命人，就在丫头18岁那年，为了一点事想不开，赌气寻了短见。18年含辛茹苦竟是这么个结局，连一个抱养的孩子，老天爷也不给他留在身边！

我是在电话里听说这事的，听后我的心里就像是堵上一块砖头，好一阵透不过气来，使劲忍了又忍，眼泪还是掉了下来。我回家去看他，他翻来覆去地只是说后悔没有跟紧她。原来那天爷俩是从老婆叔姐姐家回家的，也不知为了句什么话，丫头说了句"我不活了"，就骑车在前头紧跑，他就在后头一边喊一边追。"就差两三分钟，就差两三分钟啊！我要是撵上她，就没事了……"等他进了家里一看，孩子已经喝了农药躺在了地上，没等送到医院，就已不行了。

他说，那孩子留下的最后一句话就是："爸啊爸，我后悔了，我难受啊……"

我担心他承受不了这个突然的打击，失去活下去的勇气，便说些道理劝慰他。但他没有反应。我真希望他痛哭一场，但他的眼眶干干的。不光是我没见他哭，别人也都说他没有哭，起码是没人看见他哭。但是他脸上失去了往日的神色，再没了一咧嘴就露出大门牙而自然带笑的模样，而对着人的眼神总是直勾勾的，看得人心里发毛，见了面最多就是打个招呼，说话的时候是少而又少了。大家都同情他，好几年里再也没有人同他说笑打闹了。

处理完了丫头的事，他又去打工了。他打工，主要是做两种工作，一是做饭，再是给人家看大门。有人很奇怪，他怎么会做饭，但他却干了很多年。听人说，他做饭从不赚主人家的便宜，也决不揩工人们的油水，虽然说不上什么烹调技术，但忠厚老实，所以厂子都愿意用他。

其实他一生还有个最大的亮点，就是曾经做过我们生产队的队长。那时每年都要选队长，有人对原来的队长不大满意，又想捉弄老婆叔，开他个玩笑，就串通好了投他的票。结果他真的当选了。很多人猜想他会吓得尿裤子，忙不迭地说干不了，但他却说："说我干不了？我偏要干干试试。"记不清他是干了一年还是两年，总之干得还有模有样的呢。

别看老婆叔其貌不扬，但却有过好几个女人。第一个女人比老婆叔大好几岁，是个有夫之妇，可能在家老是受凌辱，就跑了出来。他收留了她，两人过了七八年。为了一点小事，那女人偷偷跑了，临走时还卷走了所有值钱的东西。不久，老婆叔又领回了一个，听说是四川的，但不长时间也走了。第三个是青岛胶县的，年龄也比他大好几岁，人长得很清秀，听说是男人死了，小叔子虐待她，她就跑了出来。这个女人或许是脑子受过刺激，不断地絮絮叨叨，把老婆叔絮叨烦了，就和她拜拜了。

每当他屋里没了女人，晚辈的女人们就和他开玩笑：老婆大叔，又该给俺说个大婶子了吧？他也总是笑嘻嘻地回道："别光耍嘴，说去，说去，给我说一个去！"

他叫女人骗过好多次。去年又来了一个女人，是在邻村一个炒鸡店认识的。是哪里人？不知道。多大了？不知道。家里有无男人和孩子？不知道。为啥出来的？还是不知道。虽都一概不知道，但人已领到了家里，并且一次就给人家五千元。那女的只在他家住了一个月，并且声言再不给钱就要立马走人。他说："你要是和我结婚，到了年后我给你一万五。"女的不干，要先拿到钱。这次老婆叔学精了，没有照那人说的办。好些人提醒他："你怎么光上当，就那么稀罕女人吗？"他说："我到65岁就能上敬老院了，我连个孩子都没有，挣下钱，除了给我老姐姐一些，剩下的，干什么？"

我知道，他是渴望有个家，渴望有个疼他爱他体贴他的女人啊。

前几天我回家，他看到我停在门口的车，就到我家找我玩。还是和以前一样，他不接我母亲递给他的香烟，而是忙不迭地从口袋里朝外摸他自己带的香烟。听他说，他在北边稻庄镇的一家企业给人家看大门，每月800多元的工钱。吃饭是自己起火。他喂着一只看门狗，吃厂子食堂的馒头，而他吃馒头却是自己掏钱买。见我听得纳闷，他便解释说，厂里已经给他工资了，所以他不能再吃厂里的馒头了，而狗看了门却没有别的好处，所以就可以吃公家的馒头。他的解释，叫我直想笑。他还和我说，厂长同意他可以养羊来卖，收入归自己。我问他养羊收入如何，他说前年还可以，去年养大了三只羊，谁知一天晚上却全被人偷去了，算起来赔了一千多元。

　　他走后，母亲再次和我说："你大叔是个好人，从不赚别人便宜，从不叫人讨厌。"

　　老婆叔是个好人，这我明白。但我不明白的是，有首歌说好人一生平安，可是不知为什么，他的一生却并不平安。不光他这个好人不平安，还有很多很多的好人，也是不平安。相反，有很多大家都认为不怎么好的人，甚至是只能称之为浑蛋孬种的人，倒是人旺财旺事业旺地一生平安，甚至两三代人祥瑞罩头，富贵加身。

　　有人说这是命，可是命又是什么？人的命差别怎么就那么大呢？

　　我冥思苦想，依旧郁郁然不得其解。

2008年11月

五大连池，与我同在的思念

五大连池，我去过无数次。一次是真的，其余的，都是在梦中。

本家的龙云二哥，1958年从部队复员去了五大连池，在农垦建设兵团就业，不久后就在那里成家。二嫂老家是山东临沭县的。二人育有三女一子。从20世纪80年代中起，他们的大女儿美娟夫妻俩还有三女儿洁子，先后从五大连池调回老家广饶县工作。这样，二哥二嫂就常从五大连池回家长住。本族亲情加上投缘，我们两家的关系越来越好。尤其是二哥的孩子们，对我夫妻俩，就如同亲叔亲婶般对待。

二哥一家人多次谈起五大连池，诚心实意地邀请我们去游玩，说那里是全世界有名的旅游胜地，很值得一看，再说他们的家安在那里，吃住非常方便。我和妻子也一再答应，开始是礼节性地，后来说得次数多了，就真的有了去看看的想法。到了2002年我离岗待退，有了闲暇时间，就和妻子商量着要去。但妻子还在上班无法成行，我便自己跟随二嫂、美娟她们几个去了五大连池。早些时，二哥有事已回了五大连池，他和儿子玉昆、孙子琳琳在那里等我们。

我们从淄博坐火车到哈尔滨，再换火车向北走五六小时，到北安市。从北安向西北，又坐约一小时的汽车，就进入了五大连池农场的地界。到的时候，记得是阳历的6月下旬，农历的五月十五六，晚上八九点钟的样子。

"叔，您快往左边看，那发亮的就是池子——五大连池的大池子！"美娟兴奋地指给我看。

我赶紧从车窗望出去，但见外面洒满了皎洁的月光，如盘明月悬于半空，格外的圆，格外的亮，看了叫人脑中立时跳出"冰轮"这词。黑黝黝的地面上，不远处有东西在月光下熠熠发亮。有了美娟的提示，我知道那就是五大连池的水。车走，它也走，不离不舍地与我们紧紧相随。我忽然觉得那水是那么亲近，就像是二哥家里养了一只小狗,一下子嗅出了车上有着多日不见的主人的熟悉气味,便撒着欢,跳着,叫着,追着车跑。

二哥的家,就在农场场部驻地二池子边上,一个不大不小的院子,四间北屋,房前房后都是菜地。院子没有关内那样的大门高墙,而是清一色的木板排起来的围栏和不大的柴门,就是我们经常从电视上看到的典型的黑龙江、吉林一带农户的样式。农场的生活条件如同山东的农村一样简陋,甚至有些方面还不如老家方便,像厕所就安在远处的一块菜地里,如厕竟然还要跑出院子。真不知道要是冬天的夜里,黑灯瞎火,零下好几十度,人怎么能受得了。但他们却都说习惯了,没觉得有什么不便。晚上,我和二哥睡一个炕。这时候,在山东正酷热难耐,可是在这里还要烧炕。第一夜觉得有些燥热,第二天便觉得舒服了。

这时的五大连池,正是夏至时节,北半球高纬度地方天亮得早。每天不到四点,天已放亮。二哥一家还在甜睡,我一个人悄悄起身,走上一里多路,到池子边散步。岸边是密密的松树林。树不是特别高大,但每一棵都透着精灵秀气。天空中静静的,池子上静静的,林子里也是静静的。我一下就想起了苏联的那本小说,啊,《这里的黎明静悄悄》!太阳不知什么时候出来的,阳光斜斜地照进林子,照向池子。不经意间,一缕缕晨霭轻盈盈地淌过来,又飘飘然游走了。晨霭变忽不定,池子也随之波光迭闪,像不住涌跳的银鳞。晨霭全飘走时,从林间望池子,镜面般地平,蓝宝石般地亮。从林中望天空,有几条火红的云,衬着瓦蓝的天穹。我忽然激动起来,只有这样的天空才配叫瓦蓝!在关内,即便是大雨后的突然放晴,天空也没有蓝得这般剔透,这般清澈,这般亮丽。就冲这蓝天,也没白来一次!

从池子边回来,我在场部宿舍区里闲逛。我发现了这里的一个生活习惯:夏天的五六点钟,已有不少职工起床。很多五六十岁的汉子,从被窝里钻出来就蹲到自己家柴门外,一根接一根地抽纸烟,相互说些夜里才想起来没唠得着说的话。看来他们已知道了我是谁家的客人,不少人朝我点头致意,有的还主动地同我搭话。一聊,几乎全是山东老乡。有一个是阳谷县的,退休后搬回老家住了三年，嫌那里车多人杂，天气又热，住不习惯，便又迁了回来。他笑嘻嘻地对说："我不会再回山东住了，死了，就埋在这里！"

　　五大连池景致的最大亮点，无疑应该首推火山特色。火山景观，全世界有很多，但像五大连池火山群这种山水泉石洞一应俱全的，却不多见。我看了资料，在这块大约相当于一个行政县面积的土地上，共分布着14座火山山头，其中12座死火山，2座休眠火山。死火山的喷发距今已近万年。休眠火山是老黑山和火烧山，初始喷发距今还不到三百年。清《黑龙江外记》记载："墨尔根东南，一日地中忽出火，石块飞腾，声震四野，越数日火熄，其地遂成池沼。此康熙五十八年（1719年——作者注）事，至今传以为异。"有意思的是，第二年，即1720年，它们又一次喷发，直到1721年才渐渐熄灭。《宁古塔记略》上说："城外东北五十里有水荡。于康熙五十九年六七月间，忽然烟火冲天，其声如雷，昼夜不熄，声闻五六十里。其飞出者皆黑石、硫磺之类，经年不断，竟成一山，直至城郭，热气逼人三十余里，只可登山而望。今热气渐衰，然数里之中，人仍不能近。天使到彼查看，亦只远望而已，嗅之惟硫磺气，至今如此，人无有识之者。"今天人们通过电视可以清楚地观看火山喷发奇景，可以联想到五大连池火山喷发时该有多么壮观。可惜那时边陲之地人烟稀少，交通和旅游业又不发达，能观此景者寥寥无几。再就是，那时科技落后，纵有距近居者，也不明是何等事物，说不定以为妖魔降临，或是天塌地陷的世界末日，只恨爹娘少生了两条腿，跑都来不及，谁还有闲情逸致坐在门口观山景？

　　二嫂和孩子们陪我上过老黑山、火烧山和药泉山。老黑山是五大连池山群中海拔最高的，有510多米，与地面绝对高差仅为160多米。我记得全世界最高的死火山是阿根廷境内的阿空加瓜山，海拔差不多有7000米。在亚洲，日本和印尼的火山，也在3000米以上。与它们相比，五大连池的火山很是娇小，但个头虽小却五脏俱全。我细细观察过，山峰的形状千姿百态，熔岩的样子，也是千奇百怪。另外，据说这里的喷气锥和喷气碟，还是国内外罕见的。

　　和山紧密关联的，是水。水中最值得提及的，当然是五个池子。池子，当地人有的也叫水泡子。侄子玉昆告诉我，这里之所以叫五大连池，是因为有一条白河被火山爆发时冲出的熔岩截断，河道形成了五个串珠状的堰塞湖。五个池子的名字，就叫大池子、二池子、三池子、四池子、五池子。我听了，觉得这名字起得有趣，起得朴实可爱，就像是村里谁家生下的五个姑娘，就叫大丫头、二丫头、三丫头、四丫头、五丫头。老天爷和火山爷真是眷顾这方人，给他们留下了一个打不烂摔不碎靠着旅游就能吃饭的金饭碗，不像石油啊煤炭啊铁矿石啊什么的，采没了就没了。而且可人心意的是，恰好有五个池子相连。如只有一个池子，定要大煞风景，因为绝不可叫一大连池。就是两个、三个或四个，总不如五个为妙。天工造物，真有神灵之气呢。

　　五大连池以水闻名天下，不光是有池子，还有一个特点就是矿泉之水。最出名的矿泉水是药泉山的水，奇泉处处，有的适宜饮用，有的可做浴疗。除了药泉山，别处的水也不错。离二哥家不远处就有一压水井，从早起就不断有人前去排队压水。7月的天，刚压出的水竟像是冰镇的汽水，冰凉冰凉的，清冽爽口。

　　除了看山看水看石头，二哥还陪我多次到野外看庄稼，看黑土地。有两天，我们每人骑一辆摩托车到处闲逛。二嫂偷偷告诉我，二哥爱骑摩托车，还常对人炫耀自己骑车的本事，但实际上他技术真不咋的，她就曾被二哥从摩托上摔下过两次。每次她都摔得鼻青脸肿，"哎哟"连声，但二哥不让声张，怕别人笑话。再出门，二嫂不愿坐他的摩托车，他就生气发火。我听了忍不住想笑，60多岁的二哥，真是蛮不讲理得有些可爱呀。虽然二嫂那样说，但我看二哥骑车跑起来风驰电掣，技术比我强多了。我们每次都要蹿出去几十里路。路两边全是黄豆和苞米，大片的土地被杨树林带隔成了方块。那是真正的黑土地，那是广袤的黑土地，那是看到它就会想起"棒打狍子瓢舀鱼"的黑土地，那是闻到那气味就叫人觉得亲亲的黑土地！今年我看电视剧《闯关东》，觉得朱开山家种的那地咋那么眼熟呢，一看介绍，原来拍摄地正是五大连池附近的黑土地啊。二哥带我到过玉昆种的黄豆地看过，他告诉我，今年天旱，影响收成，整不好就赔了。这里的职工月收入平均只有200多元，二哥每月到手的也就300多元，差不多还是整个农场最高的。建国后，北大荒往外运出了那么多粮食，为国家背负了那么重的压力，想想他们的付出和所得，真是叫人不知说什么才好。

二哥二嫂还同我去过五池子，去二哥的同事家做客。去了后，我去池子边钓鱼，他们和主人一家唠嗑。凭我多年的垂钓经验，我看出池子中鱼不少，但不知是天气或鱼饵的原因，还是我不是本地人，鱼认生，总之鱼就是不上钩。不上鱼，我就在池子边火山熔岩坡上捡火山石。那石上全是密密的小眼，比重很轻，放在水里也不会下沉，打磨了，可以当作搓脚石。二哥同事一家也全是山东人，做的是老家口味的饭。高度的高粱酒，鲜美的池中鱼，淳厚的老乡情，令我至今难忘。下午回去后，二哥就在柴门外认真地打磨我捡回来的火山石。打磨好了的石头，我都背了回来，有的送了朋友，有的至今还用着。

我在五大连池住了五天。本来还想多住几天的，但过两天正遇二嫂的生日。二哥一家都希望我过了二嫂生日，多住几天再走。美娟和她儿子乐乐，还想叫我再住十多天，同他们一块回山东。就几天时间，我已发现二哥一家人缘特别好，头两天就接连不断地有人打招呼，说届时一定要来给二嫂祝寿。可以想象，她生日这天必然宾朋满座，以关东的风俗和东北人的豪爽，一定会将我推到贵客位上并灌个酩酊大醉。我虽然好酒，但很怕大醉，而留下来，依我的性格，这是必然的结果。所以想来想去，我还是找了个很充足的理由离开了二哥家，离开了五大连池。

山南海北的名胜之地，我也去过不少，但使我留恋于斯并很想旧地重游之处，却不是很多。五大连池是我最想再去的地方之一。之所以如此，是因为那片遥远的北国之地，不但孕育出了动人的奇情美景，更主要的是盘旋升腾着二哥一家三代人充满亲情的气息。

而且，我亲爱的二哥，现在已长眠在了那里。

自从美娟夫妻俩回老家工作后，二哥二嫂就想回来定居。2004年他们回到县城租房住下，就想不再回东北久住了。谁知刚过了两年，二哥原本不错的身体突然查出了大病。美娟夫妻和弟妹们都很孝顺，很舍得给老人花钱看病，美娟还在县医院上班，伺候起二哥来又很方便。一家人尽心尽力地为他医治，但他的病情却越来越重。干过多年医生的二哥心里很明白，自己已经时日不多。就在去世前不到一个月，他以不容商量的决心和不可思议的力量，硬挺着坐上火车，叫美娟他们把自己送回了五大连池。虽然他不想说，大家谁也不便说，但都心照不宣。没回山东长住时，他说要叶落归根，但真的到了生命尽头时，他才忽然发现自己情感的根却更深地扎在了另一块地方。他宁可离开生他养他的老家，也要死在五大连池，也要埋在那片黑土地上。

他没有葬到池子边山林中的幽静之处，却埋到了玉昆耕种的庄稼地里。

在梦里，他告诉我，说扎了窝棚，来为玉昆看庄稼。在梦里，我还好几次乘他驾驶的直升机掠过清波潋滟的池子、青黝黝的松树林和一望无际的庄稼地。我清楚地看到了他家的小院，我向下呼喊，玉昆和琳琳也扬起手向我们欢呼，琳琳养的那只大黑狗还朝空中欢叫乱跳。

梦做多了，越发思念那个地方。我一定要再去五大连池。去了，我办的第一件事就是到二哥的坟前，为他燃一炷香，烧一刀纸，献一束花，奉一壶酒，放声地哭他一回，再和他拉一拉他走后老家发生的那些他肯定挂念的人和事。

我师王烈

　　王烈先生和我，论书画，是师生；论感情，是兄弟。所以我们相互间的称呼，就是我叫他王老师，他叫我乐东老弟。

　　王老师是画家，山水、人物、花鸟无所不能，其中尤以兰竹最擅。七八年前，我对本市书画圈的朋友说，王烈先生的墨竹山东第一，全国一流。当时，我这观点还不是很为大家认同，有人说，好则好矣，但称为山东第一，恐也未必。过了许久，一位姓李的老兄告诉我，他整理书画藏品时，忽然记起我的话，便索性翻箱倒柜找出全国二三十位名家的墨竹作品铺展于地板上，自己坐在椅子中细细端详，最后认可了我的说法。他说："比来比去，最后还是觉得王烈先生的竹子耐看。""耐看"，这是书画圈里的行话，就是功夫深，就是水平高，就是经得住咀嚼，就是越看越有味道。李老兄是我市搞书画收藏的大腕，是全国作家协会会员，当时还是市文联副主席兼书协主席。他是个有主见的人，对别人的话是从来不肯随声附和的。一两年以后，青岛工艺美术学校（后与青岛化工学院合并成为青岛科技大学）一位名叫薛鸿文的老师来东营搞笔会，无意中见到了王老师的作品，很是惊讶，说兰竹画到这等水平的，青岛没有，济南没有，在山东其他地方他也没有见到。他将笔会的事撂至一旁，叫上他在东营工作的学生徐广鹏带路，先去利津县北岭乡台前村拜访了王老师，从此两人成了好朋友。又过了几年，徐广鹏去北京画院和中央美院进修时，将王老师的几幅兰竹作品带去北京，分别请全国名家张立辰和王文芳鉴赏，结果那两位先生对王老师的作品也是赞不绝口，说北京画兰竹达到这等水平的，也没有几人。他们都肯定地说，作者要不是蛰居于荒乡僻壤而是定居于大都市的话，是一定会名扬天下的。

　　王老师原在淄博博山区艺术馆工作，1993年内退之后，执意回到了老家台前村生活。这个村交通不是很方便。特别是村里街道狭窄不平,他家门前的小胡同,刚能容得过一辆小车,一有雨雪,更难出入。他住五间低矮狭小的老屋,屋子最西头两间是画室,中间一间是卧室,里头盘着至今在农村也已很难寻觅的隔山土炕,最东两间,是"会客室"带"餐厅",到了冬季,还兼有厨房的功能,小煤炉子就生在屋子里。卧室门口,贴着他自己撰的对联:"门黑墙黑屋顶黑,灯亮画亮心里亮",横批是"泥舍久居"。如果不是满屋的字画和半院的翠竹,你很难想象这会是一个国家一级美术师的住所。包括我在内的很多朋友,一次次劝他到东营或省城去居住,说那样对推介他的艺术有好处,但他总以在城里住不惯为由坚辞,说的次数多了,他就有些不耐烦。再是,有不少人劝他到北京去办画展,有的企业家还承诺为他赞助。大家坚信他可以通过画展一鸣惊人,他也总是婉言相拒。在他家中,有一次我正遇到他的学生马硕山,一个在北京某名校美术刊物做主编的画家,说要在自己编管的刊物上为老师免费宣传,也被他毫不犹豫地拒绝了。他近两年有时动心思,想在老地方翻盖新房,我就为他出主意,建议他将卫生间盖到室内,免得冬季里或雨雪天如厕不便,可他又是执拗地摇头,说就习惯于现在使用的这种农家院的布局。我很是扫兴,心想这真是个顽冥不化、油盐不进的老兄啊,以后再不插嘴你老人家这些破事了。

除了以上这类琐事外,我和王老师还是很谈得来的。按说谈得来就应该常去拜访他,可我去看他的次数不是很多,一年也就是去几次。这是因为我去了怕喝酒,特别是怕喝醉。

我第一次去村里拜访王老师,是在1996年10月的一天。经利津县的同学老曲引见,我去了他家。上午我们谈书论画,说天侃地,大有相见恨晚之感。因为话语投机,王老师很高兴,领我去画室画了一兰一竹两幅画赠予我。画刚作好,我们就坐下吃饭喝酒。那场酒喝得真叫一个轰轰烈烈。那天造访他家的,除了老曲和我,还有王老师的另外两个朋友。我们四个来客也算豪饮,但终究抵不过王老师的酒量和豪气。推杯换盏两三小时之后,我们几个连连叫停,但主人却像梁山好汉一般"喝得口滑,哪里肯住"!到了日已沉西,他竟高呼嫂子重整杯盏，非要同我们"连续作战"。正交涉间，王老师站起身来，和我们一个个搂起脖子亲热。常来他家做客的都知道，只要王老师有此举动，你最好赶紧"扯乎"，要不然他就会再起万丈豪情和你酣战不休。见势不妙，我们就一窝蜂似的逃之夭夭了。以后每次去拜访于他，无一例外都是小酒桌上的放浪形骸。其中有多次，就是中午晚上没有了间隔的"连续作战"。所以一想到再去见他，头脑中立即出现条件反射般的打怵，有时就将去看他的打算朝后推延了再推延。

在王老师的日常生活习惯中，最迥异于常人处之一，或许就是他的嗜酒如命。在东营和淄博等地，王老师喝酒，和他作画一样闻名。他在淄博市从事国画创作期间，每到夜深人静，淄博产的大杯子斟满高度酒，正好八大两，他"咕嘟嘟"一仰脖子干下去，趁着酒兴，挥毫泼墨。他多次说过，他很多得意作品，都是酒后甚至醉后的产物。有次我问他有没有喝得大醉而人事不知的时候，他笑了笑，给我讲了一个小故事：20世纪60年代初期，正是全国物资供应最紧张的时候，职工每月只有3斤酒票可用。这对他而言，只够一两天的耗用，所以讨弄酒喝，成了他非常头疼的事情。某日，一个做区供销社主任的学生家长，偷偷地送给他一大玻璃瓶酒，装满了，正好20斤。走早了怕人看到，所以他挨到晚上9点，才悄悄地抱着酒瓶兴高采烈地回住处。当时他住在一个叫凤凰山的山顶上，上山的路，是一条羊肠小道，道上满布大小不一的石头，极是高低不平。尽管他小心翼翼，却还是一下绊倒，将那瓶子摔碎在地上。他心疼得几乎要哭出声来，但借着月光一看，洒到地上的酒还汪在石头缝间，没有全部渗漏下去，便顾不上懊丧了，赶紧用玻璃片舀着喝。因为晚上没吃饭，喝得又急，所以过了不长时间，他就醉倒在山坡上。醒来后，已是后半夜。听到身边有人呼唤，他才知道自己是被附近灯泡厂上夜班的工人发现后送回住处的。那天夜里，迷迷糊糊的他，记得自己渴极了，喝了一大碗很甜的水。谁知第二天上午醒来，却发现画案上笔洗中的涮笔水一点没剩，而破镜子中的自己却成了一个唱包公的大花脸。

他告诉我，他喝酒作画的习惯，就是在那个住了十几年的山头上养成的，而其初衷，却是为了御寒。

开始他住市里，后来邻近的鞋厂扩建厂房，需要动他住的那间屋。厂长和他商量后，在离市区二三里路的凤凰山顶上找到一个废弃了的护林小院。那是个独立小山头上孤零零的院子，三间旧屋，有院墙和门，四周是茂密的树木。小院没有邻居，最近处的建筑物，是一个没有扒掉的日本鬼子的碉堡。谁知王老师一眼就相中了那个地方：一是僻静，二是院子四周杂树正好用来做山水画写生的素材。在这个屋子里，冬天他从来没有生过炉子。而不生火，一是为了省下时间作画，二是省下钱买纸笔。那个屋，冬季白天往往敞着门，因为里外温度一样。数九寒冬，洗笔的水都结上一层薄薄的冰，作画时需要不时地往里倒点热水，所以人们对他的最深的印象，就是总提着两把铁皮暖壶。为了保暖，他就喝酒。后来还添置了一双特制的大棉鞋。因那棉鞋陪伴他经历过艰辛的岁月，所以至今还藏在自己的箱子中没有舍得扔掉。去拜访他的客人，得不停地跺脚搓手御寒，而且坚持不了多长时间就会被冻跑。他一直住在这里，直到一个大雪天上山时摔折了右臂。他的两个学生不由分说，替他在城中找好了房子，硬是找人将他的东西搬下了山头。

同那个小屋关联着的，还有一段永难抹去的苦涩而又甜蜜的记忆。那时，绘画的好资料比较少，有次他从省城于希宁老先生那里看到了一本日本出版的中国《南画大成·兰竹集》，一见就爱不释手。因为这是至爱之物，于老只答应借给他看一星期。王老师从济南回到淄博凤凰山顶，闭门谢客，专心临摹这本画谱。一连六天六夜，他都没有脱过衣服鞋袜，实在困极了就和衣一倒，饿了就随便吃些早已备好的饼干，喝点水。到第七天上，他如约将画谱送至于老家中。于老一一看过王老师临摹的230多幅作品，又听他说起事情的经过，感叹连连，由此更加赏识这个如此痴情于绘画的年轻人，二人遂成忘年之交。时光荏苒，到了1988年6月，王老师等人应邀赴济南珍珠泉宾馆为山东省人大机关作画时，于老和王企华、张彦青、段谷风等前辈名家临场助兴，看到王老师墨竹画到妙处，于老禁不住喝声彩："好啊，好一个齐鲁王竹子啊！"其他名家也无不颔首赞许。此事成为王先生很是得意的记忆，并制印"齐鲁王竹子"

以做纪念。

　　我多次想过，自己虽然性喜清静，也爱绘画，但要我一人在这样的山顶上苦行僧般地住上十几年，说真心话，就是保证会修炼成凡·高或齐白石那样的大画家，我也是绝对坚持不下去的。他的画画得好，看来与他耐得住清冷寂寞是不无关系的。

　　交往次数多了，我还发现王老师有很多事情做得简直是叫人匪夷所思，不合常理，不入时俗。按过去"组织上"给人写鉴定评语常用的一个词，那就是"个性太强"。他做过不少"怪"事傻事：因为入党申请书被支部负责人弄丢了，自此不管党组织怎样认错，他坚决不再提交第二次申请。他后来加入了民盟，而且还成为了淄博市民盟副主席、市政协常委，但他总是因痴迷画画而逃会，所以"常委"也不知啥时候弄丢了。没了就没了，他也不当回事。为艺术上的事，他和省美协主持常务工作的某负责人龃龉不断，因此他1992年初就填写的"中国美协入会申请表"，在省城一直不能上会讨论，递不到北京，而实际上他早已具备了加入中国美协的资格。1994年3月，他愤愤然跑到北京，去拜望了崔子范和郭怡孮二位朋友，告之事情的前因后果，想直接从中国美协入会。他留下了自己重填的申请表，也得到了两位全国名家的肯定与支持。1995年，他接到入会通知，并在以后交纳过两次会费。然而此举遭到了省美协那个负责人的坚决反对，最后终于以越级上报入会有违美协章程为由被否决。撞了南墙的他不但不知回头，不思悔改，不肯退让，反而继续死打硬上。有一次，他的一幅作品被定为全国展推荐作品，又被那人私下扣压。他怒不可遏，找上门去，当场与其拍了桌子，喊出了一句"不行，咱比了！"的话。"比了"的意思，就是即时较量作画，分个高下。这事在很长时间内成了山东书画圈里的逸事趣闻，"比了"的说法，也成了一句同行间相互调侃的口头语。若干年来，他对这些事耿耿于怀，每一提及，激愤之情便溢于言表。前些年，在他老宅里的茶几玻璃板底下，就压着那人的一幅墨竹图剪报。据王老师说，他这样做，就是以此做"下酒小菜"。说实在话，那竹子画得确实与王老师不在一个档次，甚至比我也强不到哪里去。但是，时过境迁，随着年岁渐长，今天的王老师心境渐入散淡平和，不但对"入会"已全然失去了兴趣，对过去的那些事，也不想再提起了。

生活中他也常犯糊涂。20世纪90年代初，实行优待知识分子政策，因为他是高职，政府分给他一套福利房，面积不小，位置也理想，钥匙在他口袋中装了三个月，想来想去，总觉得退休后不如住到农村惬意，所以他又将钥匙送还给了文化局的领导。

还有不少类似的事，我或是听他自己所说，或是听别人转述。我们生活于一个诚信空气非常稀薄的环境中，遭受欺诈、谎言和忽悠，成了最为平常不过的事情。对于充耳之言，除了家人和亲朋好友，你别说是相信100%，哪怕相信50%，就会连年带元宵节都过错了的。我之所以对他的话深信不疑，主要是因了我亲眼所见的事，于他能形成一个封闭了的信任的链条。

说起来，王老师并不是我严格意义上举行了拜师礼的老师。

第一次见面时，见到他为我画的兰竹，我就萌生了拜他为师的念头，可被他婉言相拒。后来我去求教，他总是热情教授，不厌其烦。但提到拜师一事，他总是推辞。于是，他与我的关系，遂定格为亦师亦友。他有好几个学生，是磕了头或鞠了躬的"亲"学生。如文中提到的马硕山，还有一个在北京的吴东魁，名气更大。在青岛他有个学生张大江，是一所大学的副教授，兼职青岛美协副主席。另有蒋正和、辛宪博、辛春、张希湘、米文顺等，也都是在省内外有名气的画家。从他的学生的成就，或许可以揣测出他不肯收我为徒的真正原因。不过，得他指点，我的书画也在不断进步。只可惜我兴趣宽泛，做什么都是浅尝辄止，心有旁鹜，要不然或许真能出点成绩呢。

您要是认为以上所说，就是写出了一个性格完整的王烈先生，那就错了。至少在我看来，他并不是一个谦谦君子，他也喜欢别人夸他的画好，虽嘴上一再表白，说心已如止水，随便大家爱说什么说什么，其实不见得如此。我决不相信谁说他的画好，他反而生了闷气；谁说他的画孬，他却乐得眉飞色舞。他虽然一再拒绝炒作和宣传，但我第一次拜访他时，在他的老屋的隔山墙上，就在很醒目的地方挂着一家全国知名刊物上刊载的他的作品照片和艺术介绍。被人称赞为"齐鲁王竹子",他也很得意,并不断对人提起。他很有些狷介孤傲,但真是达官贵人造访求画,他也会觉得脸上有光,甚至有些春风得意。他不以金钱为人生的追求目标,但他也在关注着市场,不断地调整着自己的画价。过去,在他酒酣耳热之时,他可以大笔挥洒,一气画上多幅馈赠友朋,但现在的他已鲜有那种大大咧咧,理由是身体有恙,已很久没有动笔。

  其实,我觉得这丝毫没有什么值得奇怪的。他不是个不食人间烟火的仙人,他没有成为,也可能不想修炼成超凡脱俗的圣人。他希望自己的艺术被承认,他要养家糊口。在艺术界道德颓废的潮汐冲刷下,他还要一次次抗击着冲击与诱惑。身处大染缸中,想陷淤泥中而亭亭玉立,谈何容易?说句公道话,他的定力已经够不错的了。齐白石是卓然大家,但为了生计也和小商贩一样斤斤计较;徐悲鸿是人民艺术家,但在与毛蒋两家天下的达官贵人们交际时都游刃有余。张大千名震中外,但其不少行为往往为世所诟病。黄宾虹学养比他们都高,但他也为自己的绘画少有人识而耿耿于怀、郁郁寡欢,曾发出过"我的画,五百年后才有人识"的喟叹,颇有些怆然而涕下的酸溜溜味道。至于当下的画坛的大腕、中腕和小腕们,除个别人外,比之于齐黄等辈,自是耗子之于黄鼠狼,难以同日而语了。而与这些呼风唤雨(有时简直可以叫作兴风作浪)的"弄潮儿们"相比,王烈先生已是等而上了不知几品了。

  说到这里,我才觉得大致说出了一个立体的王烈,一个虽不完整但是真实的王烈。时下人们写起文章来往往还在继承和发扬特殊时期的优良传统,不是夸得天花乱坠,就是骂个狗血喷头。特别是于尊者,于友人,都讳言一丝一毫的不足,将他们粉饰成仙风道骨的超人。我大半生为小吏,写够了遵命文章,所以真的不想再做"如此包装"了。

  老弟如此看法与做法,我的王老师,不知您以为然否?

2010 年 8 月

附记：

　　我在互联网上有一个网站，同我的画店同名，也叫一画斋（网址：http://www.yihuazhai.com）。在《友情推荐》栏目里，我介绍了王老师的作品。他的板块最上头，有一段我写的文字——《忍不住想说的几句话》，话是这样说的："王烈先生如果在北京美术馆办一次画展的话，很可能会名满天下；王烈先生如果住在北京、上海、天津甚至是济南的话，作品可能早就在更大的范围内走红；王烈先生如果懂得'炒作'，有时用一下弄潮儿们用剩下的一些手段的话，很可能成为国内名家。可是，这些'如果'毕竟只是如果，他老先生还是蛰居在黄河岸边的荒乡僻壤中喝茶喝酒聊天写字画画，最多发上几声纳闷的叹息。但是，时代的风云能埋没虚华、浅薄和喧闹，却不会卷去真正的艺术——正如俗话说的，是金子总会发光。

　　"看了王先生的作品，国内很多自称是大师或名家，或是花上银子找上托儿称他们为大师或名家的人，不知脸上会不会臊红？

　　"如果有人真的不懂国画作品，特别是兰竹作品到底什么为好，也请认真地看看王烈先生的东西。"

　　广东佛山有一姓邱的朋友，是中国书协会员、省美协会员，书法与画都不错。我的网站上，对他也有推介。他曾央我也给他写上像我评价王老师那样的几句话。就那么几句话，我试了几次，竟然老是不得要领，无奈只好作罢。我明白了，性格使然，决定了我不会溢美，不会吹捧——这也使我感受到了对王老师绘画艺术的评价，的确是由衷之言。

2012年6月20日

送一份祝福给老刘

国庆节前后,是北方冬枣收获的季节。有七八年了,每到此时,我家都会吃到沾化的冬枣。

全国的冬枣以山东的最好,山东的冬枣又以沾化的最为有名。我们吃到的,可以说是沾化冬枣中的上品、极品。

枣子来了,妻子总是拿出来同大家分享,凡是吃了的,都异口同声地夸赞真脆真甜,还有的问这枣子是从哪里买到的。这时,妻子总是情不自禁地说起枣子的来历,并要讲出一个真实的故事。

一天早饭后,在沾化县城某家属院一个住户里,有个男孩说肚子疼,叫一个女人和自己上医院去看大夫。这个女人不知为什么好几天了总是头晕,家务活都是硬撑着做的,但听到孩子说肚子疼,没一点儿迟疑地就答应了。她揣上钱,吃力地蹬起三轮车,晕晕乎乎地拉着那个孩子去了县医院。好几项检查结果出来后,大夫看了,一脸不高兴地问那个女人:"你也忒大意了吧?怎么才来和孩子看呢!"

"怎么了,这孩子到底是啥病啊?"

大夫真是生气了,将检查表用力往桌子上一摔,鼻子不是鼻子脸不是脸地说:"孩子都这么大了,连得的啥病都不清楚,还有你这样当妈的吗!"

女人一听,有点儿慌了神,赶紧一把将大夫拉到外边,小声对大夫解释说,这并不是自己的儿子,也不知道他得的是啥病。"大夫,这孩子到底是咋了啊?"她又一次担心地问。

大夫听了,立即改容相待,连说对不起,然后他低声告诉女人,这孩子患的是先天性心脏病。

那个女人,就是文章题目中的"老刘"。她叫刘梅清。那个孩子,我只知道他姓王，是老刘儿子建国的高中同学。建国的老爸，叫单守信——我们叫他老单。

每年从百里外的沾化来的冬枣，就是老刘老单两口子送给我们的，而那枣子，就产自姓王的孩子家的枣园——他的父母在家侍弄着十来亩枣树。多数时候，老单付上运费，将枣子交由从沾化跑东营的长途客车捎过来，有的时候，我们也去那边取。

我听到上边那个故事，是在2006年的秋天。

那年刚过国庆节，老刘一家邀请我们去参观沾化县政府举办的冬枣节。冬枣节规模很大，人们从山南海北赶了去，分散到各家各户的枣园里，倘佯于枣林中，留下欢声笑语，分享阳光与海风的爱抚。当然，最高兴的，还是从被压弯的枝头上，伸手摘下最大最红的枣子，用手随便一擦，就填到嘴巴里细细品尝。或许是为了办节的需要，各户的枣园中，都架起高高的观望台，游人可以登高望远，一览枣乡四野令人陶醉的秋景。

老单领我们去了王家的枣园。他家是这个乡镇8家冬枣种植科技示范户之一，培植出的枣子又大又脆又甜。我们在他家的枣林中和观望台上留下了不少照片，其中就有我们同老王夫妻的合影。从这照片上，你一眼就可看出，这夫妻俩都憨厚老实，不善言辞。就是从他俩近乎于木讷的口中，我粗略地得知了他们两家交往过程中既普通又感人的故事。

虽然很多人夸张地说地球小得像一个村，但这个村里的村民却太多太多，可以说，多得不论谁同谁的相遇、相识、相熟、相知，都是一种巧合，都是一种缘分。

从这往上数整整两年，也是一个秋季，我们同刘梅清夫妇相识于北京解放军总医院，也就是301医院的外四科病区。

那年的春天，妻子右肩出现"肩袖损伤"，肩关节疼痛和僵硬不断加重，以致无法上班，决定去301医院做微创恢复手术。这种技术，发明于美国，301医院在全中国处于领先水平。而该院做这种手术的权威，就是外四科去美国进修过的一个姓刘的主任。我们通过熟人联系上了他。

52度咏叹调

我去为妻子陪床。大医院对陪护人员的要求很严,不到吃饭时不允许进入病房。我有时能连蒙带唬地混进去,而大多时间就只能被拦在外边。这天上午,混进去的企图没有得逞,我正烦闷得像个没头苍蝇一样在病区外的走廊乱转时,邂逅了老刘和老单。

听他们的口音离我们不远,我就没话找话地同他们搭讪。一打听,原来是沾化的,而沾化正是我们从东营到北京的必经之地。女的五十岁上下,长着一张娃娃脸,眼睛看人时正正的。她的脸色,细嫩中掺杂着苍白,能叫人感觉出平时缺少户外活动,而且她挪动脚步时,有着明显的不便。那个男的墩墩实实,脸色黑红,目光沉稳而厚重。直觉告诉我,女的是来就诊的病号,他是陪同前来的丈夫。一问果不其然。女的说有条腿膝盖有病,要做手术。说来也巧,给她做手术的人,她的表哥,也正是我们找的刘主任。她告诉我,虽然有熟人,但床位也得等,而且很难说需要等多少天。看到她显得焦急与无奈,我便宽慰了她几句,虽然说的无非是谁也能说得出的老生常谈,但她还是很专注地听,并且认真地点头称是。从她那里获得了自己意见得到别人认可的愉悦,使我对这对夫妻产生了好感。中午吃饭时,我对妻子说起这事,两人在叹息之余,也都庆幸自家运气总算不错。想不到叫人高兴的是,到了下午,那女人就住进了妻子住的那间病房。

因为有了前面的铺垫,所以说起话来就更不生分了。我和妻子很快得知她叫刘梅清,是沾化一个工厂的病休职工。丈夫叫单守信,是从部队转业的,也在那个厂上班。因为是山东老乡,而且我也是部队转业干部,所以觉得顿时同他们拉近了距离,甚至有了熟人般的感觉。

妻子在医院妇产科上班,妇产科是手术科室,如果右肩不能很好地恢复,她就很可能与手术刀永远拜拜。这对于几十年来从事这个工作的人而言,无疑是郁闷甚至是痛苦的。所以,半年多来,她心情一直不好,有时还莫名其妙地发脾气,直到住进301医院。但我发现,自从与刘梅清成了同室病友之后,妻子的心情似乎好了许多,脸上有时还会露出久违了的笑容。

通过观察,我又发现整个病房都开始发生变化。这间病房共住四个病号,除了妻子和老刘，还有一个北京的中年妇女，再就是一个小姑娘。前者好像是哪个国家机关的，似乎有洁癖，恨不得和别人说过话也得掏出纸巾来擦擦嘴唇。这位女士还是个"事儿妈"，老是不满，在房里扭动着肥胖的腰肢，不停地走来走去，从美国到台湾再到病室里的用具，转着圈地埋怨。小姑娘十五六岁了，家在安徽省长江沿岸的一个地方，父母常年在江上挖沙，她跟着爷爷奶奶生活。可能是得了一种很棘手的病，所以她心情很不好，查房的医生问她怎么样，她就不耐烦地说"不怎么样"，要是问她是不是好些了，她就提高嗓门说："好个屁！"从老刘住进来之后，那个中年女人的洁癖和牢骚都降了一个档次，小姑娘的脾气也平和了不少。我之所以认定这些变化同老刘有关，是因为老刘总是笑嘻嘻地说话，再就是她老拖着一条病腿，伸出因类风湿导致手指都变形了的右手，在屋里一瘸一拐地帮着病友们做事。不知道的，还会以为她是这间病房雇用的护工。看到她老是这样，劝她她也不听，别人都有些过意不去，也都在不知不觉间受到了感染，说笑多了，相互间关照也多起来了。深秋的病房里，就像忽然吹进了春风，使人觉得暖意融融。

　　妻子与老刘先后从301出院后，就有了电话联系。而每次通话时，老刘都要诚恳地邀请我们去沾化她家做客。盛情难却，我们就去了她家。去枣园，那是第二次去沾化时的事情。我这个人有个不知是优点还是缺点的习惯，遇上有兴趣的事就喜欢刨根问底。所以从枣园回到老刘家中，我就打听起枣园中听到的故事。老刘娓娓道来，既没有一丝夸耀，也没有任何矜持。

　　那是建国上高中二年级的时候，一次他领了他的一个同学到家玩。那个男孩家在县城三四十里外的村子里，吃住都在学校。吃得不好不说，他还特别怕冷，而学校又没有暖气。老刘听了这事就丢不下了，想来想去成了块心病。她就和老单商量，把那孩子接到家里来住。老单一听，非常支持。从此那孩子就背着小铺盖卷儿住到了老刘家，直到毕业。

　　"那时他家穷，连一床厚被子都没有，上学上得都难啊。"说起来，老刘还连连摇头，"我后来才知道，就是因了那病的事，孩子才老是怕冷。来咱家吃住，那孩子不就少受罪嘛……"

妻子感叹说："你身体不好，老单又上班，光一天三顿饭，就够你受累的了……"

"不瞒你说，大姐，"老刘停了一停，轻轻地笑了笑说，"一天得吃四顿呢。"

"啊，四顿？"

原来晚上放学后，老刘还要给他们加餐：有时是每个孩子一大碗炝了锅的面条，再加上一个荷包鸡蛋，有时是一人一大碗馄饨，隔不几天，也包回水饺。

说起那孩子近来的家境，老刘高兴起来，舒口气，告诉我们，最近这几年，冬枣树开始大量挂果，而且价格也连年看涨，他家也就大见起色了。

老刘还告诉我们，那个孩子大学毕业后去了青岛发展，并已娶妻生子。媳妇是青岛人，来沾化结的婚。结婚时，她先来老刘家住下，从老刘家上的婚车嫁去的王家。以后过年过节的，小两口都要从青岛回来看家，来时，肯定先来老刘家，最少住一夜。

"上学那阵，孩子爹妈来看孩子，总想说感谢的话，我就不让他们说。谁还没个出门在外，谁还没个难处嘛，咱家里不是有这个条件吗，住家里，又不用花钱。至于吃顿饭又算得了啥事，不就是在饭桌上多放双筷子吗？你们说对吧，大哥、大姐？"

拖着孱弱的身躯，挪动伤残的腿脚，颤抖着变了形的手，忍受着病痛的折磨，两年啊，多少个日日夜夜的爱与辛劳，付给了一个非亲非故的人。说起来，却是如此的轻描淡写，轻松得就像是讲述一个与她毫不相干的故事。西方人有句格言，我不看你怎么对待我，我看你怎么对待别人。说起来，妻子和我都感慨万分地认定，老刘两口子，是好人，是可以交朋友的人，是可以成为好朋友的人！

第三次去沾化，是参加建国的婚礼。在喜宴的酒桌上，我们邂逅了一对30多岁的夫妻。酒至半酣，那个男的忽然激动地和我们全桌的客人，说起了他们夫妻同老刘一家的关系。原来里头也有一个动人的故事。

那是在1997年初冬，男人的妻子，那时还是个姑娘，她同村里另外七个姐妹被人骗到滨州城去干活，干了五六天后，雇主跑了，一分钱没到手，自己带的钱却都花完了。身无分文的八个人，背着小铺盖卷要回沾化。车票钱是每人4元。尽管她们一再声言，到了沾化县城就有熟人，就能付上车票钱，要不然她们就只能在外地露宿街头，但不管怎么说，还是没有一辆车肯拉她们。她们栖惶万分，已有好几个人哭出声来。天色已晚，就在她们近乎绝望时，最后那辆车跑出去不远，忽然住下了，司机招手叫她们。她们上去后，连声感谢，司机指了指老刘，说："你们可别谢我，我没有这么好心，是这个大婶替你们付了车票钱的！"

那次，老刘是去滨州看病。上了车后，她听到了那些女孩子与司机的对话。她一再替那些女孩子求情，但司机根本不予理会。车跑出去好几十米后，她喊住司机，说自己替她们付上车票钱。可能是有一丝良心发现，老刘只有30元的零钱了，司机就让了2元钱，没有破开老刘又掏出来的那张百元大票。

就这事，我专门问了老单："老刘这样做，你支持不？"老单一本正经地说："当时我没去。回来一说，我还说了刘梅清，咱赚人家2元钱的便宜干啥！"

看看人家这两口子，真是不是一家人，不进一家门啊！

在车上，八个姑娘到底也没问出老刘的住址和姓名。回到沾化，她们就悄悄地跟踪，"侦察"到老刘的家。第二天，七个姑娘到了老刘家去送钱并表示谢意（其中一个到了村口有急事没有同行）。以后，有两个姑娘成了老刘家的常客，像亲戚一样地走动起来。而喜宴中的那个，自结婚后，将同老刘家亲戚一般的关系，带到了婆家。

今年的10月7日，国庆长假的最后一天，又是一个金秋送爽的好日子，我和妻子再次到了老刘家做客。寒暄过后，妻子就关切地问起老刘的身体，老刘脸上闪过一丝愁苦，说："有一段时间了，没做手术的那侧股骨头老是疼痛，我心里想，可别再发展了，要不然又得换股骨头啊！谁知这两天忽然又好了，或许是一听说你们来，心里一高兴，就好了！"

因为妻子第二天还要上班，所以待到下午快3点的时候，我们又一次婉拒了他们夫妻的挽留，动身要走。她家后边是块待建的空地，老单开了大半亩地的荒，种了各式各样的蔬菜。我们就在老单的带领下，专挑自己喜欢的、新

送一份祝福给老刘

鲜的拨，老刘不便下楼，就在二楼她家厨房的后窗边，拉开窗玻璃，大声地给以指导。她一直靠在窗台边，等到我们车子缓缓行至楼角拐弯处时，我还看到她从窗户里伸出来的不住挥动的一只胳膊。

　　回来后过了两天，妻子打电话问老刘身体怎样，老刘的回答使我们有些担心。又过了十来天，妻子放心不下，又打电话询问。这次接电话的是老单，他说，老刘已在滨医附院住院多天，看来很可能又要到北京301医院去换另一侧的股骨头。

　　担心的事情终于要发生了，想起来我们心里总是沉甸甸的。老刘的身体还能再承受一次这种手术的折腾吗？我问妻子。她沉吟好一阵才说，或许问题不大吧。盼她换得顺利，好多年就不受罪了。再说，摊上了，又能有什么办法呢？

　　妻子问过老单，手头是否紧张。老单说暂时不缺钱，要是有难处时一定开口，不会客气。妻子放下电话就和我说："别没有啥好办法了，我们就用颗诚心，祈求佛祖保佑老刘吧！"

　　佛祖一定会保佑老刘这样的好人吗？

　　我踱到窗前，仰望茫茫太空，向那无涯无尽处发问。我希望上帝真的存在，还希望许多知名的和不知名的神祇们也都真的存在，并期盼他们，既然享受众生的祭祀，那就该降给下界以更多的正义、公道以及平安与福泽。

2012年10月27日

附记：

　　写此文后不几天，老刘去北京解放军301医院做了手术，手术非常成功。出院后我与妻子去看望了她，见她心情大好，我们也很是高兴。近几天，在电话中得知，她打了一种专治类风湿的进口药，折磨她多年的苦痛也开始消除。啊，看来是老刘的善行感动了慈悲的我佛，降福于她和她一家。每想到这里，我心中就情不由己地涌上一句："南无阿弥陀佛，善哉，善哉！"

2012年12月18日

南無大慈大悲觀世音
癸巳年四月王兆智作

永远的愧疚

再有两天,就是中秋节了。正是北方一年中最干涩的季节。

空气是干涩的,大地是干涩的,树与草也是干涩的。我收缩着一颗干涩的心,站在一座墓前。杂草中,戳着一块矮小的水泥墓碑,墓碑上刻着一个深藏于我心中的名字:刘成德。

我供上鲜花,浇祭了白酒。最后那口是我喝的,意思是和他共饮。然后,我深深地三鞠躬,低声说道:"刘老先生,我看您来了!"

望着墓碑上的名字,我心中默默地向他致歉。同时,我也衷心祝福他在另一个世界里,过得轻松舒心,不要像在阳世时运多舛,总有坎坷相随。

我很明白,我安慰的,只能是自己的灵魂和良知,而此时此刻,这种安慰是多么苍白无力。

我与刘成德先生,相识于20世纪的80年代。

从1982年的下半年到1984年7月,我参加县党史资料的征集编纂工作,先是党史办"负责人",后被任命为主持工作的副主任。记得是在1983年秋,我们党史办的人员,到刘成德所在的大王镇刘集村开展过党史资料的征集活动并与其相识。

这个村在1925年就成立了共产党的支部。据考,这是全国农村建立的最早的党支部之一。从1924年到1931年,以刘集村为中心,共产党在这一带发展党员,开展革命活动,为最终夺取天下,点燃过鲁北的星星之火。国内最早出版,保存最为完整,由陈望道翻译的《共产党宣言》(当时被错印成《共党产宣言》),就是20世纪60年代在这个村中发现的。

到村里搞资料征集工作,主要的方式就是召集当年参加革命活动的老人们参加座谈。按常理说,这种座谈会一般要安排在村办公室,但不知什么原因,在刘集村，三天的座谈会，却都是安排在了刘成德家中。主人与我们第一次见面时的数语寒暄，就引起了我的注意，叫我感觉出这可能是个不平常的人物。中等身材的他，却给人以高大的直觉。谦和的言语中透出一种乡下人面"官"时少见的定力和得体。特别是他炯炯有神的目光，似不经意中瞬间扫遍你的全身，直达肺腑。座谈时，他除了作为主人起身沏茶倒水外，就一直挺直腰板，正襟危坐于小木凳上。他是第一天上午最后一个发言的。他的发言，几乎每句话都带出深厚的文化修养，人虽年迈思维却敏捷而缜密，共产党早期在刘集村一带的活动，娓娓道来，如数家珍。这更令我加深了开始的判断：面前的这位老人，是见过大世面的人物。

中午饭，是村里安排在刘成德家吃的。饭后，我请陪我们吃饭的村支书一起到院子中，询问刘成德的情况。书记告诉我，刘成德，字天民，70岁了，年轻时念过不少书，成年后离家外出，参加了国民党的军队，后来升任校官。在解放战争中，所在部队投诚，他就回到重庆后妻那个家中生活，先是开了一个买卖煤炭的小作坊，后被公私合营，安排到一个蔬菜公司做职员。1965年"四清"运动，他因"历史问题"，被开除公职，撵回刘集村，同前妻及与前妻所生的孩子一起生活。他受到多年"管制"，因为年老体衰，加上村里人清楚他的经历和为人，所以也没有人过分地为难他，没有安排他干重活，但是扫过街，被限制了自由，直到邓小平给各类"坏分子"摘帽。

后来，我有意无意间又得知了刘成德的一些情况，并将这些零碎的片段连缀成了一个有关他的大致印象。

民国时期，国民党曾经引领过中国的进程。孙中山坐镇广东时，吸引了全国各地大批有志青年前往投身革命。仅在大王一地，去黄埔军校深造者就有29人之多。国民党军队中著名的黄埔将领"山东三李"中的李延年、李玉堂就是大王人。这样，后来就又有不少年轻人南下投奔了他们。刘成德就是投奔他的老师、李延年的部下李剑霜。了解刘成德的人都说，这人年轻时心比天高，很想做一番轰轰烈烈的事业。而他在抗日战争中，也真是实现了自己的愿望。八年抗战，他自始至终都是参与者，亲历过有名的淞沪保卫战、守潼关等战役，说起来，也是九死一生的人。只可惜人算不如天算，在将日本人打回东洋三岛之后，国共两党撕破了脸皮，重新逐鹿中原，并有了早为大家所共知的结局。没有跟国民党撤向台湾的他，后半生只能是伶仃凄惨，运比纸薄。像刘成德这样结局的人，在大王还有不少。除李剑霜之外，还有刘雪门、刘铁汉等人，他们都是国民党军队的将军，戎马半生后回村务农。其中李剑霜因为是起义人员，境况稍好，没有被管制，但后来在生产队干了多年喂牲口的饲养员。子女也因他的身份而不能参加工作。其他两人都曾被管制。据其后人们回忆，特殊时期，他们几人如在集市上相遇，谁也不敢搭言，只能是默默地注视对方一眼，然后低下头，匆匆而过。

在刘集村调查时，我们还拜访过一位名叫谢子亮的老人。同刘成德一样，他也有过国民党军队校官的军衔，也是回乡受过多年的管制。所不同者，他是蹲过五年大狱后的刑满释放人员，加上他生性桀骜不驯，所以他的境况比刘成德还要糟糕。谢子亮身材瘦削，环眼鹰鼻，典型老军人的形象。在院子中，还没等我们说完来意，他的情绪就如火山般爆发了，眼里喷射出愤怒和委屈，直盯着我们几个吼叫起来："淞沪抗战是谁拉起了三个炮兵营？那是我谢子亮！在台儿庄九死一生的，有我谢子亮！抗战八年浴血奋战的，有我谢子亮啊！我对国家有功，我对民族有功，你们就这样对待我啊，就这样对待我啊……"他一边吼叫，一边把胸膛拍得发出咚咚的声响。他的老伴一看不对劲，赶紧朝他又嚷又骂，制止了他的怒吼，我们才趁机仓皇离开。若干年后得知，谢子亮毕业于黄埔军校第三期（一说第六期），参加过八年抗战。就在我们见到他后不久，他怀着无以名状的愤懑与失望，告别了这个带给他半生不公的世界。就在他去世后三四个月，国家给他纠错平反，承认他曾有功于人民。遗憾的是，好消息来迟了。若干年都等了，但就那几个月没有等及，他的生命之灯已经熬干了最后一滴油而猝然熄灭。

在刘集村座谈时，中间休息，我们也聊些闲话。有一次，村中老汉们无意中同刘成德谈到了一个他年轻时参加了共产党并身居高位的同学。刘成德坦然地笑笑说，人家命好啊，这就像是天蓬元帅投胎，他如投到富贵人家那就是公子哥，可惜愚笨的天蓬错投到了母猪胎中，只好咬死老母猪，钻出来做了猪八戒。说这话时，他是淡定的，淡定得甚至有些轻松，但听的人心里却是五味杂陈。

在刘集村调查后，我们整理了多份资料。因刘成德的回忆比较全面、系统，最具史料价值，便以他的名字定稿了一篇文章，题目好像是"刘集村早期革命活动追忆"。以后，这篇回忆录被收入了《中共广饶党史资料第一辑》。为这篇文章，我们还曾回访过他。再后来，我忙于出县出省到各地搞资料征集工作，直到1984年夏天因工作需要调离了党史办。

1986年的一天，他忽然到县城我家中造访。面带喜色的他，很开心地对我说："张同志，告诉你一件你也肯定替我高兴的事，政府为我落实政策，恢复工作，我要回重庆了，近日就要起身。今天我来县城办事，也是来向你道别的……"我听了，很是替他高兴。我问起他在重庆那边家庭的情况。他的脸上慢慢收敛了笑容，代之以一丝凄然和忧虑，说因为自己的问题，重庆妻小受牵累多年，又一直音信稀疏，去了后能否融洽相处，自己也心中没数，只能到时再看了。我听后也觉得心中发堵，便找了几句话来安慰他。出于礼貌，他舒展开眉头，连连称是。说了一阵话后，他起身告辞。我留他吃饭，他说什么也不肯，说是还有事要办。我掏出20元钱，要他在去重庆的路上买点儿东西吃，他略加推辞就收下了。我心里明白，依他的为人，如果不是到了百般窘困，是不会接受这种馈赠的。正在这时，住我西邻的同学田曰宝到我家串门。老田也了解老人的情况，一听他要回重庆，便很快回家取来一瓶白酒塞到他手中，要他在路上喝了解乏，他也高兴地收下了。

好多天后，我接到老人自重庆的来信，上面说是情况还算可以，叫我放心，又说有机会去重庆出差时，一定要到他家中做客。按理说，我是应该回信与他的，可是，也不晓得自己整日里忙了些什么，却始终没有给他回信。大约又过了两年，有个刘集村的人，专程到我家给我送口信，说是刘成德又从重庆回刘集了，他很想见我，但因身体不是很好，行动又不方便，特请我屈尊就驾，去他家见面说说话。从捎口信的人口中，我印证了先前的担心：在重庆，刘成德的后妻和几个子女，因多年来受牵连而对刘怨愤不满，且早习惯了没有他的生活，已很难将他重新融入那个家庭。他过得很不愉快，无奈之下只好再回山东。我听后心中很不是滋味，要来人捎信给老人，等忙完这一阵，我一定会去看他。后来，我也曾和原党史办的同事提起，要一起去看望一下老人，大家也都表示赞同。可是，我最终也没有兑现自己的承诺。而他，在我的脑海中也就渐渐淡去。

1995年，我调到东营市某机关工作后，邂逅了师范学校一位教美术的许俊科老师。许老师老家与刘集村很近，他同刘成德是忘年之交。他告诉我，刘成德生前曾多次对他提到过我，并要他与我结识，理由是"现在的干部里头，也有好人"。

许老师告诉我，老人从重庆回刘集村之后，因有退休工资，生活境况有了改善，但心境却依然凄凉，还是孤零零一人住在那间小屋中。按他自己的话说，"还是过着同老光棍没有多少差别的生活"。

从许老师的口中我得知，两三年前，老人已经去世。据说他去世时，并无亲人在场。

那次许老师告诉我的情况，使我好多天郁郁寡欢。一想起若干年前的承诺和失信，我就意识到自己犯下了一个要永远受到良心折磨的错误。我总是在不知不觉中想起他那双洞人心扉的眼睛。这时，我只能将目光聚焦点游移于别处，不敢与他对视。而解读"现在的干部里头也有好人"，这句听起来有些别扭的话，更使愚钝的我用了多年。这话或许再简单不过，或许包含了他对人生对社会太复杂的感慨，甚至会有着难以言表的隐痛。在此后的十来年中，每当我脑海中蹦出这句话时，那刻满苦涩和沧桑的脸庞，总是推不开躲不掉地浮现于我的眼前。只是，他的眼睛却不再明澈，而是变作了昏花浑浊，那里头分明流溢出对一种东西的极端渴望。

这种东西到底是什么呢？现在，我终于明白了，那是人的尊严，人格与人性的尊严。

刘成德后半生的景况如何，正如他自己所说，是"投胎"时就决定了的。他虽然参加过八年抗战，曾于民族有功，虽然他已经投诚，成了"自己人"，但这在他遭受委屈和凌辱时,并没有增加什么有益的筹码。在那个是非曲直完全被颠倒了的年代,没人敢去思考郑重的承诺为何会像小孩变脸一样化为了空头支票。他作为比我高一辈的老人家,作为一个曾经出生入死饱经风霜的军队校官,之所以对共产党机关一个无足轻重的后生小子念念不忘,就是因为我,给了他作为一个"人"应该得到的尊重——仅仅是礼节、礼貌上的尊重,是一种他本就应该得到的对待。可是,这竟让他感恩于怀,念念不忘乃至终老。没有遭遇过非人待遇的人,恐怕难以想象这是多么叫人悲怆和叹息的啊!

从认识许老师以后,我每想到刘成德老人时,脑海中多是他终老前孤寂、孤绝、孤寥的场景:耿耿残灯,潇潇秋雨,长夜难明,辗转反侧。推不开的如烟往事,诉不尽的百般委屈,海浪扑岸般,硬生生涌上依然睿智和清晰的头脑。此时他的心情,恐怕只有用"百感交集"来形容了。他有没有后悔过参加抗战?他有没有后悔过参加国民党军队?他有没有后悔过未跟着蒋介石退向台湾?还有,在长夜寤寐中,他有没有想到过我这个"张同志"?

从内心深处,他无疑是盼望我去他家做客的。他希望与我晤面,是想对我说些什么,是想听我对他说些什么,或者仅仅就是一解思念的礼节性见面?我没有答案。但我很清楚一点,如果我正正地看着他的眼睛,语气坚定地告诉他:"刘老先生,你对民族对国家是有功的,命运于你是不公正的!"那他一定会感到莫大的欣慰,甚至这个欣慰,会一直陪伴他走到生命的终点。我所以做此猜想,是因为我张同志虽然是共产党的干部,而且是曾经为共产党树碑立传的干部,但我张同志是个没有睥睨他的人,是个拿他当"人"对待的人,而这样的"好人"说出来的话,不会是打着哈哈,言不由衷敷衍的虚话、官话和套话,所以他才对这话坚信不疑,所以他的心灵才从深处得到安慰,获得宁静。

遗憾的是,或许是晴窗一日几回看的那个身影,他始终没有等到。

从我答应去看望他到他过世,有三四年的时间。这事要办的话,对于我而言,不过说句话,要个车,甚至可以用公家的钱买上点礼品,然后再用上半天的时间而已。但是,我毕竟没有去,而且早将这事忘得干干净净。

我曾多次从灵魂深处叩问自己:如果他是一个于你的前程大有关碍的人

物，或是你有要事相求的人，你会随便地允诺他而最终不能成行吗？我明白了：他认为"也有"的这个"好人"，不过如此而已。每念及此事，我就很鄙薄自己的为人，像鲁迅先生说的，总是能看出自己的"小"来。

直到去年，我又听人说，刘成德晚年心境凄凉，并不单纯纠结于个人际遇。在1949年新中国成立之后，老人家数度欢欣鼓舞于国家出现的新气象，期盼这个国家由此走向欣欣向荣。他说，作为侥幸逃得性命的败军之将和旧国家的亡国之臣，自身受些凌辱委屈，真算不了什么，只要国家好了，民众好了，也就值得。他感叹说，那三年的战争，死了多少人啊！不管是共产党、国民党，也不论是官与民，都是中国人哪！死了那么多的人，就该换来百姓的安定和幸福，可不能让那么多的人白白死掉啊！这使我对老人的同情中增添了不少的敬意，为他历尽岁月磨蚀和人身屈辱，忧国忧民的情怀依旧慨然于胸。这也使我心中的愧疚之情更为强烈。

虽然他已故去，我与他再也无缘在这个世界上重逢。虽然我知道，我今天的探望来得太晚，他已无法听得到我的忏悔。但是，我依然要在这里，在他的墓碑前，为自己的轻诺寡信向他诚恳地说一声：对不起！

这是我永远的愧疚。这份愧疚，将永远啃噬我的心灵。

2008年12月

附记：

今年6月，也就是在七七事变76周年纪念日前夕，民政部行文，在答复港区全国人大代表王敏刚在大会期间所提的建议中明确指出，要求各级民政部门做好原国民党抗战老兵的有关工作，及时将符合城乡低保、农村"五保"、医疗救助、临时生活救助以及社会福利保障条件的原国民党抗战老兵纳入相应保障范围；让符合条件的原国民党抗战老兵的孤寡对象优先优惠进入敬老院、福利院；在举办纪念抗战胜利等重大活动以及元旦春节等重大节日时，建议当地党委、政府邀请原国民党抗战老兵参加，并予以慰问。

说真心话，我只能用百感交集来面对这个来得太晚了的好消息。这是因为，对于绝大多数的原国民党抗战老兵而言，他们已同正文中所提到的谢子亮、刘成德、李剑霜等人一样，带着无限的凄凉，到了另一个世界，任何的歉疚，任何的抚慰，对他们而言，都已成空。但是，同时我也感到欣慰，这是因为，毕竟还有一些耄耋老人苟活于世，这个消息肯定会在一定程度上安慰一下他们饱经揉搓的心。再说，不论对于生者与逝者，不论是对他们还是他们的家人、亲友，这是一种道义与良知上的拨乱反正。他们可以长出一口气，可以流一下泪了。这泪的滋味，随你怎么去解。

赘言一句，对于议案是由港区代表提出的，我真的，真的觉得有些遗憾。这是因为，香港人，了解起这些老兵的情况来，毕竟不如内地人更直接，更真实，更详尽。再说了，弹丸之地的香港，才有几个全国人大代表啊？

当然，还有许多话，但我不想再说。

2013 年 7 月 10 日

第三辑

拾到筐中的落叶

在岁月中匆匆穿行，往事枯叶般飘落身后。当从记忆中反身捡拾的时候，即便它们都已枯黄衰败，但你会惊讶于每一片叶子的不同，继而觉得它们竟是如此的弥足珍贵，而这种感觉，当时的你，或许并没有很清楚地意识到……

远方的大山

我的家乡在鲁北大平原上。这里没有一寸山地。小时候,我见到的山,是在书上,在电影里,在梦中,还有,就是在遥远的天边。

那时候,天空不像今天这样总是灰蒙蒙、沉甸甸的,晴天不似晴天,阴天更像阴天,白天不像白天,夜晚也不像夜晚,就像时下人们的打扮,男不男、女不女、土不土、洋不洋、老不老、少不少的。那时的天空,是清新剔透的,是瓦蓝晶亮的,只要不是阴雨天和雾天,站在村外田野里,往南看,在那天地相接的地方,就可以清清楚楚地看到那一道绵延着的矮矮的、长长的山岭。横亘着的黛青色,有如涂抹到湛蓝穹隆上的一道风景。大人们见我怔怔地望着远处出神,就和我说,那是云门山,是在益都县(现青州市)城南。山很高,山顶有洞,因为洞中常有云彩穿过,所以叫云门。"听说,山高了就会有神仙呢。"大人们的话,更使年幼的我心生万千遐想,企盼着有朝一日能登临于大山之上,有幸拜见传说中的仙人。

我真正地见到了山,是在1968年深冬。那时我正读那期间的高中,去不去学校没人过问。冬天,父亲就要我和他一起去山里卖了一回萝卜。去的地方就是在云门山的西南方向,益都县的庙子村。我们去赶那里的年集。爷俩一人一辆小推车,他推500多斤,我推400多斤。卖一斤萝卜,刨去费用能赚四五分钱。一车赚二十元钱,现在只能买一天的青菜,可是那时却能抵得一个职工半个月的工资。在巨大的经济利益诱惑面前,我动力十足。从老家到那里有140多里路,要走两天时间。那是我第一次推小车荷重载出远门,开始还感觉轻松,但越走越吃力,再后来简直可以说是挣扎着将那400多斤萝卜推到山村村头的小店的。同去的,还有本村的其他七八个人,其中有我的堂兄张龙群,还有本家的龙其三哥。他推车,儿子玉庆为他拉车。他们到得比我们早一会儿,一看我们没到，龙群哥和玉庆又走了二三里路回到山下，把我接到了小店里。我撂下推车，一头扎在又脏又破的炕席上，大声叫道："现在就是毛主席接见，我也不去了！"可是刚过一会儿，玉庆叫我："小叔，去不去爬山？"天知道我身上又从哪里来的力气，一骨碌就从铺上跳了起来，和龙群哥、玉庆一口气冲上了店西边那座高高的山头。

我是怀着无比崇敬的目光来瞻仰这里的群山的。以后，当我见过许多名山大川之后才发现，在庙子村，我最早看到的山岭，应该说是其貌不扬，甚至简直可以说是寒酸甚至丑陋的。但当时，我觉得它们有着难以言表的雄浑壮丽。日薄西山，将残褪的红光涂在每座光秃秃的山头上，绵绵延延，直至天尽头。太阳迅速地往下沉没，满目的山岭像鞭赶似的由亮变暗，很快就成了灰黝黝的颜色，起起伏伏，如同大海的波涛。这是我一生唯一一次在山顶看落日的全程，直看得目眩神驰，心中激奋不已。听到父亲他们在山下高声呼唤过好几次后，我们才恋恋不舍回到店里。

第二年的冬天，我当兵去了河北省易县。易县的地形，恰似我们国家的缩影，从东往西，呈三个阶梯，依次抬升。从县城往东，是平原，偶有一些不大的山头；县城往西，到清西陵，是丘陵地带；从清西陵再往西，就是山区了。

自到部队起，和山打交道成了我们训练和日常生活的重要内容。营房的背后，有几座山头，是我们闲暇时间常去爬登之处。可惜那山头太矮，也就是一二百米的高度，即便是爬将上去，也难以激发出什么壮志情怀。

我和大山真正的零距离接触，是在1970年的冬季。当时我在团政治处当新闻报道员，处里要我到良岗公社去支农的二营六连写报道。这里地处太行山腹地，因五壮士而扬名的狼牙山，就在它的附近。公社驻地是大山谷中的一块盆地，有几千户人家，属于这一片的繁华之地。

在良岗，我去过两个大队，一个叫川角，一个叫北口子。川角是河北省农业学大寨的典型，常上报纸广播。这个大队离公社有二三十里路的距离，北口子更远。那里的老乡不少把良岗叫作"小北京"，到公社去一回，得正经当成件事来做。一个大队分成多个自然村，最大的有二三十户，小的只有几户。

还有不少独户，孤零零一家安在一个山旮旯里。我在北口子住的房东就是个独户，忘记姓氏了，20多岁的小伙子，还没娶亲，和老母亲相依为命。那时生态环境很好，不知是农户都喜欢择溪而居，还是溪水遍地都有的缘故，反正老是看到溪水。从我的房东住处出来，往下走不过20米，就是一条哗哗流淌的小溪。我们早上就到溪边洗脸、刷牙。在老乡家睡炕。山里冷得早，我去的时候已经开始烧炕。烧炕的方法很特别，往炕洞里一次塞进好多柴草，从外边点着，慢慢地往里燃烧，火烧到下半夜才熄，能热到第二天上午八九点钟。我和那小伙子差不多大，很说得来。记得我好几次从每月6元的战士津贴中抽出一张一元票来，叫他去买炒花生，买来后，大娘没牙了咬不动，就我们俩一块吃。那时花生只一两毛一斤，买一次吃好几天。为这事，六连负责同我联系的一个姓陈的班长，一边吃花生，一边很严肃地说我是违反群众纪律。我有些莫名其妙，心想自己花钱和群众一起享受这叫反的哪门子纪律？但我懒得同他理论，以后就同房东小伙偷着吃，吃后将花生皮扔到炕洞里。陈班长捞不着吃花生了，还夸我知错就改，到底是团部的人员，思想觉悟就是高。

还有一事，很是有趣。山里生产队很少有农用机械，干活的，除了人力之外，就是些毛驴子。这里毛驴长啥样子，我没注意，使我好奇的，是它们遵守交通规则的高度自觉性。山区的道，窄且险，如有两车破辙，就煞费力气。只要一听汽车响，驮着两个筐的毛驴们就都乖乖地靠右停靠，一动不动地等汽车过去后，再迅速回到路中间，踢踢踏踏地朝前走。令人匪夷所思的是，常常是一群毛驴结队而行，而并无人驱赶。我估计它们可能是往哪块地里运肥，两头都有人装或卸，但它们是如何训练成这样的，叫人好生困惑。陈班长是河南籍的，见到这情景，就操着标准的家乡话咋呼道："奶奶的，真他娘的邪了门了，到底是老根据地，连毛驴子的革命纪律性都这么好啊！"

这里的山，绝对可以称之为大山了。记得我当时查过地图，不少山头海拔1500米以上，最高的，有一千七八百米。我们报道组的范寅彬，为支援我写稿子，来这里住过几天。有天下午，我们一块去爬山。就上下一个山头，我们耗费了整整一个下午。到了山顶，极目四望，都是连绵的山冈。有的地方密林遮蔽，有的地方是巨大而赤裸的岩石。站在高山之巅，叫人顿生心怀四海而小天下的豪情。四野寂静无人，我们在山头上大声吼喊，但任凭我们扯破了喉咙，那声音听起来却是虚虚飘飘，似有若无，软绵绵地不知散去了何方，连一丝回音都没有。在山上，寅彬诗兴大发，口中念念有词，但问他到底作的何诗，他怎么也不说。我在营房与他同住一屋，后来无意中从他藏在桌子抽屉里的日记本上，发现了抄得极工整的《爬山》。记得是近现代少见的六言诗，头两句是："爬山！爬山！爬山！革命！革命！革命！"那时虽流行革命豪言壮语，但豪迈和革命到如此作诗的，却也少见。我以后常拿他的爬山诗取笑他，不苟言笑的他，一听我口中念叨"爬山爬山爬山"，就面红耳赤地骂一句："他妈的，你小子……"

那次进山，留给我印象最深的，是在北口子对特等残疾军人赵敬斋先生的采访。他解放战争时期参军，受伤于朝鲜战场，只有一只胳膊，半截腿；40多岁，有老婆和两子一女。我们叫他赵大叔，他儿子和我们差不多大，可他非要儿子称我们解放军叔叔。他出行靠一头非常听话的毛驴，一听他下达口令，毛驴就匍匐在地，待他揪着缰绳爬上去后，毛驴就慢慢站起来，不紧不慢朝前走。大叔是个没多少文化的人，县和地区选他做典型，他不大乐意当，但因是组织的决定，也就不好硬推辞。有次他给我们团做报告，他说在朝鲜战场上，冲锋号一响，自己就高喊着"打倒美帝苏修"冲上去了。他这个说法引得战士们发出阵阵笑声，他浑然不知大家为何发笑，也跟着大家一起大笑起来。他请寅彬和我在他家吃过一顿饭。为这顿饭，他还找上大队的干部作陪，并专门请人上良岗去采买菜蔬和好酒，加上山里的野兔山鸡蘑菇什么的，搞了满满一大桌。我们一谦让，他就瞪眼。他的眼不是很大，但一瞪起来目光炯炯，很有些慑人的力量。我们要喝酒慢了，他也不高兴，还发脾气。在他和村干部的劝说下，我们都喝得迷迷瞪瞪，赵大叔更是喝得舌头都硬了，"哇啦哇啦"地和我们说个不停。他说，自己本来是可以住大城市的，那里的军人疗养院条件很好，有专人伺候，但他在那里吃不下饭，睡不着觉，就坚决要求回到了大山深处的老家。"穷出身，贱命，享、享不了福哇！在山里住惯了，听着山风打得窗户纸'呼呼'地响,睡觉也踏实!"他指指孩子们,"他们都不想在山里过了,嫌山里穷啊,等我死了,他们再走……"

　　我们对赵大叔采访了三天,写成了一篇通讯,在《保定日报》上以一版半的篇幅刊登出来,题目是充满豪言壮语色彩的"一只手高举革命旗,半条腿猛拉革命车"。《河北日报》后来也转载了这篇文章,但篇幅被压缩成了半版,题目也改了。《保定日报》发表的文章我保存了好多年,写这篇短文时想找出来再看看,谁知却怎么也找不到了。

　　以后,我又见到过许多许多的大山,既有名山秀川,也有不知名的荒山野岭。在电视上,在报纸上,我也很注意看和山有关的情况。有时邂逅一些山里出来的人们,我也总是饶有兴致地和他们谈起山里的许多事情。我发现,除了很少的山里人,比如旅游胜地的人们之外,其他的人对生于斯长于斯的故乡并无眷恋之情,他们的梦想是能够走出大山并一去不复返。我的老家坐落在一个化工企业遍地开花的地方,生存环境已变得极度恶劣,可以说人类已实难居住,但即便如此,山南海北的人还是络绎不绝地来这里谋生。他们当中就有很多是从大山里走出来的。我们村前头乡村公路边上,原有些贫民窟一样的房子,曾住过几户从贵州山里来的人。他们日子过得非常艰难,有的甚至靠生孩子卖孩子来维持生活。他们说,好不容易出来了,就再也不想回那个鬼地方了。我的老家其实只是个乡镇,距离城市很远,就各种条件而言,还远远没有达到城市的水平。在优美的自然环境与现代工业文明之间,山里人的选择,几乎没有彷徨和犹豫。

　　孔子有句名言,说仁者乐山,智者乐水。我不是仁者,虽然"乐"山,却乐得不是很纯粹,不是很痴情,不是很义无反顾。名山大川的,心血来潮了,去玩玩还可以,但经年累月地生活在那里,是不是住得惯,我真没好好想过。最近几年到张家界和黄山时,我曾思考过这个问题。虽也陶醉于它诗情画意般的美景,但要是一直住下去,住到老,住到死,是不是心甘情愿,我并没得出明晰的答案。如是穷山恶水,像易县的良岗,特别是贵州的深山老林,地无三尺平,天无三日晴,我最多小住三五日,体味一下山到底穷成啥样,水到底恶到如何，或有可能。要真是叫我住上哪怕是十年八载，我说不定就会郁郁吊死在哪座山头的杂树乱藤上。不光是我，好像绝大多数人也不想以那样的地方为久恋之家。我在部队的战友中，有许多是高干子弟，他们的父辈很早就参加了革命，同大山打过很多的交道，说起来，应该对那里有着很深的感情，但不论是他们还是他们的后几代，却再也无人向往那曾经给新中国孕育过胚胎输送过血液的地方。

看来，包括我在内的绝大多数的人，喜欢山，热爱山，似乎是有些叶公好龙，进山其实是图个新鲜，看个热闹，或是为了那里有着更多的负氧离子，可以使自己的大气喘得更畅快，去住个十天半月的还可以，真要是像赵敬斋一样情愿老死于那里的，就不多了。

这些年来，我也了解到，不断有些大学刚毕业的有志青年，要求当志愿者，到大山之中去当"孩子王"，有的还在那里扎根成家。这些凤毛麟角般的仁者们，真是叫我由衷地钦佩。他们的心境，像那大山深处的自然环境一样纯洁珍贵，是其他人难以望其项背的，更不消说那些总是示人以冠冕堂皇假面目的伪仁者们了。

当城市文明、现代工业文明的福泽延伸到大山深处的时候，事情或许会是另一种样子吧？

我们和大山里的人们，一起期盼着。

2008 年 7 月 31 日

房　东

我年轻时在野战军中的步兵团当兵。那时部队每年都少不了外出搞野营拉练、军事演习或是农副业生产。不管执行什么任务，也不论走到哪里，只要不是住进城市中，住宿就需要到老百姓家"号"房子。大部队尚未出发，已有人去打前站，和村干部商量以后，部队的人就在小本本上记好哪些人住哪个老乡家，大部队到后，迅速化整为零，入住老乡家中。

老乡家，我们称为房东。由于外出执行任务很多，所以处过的房东数不清。几十年之后，使我难忘的房东有两家，他们都住在北京市的郊区。

1971年9月下旬，我们师已在辽宁省的赤峰（后又重归内蒙古）城北某地修筑了野战工事，做好了演习的准备。由于当时的"9·13"事件，上头一道命令，摩托化装备的部队一夜间穿过长城古北口，从赤峰拉至北京西北方向的昌平县布防，以防止那个其实已摔死在温都尔汗的副主席，带领"苏修"从内蒙古边境正面突破，直指北京。最紧张时，连队的干部战士都发了子弹，剃了光头，准备誓死保卫北京城。虽然事后发觉这不过是虚惊一场，但在当时，却真是风声鹤唳，草木皆兵。

我们团在高崖口公社和阳坊公社驻防了将近一年的时间。我住的时间最长的村叫南流村。那时我是团政治处新闻报道组的报道员。同住一起的，还有宣传干事于咏平、保卫干事杨树成，再就是与我同年入伍、负责摄影的小吴，他是江苏省宜兴县人。

我们房东，男的姓张，是北京卫戍区某团的副参谋长。他40多岁，上过朝鲜战场，高大粗壮，络腮胡子，很威猛的军人形象。因为都是军人，我们以职务称呼他。女房东不知道姓什么，我和小吴管她叫张大娘，于、杨两干事年龄大些，喊她大婶。我们叫她时，叫得都很亲切，而她也"哎哎"地答应得很亲切很痛快。这是她话语中最响亮的一句，平时的她，说话都是慢声细语的。

就凭我们叫她大娘、大婶，她答应得很亲切很爽快这一点，至今我对她心存感激。因为在一两年之后，我在北京城中，因称呼问题曾遭遇过一次这辈子都很难忘记的尴尬。那次，我和一个战友一起到北京给报社送稿件，因他的盛情相邀，在北京城中他家住过一晚。他父亲是个级别很高的军队首长，他母亲不知从事什么职业，但看得出也是很有身份的人。对首长，我当然是尊称以职务，而对女主人，我却拿不准怎样称呼为好。出身于贫寒农村，从小寡闻少见，没人教授这方面的礼仪，脑细胞库中根本没有相关储备。问战友，他说无所谓，随便。一见面仓促之下只好按自己老家的习惯称她为大婶。她好像很诧异地望了我一眼，答应得很是勉强。这使我觉察到，我对她的称呼似乎出了问题。吃晚饭时，首长问了我的籍贯、姓氏和家庭出身，然后说了一句："小张，你真是个老实孩子啊。"听了此话，我有点惴惴不安，不知是真的夸我还是有其他什么意思。第二天早饭后，我同他告别时，他又说了一遍同样的话。这次，我终于确定了，他口中的"老实"，根本不是夸奖。回到部队后，我曾问过那个战友，从战友的欲言又止之中，我先前敏锐的感觉得到了证实。我又征询了高干家庭出身的战友的意见，才得知对女主人，最好称职务，要不就是叫阿姨，或是在"姨"前冠以姓。这事让我好几天心情不爽，很后悔住到人家家中。由此，我看出了人与人之间横亘着的那条无形的鸿沟。后来，我曾不止一次提醒过自己，可以因人品高下而从内心深处钦敬或是看不起某些人，但千万不能因为对方身份的卑微或是高贵而区别以青白眼。

我们在南流村住了差不多有半年的光景。那是个很美丽很干净的小山村。村前是矮矮的山，那山石很像是青岛崂山北面裸露的巨大的石壁，青螺的颜色，看上去很漂亮，很舒服。山脚下有条不宽的河，河床里满是半裸露的鹅卵石，嵌在白花花的粗砂之中。平日里只有潺潺细流，到了雨季，才有河水汹涌。据村里人说，电影《南征北战》就曾在这条河上拍过外景。

张大娘家是个不大的院，四间北屋，两间西屋。北屋分里外间。外面两间，给我们住，张大娘和她的十来岁的丫头住里间。西屋是张大娘的公爹和小儿子住。张副参谋长在昌平城里搞军管,每到星期六傍晚回来,星期一早起回去。他来家后常和我们闲聊一些他在军管中遇上的趣事。说到热闹处,大家都捧腹大笑,气氛温馨而融洽。

部队有纪律,住房东家,一是不能吃人家的东西,再是一定要做到"缸满院净",即便房东家人再多,扫院子挑水的活,当兵的也要包下来。我们这些人,就我和小吴是入伍不到两年的新兵,这活儿也就当仁不让地落到了我们的身上,但小吴光个巧嘴,装模作样地摸摸扫帚就不错了,所以挑水的事就成了我义不容辞的任务。南流村全村就一眼吃水井,离我们住的地方有二百多米远。井是用石块砌起来的四方池子,里面有一个碗口粗的泉眼,从里边哗哗地朝外喷涌着清水。我自小到大很少挑水,两只装满水的水桶上了肩后,压得生疼,只好咬着牙在高低不平的山村路上踉跄前行。好在那时毕竟是身强力壮的小伙子,十来天后,肩不疼了,担着水健步如飞。时间长了,到井边看涌泉还成了我的一大开心乐事,遇上哪天不去,心里还有点儿淡淡的失落呢。

张大娘的大儿子也在外地当兵,张大娘拿着我们就当作自己的孩子,一见我们,满眼里朝外淌的都是爱怜的光,嘘寒问暖特别关心。俗话说爷娘也爱勤孩子,估计是因为我干活稍多些,大娘对我也似乎格外疼爱,常问起我家里的情况。有回她还悄悄地和我说,村里有个很好的姑娘,要说给我做媳妇。听我说了部队关于战士不能在驻防地说亲的规定,她只好叹气惋惜。有次我感冒了,好几顿茶饭不思,张大娘给我做了荷包蛋,因为有纪律,我坚决不吃。正巧那天是星期六,张副参谋长回家,听老伴一说,就挽袖子洗手给我擀面。面下好了,大娘给我吃,我还是摇头不吃。张副参谋长过来,冲我吼起来:"毛病,毛病!不让吃老百姓的东西,是吧?我是老百姓吗?给我吃!"两个干事一看首长发火了,赶紧打圆场,劝我把面条吃下去。我就吃下了那么大的一碗面。我清清楚楚地记得,那是炝了锅的,有很多葱花和姜丝,还卧了两个荷包蛋。特别使我觉得不可思议的,是他那双粗大的手,擀得面条竟然细如粉丝一般。看我狼吞虎咽地吃下去,吃得满头大汗,张副参谋长很是得意,狡黠地笑起来。说来也怪,那碗面条竟然彻底治好了我的感冒。那碗面,是我一生吃下的最香的一碗面。

　　后来团部移防，我们也就搬离了南流村。临走的时候，张大娘不停地抹眼泪，挨个叫我们的职务或名字，说："你们可别忘了这地方，有空还回来玩啊。"我跟小吴都流了泪，两个干事，鼻子也是酸酸的。

　　五年之后，也就是1976年，我们团的三连奉命为北京军区一个通信单位当壮工盖楼房，住到了四季青人民公社的南辛庄。三连是个英雄连队，魏巍的《谁是最可爱的人》中写的朝鲜松骨峰战斗中的那个连队就是它。为了总结这个连队建设的经验，团政委王珂带着张子明和我两个宣传干事到三连蹲点。不久王政委回了营房，留下子明和我在这里住了大半年的时光。

　　北京的公交车线路，有两条我非常熟悉，一条是从北京站到动物园的103路无轨电车，另一条就是从动物园到西山八大处的347路公共汽车。南辛庄的位置，就在347路快到八大处时的路边上。那里有一个停车点，牌子上写的就是南辛庄。

　　我们住的这家房东姓曹，祖孙三代。老两口都六七十岁了，只有一个儿子，近40岁，在城里一个工厂上班。儿媳妇和三个孙子，也都在村里干活。曹家的房子也是四间正房，老两口和小两口各住两间；西屋四间，子明和我住外面，三个小伙子住里面。我清楚地记得他们的小名分别叫大成子、大群子、大和子。

　　曹家不知是成分不好还是老爷子有别的什么问题，反正老两口都"受管制"，天天起早摸黑下地劳动，回来时都佝偻着身子，样子极为疲惫。特别是老太太，到家后还要操持全家那么多人的饭食，更是叫人可怜。可能是心情压抑的原因，他俩老在吵嘴。老爷子爱喝酒，只要中午饭过后，一说话就喷出满嘴酒气。子明和我对他家的成分什么的也不在意，只要有空了，就到北屋去，叫声大爷、大娘，就坐下喝他们的茶，和他们说些北京以及山南海北的事情。我们去了，老两口就高兴，话也多起来。记得有一次我曾问起他家是不是和曹雪芹有些什么联系，曹大爷笑着说，他家还真是满族，以前也真有相关学者来做过调查，但经过论证，他家并不是曹雪芹的后代。大成子的爸爸，对我们是敬而远之的客气，客气中带着明显的冷淡。凭我的直觉，是彼此之间身份、地位的不同，造成了他同我们的隔阂：一方是无产阶级专政的主要力量——军队——的成员，而他则是专政对象的子女。他的客气加冷淡，使我在他跟前觉得很不舒服，似乎他们家的境遇与我有着什么关系，是我做了对不起他们的事情似的。特别是听到曹大爷老两口压低声音争吵和对骂的时候，我心里总感觉很不是滋味。我同三连的干部说过，想换个房东，但最后因村里群众的房子太紧而作罢。

大成子那年正好20岁，他的两个弟弟，分别差着两三岁。三兄弟和我们很少隔阂，特别是大成子因年龄稍大，上学也多点儿，很喜欢和我们闲聊。他和我们说得最多的一个话题，是当兵特别是当个"小军官"有多么荣耀，再就是不在农村劳动，是多么幸福。有次，他还穿起我的军装上衣，戴上军帽，拿着小镜子，将脑袋歪过来偏过去地照了又照，照着照着自己就笑起来。笑过后，他却呆坐到炕沿上，许久不再说话。

南辛庄的西面，过了射击场，就是北京的西山，山脚下驻扎着北京军区的大院。村西北角有条小路，步行二里路便可以到军区院里去。小路路口有一个警卫室，是虚设的，没有岗哨值班。晚上，子明和我常翻山到军区院里去玩。山路上，多是些刺枣树和不知名的野花，夏天夜里的路上，我们总能见到成群的萤火虫在眼前倏然去来，明灭起伏于树隙草丛间。我们很惊奇，因为虽听说过车胤"囊萤"读书的故事，但并没有真的看到过这么多发光的虫子。那时我们都是二十六七岁的年轻人，玩心重，商量了好几次，想捉了虫装到一个瓶子里试试看能不能真的在暗中看书，但真到去捉时，可能是因为天气凉了，那虫却再也寻不见了。

没等三连完成施工任务，我们俩就撤回了易县的营房。临走时，我们是同曹大爷一家说说笑笑分别的。他们都真心诚意地说了，要我们俩有机会一定去他家做客。回部队后，子明和我都曾说到过此事，但说归说，到底还是没有去。

30多年过去了，这两家房东还不时被我记起。我常想起那些人，还有那山、那林、那河、那水、那泉。全中国有十几亿人口，每一个短暂的相遇都是缘分，何况是在一个院子中、一所房子中共同生活了那么长的时间。所以，我近来常常动起要去这两家看看的念头,而且这念头越来越强烈。

我盼着他们都健在于人世,但又担心老天作梗,不许下界众生玉成美事。四年前,战友子明已经撒手人寰。他是1969年3月入伍的,军龄比我长半年多一点儿。他从一营调到团部后,除中间下三连干过一年多指导员外,我们就一直在宣传股共事。开始时都当干事,以后他成了股长。他比我大不到一岁,但在我心里是个可以无话不说的真正的兄长。他是个绝顶聪明的人,看问题总是高人一筹。1981年他转业回了原籍,去世前是河南省许昌市的市政府副秘书长兼财政局长。听战友们说,如不是生病,他本来是会提成副市级的。或许是天妒英才,子明转业没多少年,妻子王喜梅就因癌症撇下他和两个女儿走了。谁知十几年后,又是癌症使子明英年早逝。我转业后,我们两人常通电话。他曾多次说过要来东营找我玩,我也多次想过去许昌看他。但可能总是觉得时日还多,不妨后办,所以我们都没有成行。这成了我终生的憾事,想起来,真是难以用后悔一词言表。而且,同样令人叹惋的是,在他之前,曾与我同住南流村的杨树成老兄也已过世。他是辽宁庄河人,1965年的老兵,转业前是团直120炮连的指导员。

曹家大爷、大娘如果在世,差不多已有百岁高龄,张副参谋长、张大娘也应至耄耋之年。就是上苍相佑,他们健在人世,他们还能记得起当年那个山东小张吗?

人们常用物是人非来形容人生短暂而景物长存,过去是,现在已不尽然。由于环境的急剧变迁,恐怕我们今日与今后所遇,更多的会是人已非而物亦不存。像南流村井中的涌泉和南辛庄山林中的萤火,就是去了,我想恐怕也是难以看得到了。

2008年7月21日

小城中的露水集

凡是在北方农村长大的人，都知道赶集是怎么回事：每隔几天——一般5天，大家就从各村，百川入海似的汇集到那个称之为"集"的地方去。平原上有集的地方，多是比较大的村子，有几条相对宽阔的主街道，街道两边有些商铺。平日里也有些来逛铺子买东西的人，但稀稀落落的不多。赶集这天则不同了，人山人海，人声鼎沸。每个人可以是买家，也可以是卖家，或是在买家卖家中随时切换角色。当然，赶集的人也有既不买也不卖，纯是逛着玩，看热闹的。这样的，我们这里叫闲赶集，或是赶闲集。

我对历史和民情研究甚少，不知道赶集兴起于何朝何代，但我推想过，有史以来，赶集恐怕只能是乡下一道独特的风景。谁知世事难料，近一两年我住的小城，人们也开始赶起"集"来。

东营市的东城，有一个安兴北区，"集"就坐落在它的南门外。这里有一个小广场，地面是由花岗岩铺成的，很干净。广场大约占地200亩，千八百人在这里交易，也不显拥挤。广场的前面，是一条宽阔的马路，车辆来往和停靠都很方便。

城里人在这个空场上赶起集来，据说是同两个乡下汉子有着很大的关系。

第一个汉子我见过。

从去年晚春的某日凌晨起，他开始出现在这个场子南头的马路边上，30多岁的样子，长得没有什么特点，或是因他是个小人物，我压根就没注意他长得有啥特点。即便他现在就站在我的面前，我也认不出他来。他用农用三轮车拉着蔬菜在那里出售。他不是叫卖，光卖，但不吆喝。他说自己是黄河北某乡的，菜是自己种的。那个乡是有名的蔬菜之乡，他的菜看起来很新鲜，价格比超市和农贸市场都便宜。再说，这个时间正是大家晨练的时候，跑跑步，跳跳舞，练会儿剑或拳，从这里顺道捎上菜回家正合适，省得白天再特意出来。他的菜应该从开始就卖得不错，或是开始虽然卖得不是很好，但他的毅力不错，坚信最后的胜利就存在于再坚持一下的努力之中。因为价廉物美，得以众口相传，买他菜的人就越来越多。这个消息不胫而走，买菜的人多了，卖菜的也迅速地由一户变为两户，由两户变成了若干户，连在附近农贸市场摆摊的菜贩，甚至超市的营业人员，也赶早来摆摊。再往后，周围好多个小区的居民都习惯跑来这里买菜。看到菜卖得好，做其他小生意的也往这里聚拢。这样，用了一两个月的光景，这里竟然就形成了一个交易品种几乎无所不有的小集市。天气暖和起来时，还有摆摊行医的。最有意思的，是一个用绿网围起来的两元自选地摊商店，小喇叭周而复始地播着东北腔录制的广告词。那广告词写得真是不错："两块两块，一律两块！不论多好，都是两块！你不需要砍价，也不用怕被宰！两块两块，都是两块。你买不了吃亏，你买不了上当！走过路过，千万不要错过，请进来看看，买不买没关系，买卖不成仁义还在……"只要这个"商店"出摊了，我总是喜欢来听听小喇叭送出的叫卖声，听着听着，我就忍不住笑起来。

　　第二个汉子我没见过。

　　有关他的事，我是听好几个人说的。小集刚形成规模时，有些摊贩很不守规则，为了卖得多，竞相往大马路边上摆摊，结果有些摊位差不多就摆到了马路中间，给来往的车辆行人造成了很大不便。其实，这毫不奇怪，它就是现下中国大陆同胞基本素质的缩影，只要对自己有利就行，其他的通通懒得考虑。城管去制止，也是好几天差几天，守着城管，有的人也不大听管理。只要城管人员不去，更多的人就随心所欲。这引起了城管的高度关注，开始加大管理力度。可能恰恰就在此时，第二个汉子晚上开始去摆摊。他是不是想再开辟个夜市，大家不得而知。也不知道是城管管他，他不服管，还是城管一上来就履行职责，总之前边的情况没人注意，到路上的行人发现时，已是几个城管正在围着他殴打。他被打急了，一扔要卖的东西就抱头鼠窜。后面的城管们则"乘胜追击"，追上了，再一次对他围殴。这时围观的市民们不干了。大家已不是前些年的样子，一说"政府"两字，就可以听任他们对自己为所欲为，很多人也大体明白了中国人也有人权，像这种不能随便地遭人毒打，就是人应该有之的权利之一。越来越多的男女老少围过去，里三层外三层的，都怒斥打人者，还有的人当场拨打110报警。过了不长时间，城管的负责人满头大汗地赶过来，一是对被殴者公开赔礼道歉，并说马上送他去医院检查；再是对大家承诺，打人属于严重违法行为，一定要严肃处理，回去后立即将打人者开除。

说不定就是第二条汉子付出的代价，才保住了这个小集。因为听说城管曾想取缔这个私下赶起来的集市。可能第二条汉子的被打与打人的城管引起的众怒，使城管或城管上边的人，从另一个角度思索了有关问题。总之吧，小集不但没有被取缔，而且过后不久，不知是工商的还是城管的过来，在小广场上用白漆划定几个大的区域，每个区域中又划分若干个小块块，规定了不同的经营范围。这样一来，小集不但继续赶了下去，而且还规范了很多。

过去，我们的执政者在管理工作中，教训比成功多得多。在对人对物对精神都要实行高度控制、绝对控制的意识形态支配下，管了很多不该管的事情，而对于很多该管的事情却不管不问。该管而且管了的，有的也是管得一团糟——大到国家大事，小到日常生活，比比皆是。

我在报上看到一篇文章，介绍德国公园里人行小路设置的思路。他们的设计师不是闭门造车，提前将路设计到图纸上，落实到实地上，而是先不修人行小路，有意让人们随便踩踏。等着人走得多了，就看出来绝大多数人的习惯，直到这时，施工者方才按最便捷的路径修建小路，而小路一旦修好，游人便自觉地遵守人行路线。正是设计者的人性化服务为游人提供了最大的方便，而游人又以自律作为回报，才使得这块地方真的达到了和谐。一个小公园的管理是这样，一个大的城市管理，甚至一个国家的管理也应是这样。

呵呵，扯远了，回来再接着说赶集。

农村的赶集，按时间区分，有全天集、头晌（上午）集，还有一种叫"露水集"。露水集的规模最小，是指早起顶着露水赶集，等到太阳出来露水一干，集也就赶完了。

我们小城中的集，就是露水集。

天刚蒙蒙亮，就有人开始交易了，等到7点半过后，大多数人都回家吃早饭预备上班，人流就开始退潮。买主少了，很多卖主就撤摊子走人，该干啥干啥去。但也有摊主赖着不撤，一心盼着最后再来顾客照顾一下。这时小区物业的人就过来，催促着赶紧收摊，好打扫卫生。等催过两三遍之后，小集就慢慢地像海市蜃楼般蒸发了，一切又恢复了常态。

到现在，这个突然冒出来的小集已经过了它的周岁。它成了小城的一道风景，近处的居民跑顺了腿，每天早上有事没事地喜欢跑这里逛一圈。稍远些住的居民，还有不少开车来的。

这个集，更多的人叫它早市。按说，叫早市比称之为集更准确，但我还是喜欢叫它"集"。将逛早市叫作赶集，大约是自己出身农民的缘故吧。

从这个露水集往北，不到一公里，新建了一个很大的农贸市场，据说一应俱全。我很担心它的启用会导致小集被取缔。希望工商或是城管的人，多走访一下民众，听听大家的意见，最好是以服务者而不是管理者的身份，来处理同大众的关系。前些天看到官方播出的一则消息，说台湾马祖县为是否允许开设博彩业而举行全县民众公决，最终因超过半数的民众投了反对票而作罢，心里很有些感触。我们这边不习惯运用全民公决这种"腐朽没落"的资本主义制度下"腐朽没落"的方式来决定重大问题，但是，缺少了全民可以直接表达意志的办法，就得要求执政者必须多付出辛劳，多一些与群众的零距离接触，多倾听一些民间的意见，尽量不依靠主观臆想甚至拳头棍棒一类招数来为社会以及民众提供服务才好。

2010年7月20日

菜 园 梦

自己种菜吃，已成为我所在小城的一种时尚。

城里人种菜，最缺的是土地。所以，大家就"有条件要上，没有条件，千方百计创造条件也要上"地"上"起来。

房子不论大小，差不多都有个阳台。住顶层的，楼顶上还有块空间。在阳台或楼顶上，摆几个泡沫箱，加土填巴起来，就可以种菜。只可惜这片土地太袖珍了，袖珍得太可怜了，在这块可怜巴巴的"土地"上耕耘，只能种植大蒜、小葱或是香菜一类调味作物。如果种韭菜，就有些勉为其难，长得再茂盛，充其量也只能包一次水饺，还要以肉为主调馅。再就是炒鸡蛋，最少得五个大鸡蛋，要不然享受一回收获的喜悦，炒出来盛不满一盘，总觉得心情不爽。这种种菜法，好似玩盆景，说是种菜，有些名不副实，可称之为种菜的边缘族。

住一楼或是别墅，而楼前楼后有小院可种菜者，是种菜族中的地主阶级，最低也算得上富农或小资本家一类。这与在泡沫箱子里种菜，感觉大不相同。特别是早些年兴建的别墅，四边间距大，如周围再有条件开荒，面积就更可观。我的战友有栋别墅，房的三面有地，背后临湖，他先是圈占了楼前路边拐弯处的一块三角地，后又在湖边垦荒，这样下来竟有了大半亩的可耕之地，满满地种上各式青菜，连自己带孩子，两家都吃不完。每次遇到我，他都热情地叫我去他那里拔菜，脸上满是喜气洋洋，叫我心里一半替他高兴，一半对他羡慕。最近两年建的别墅变化甚大，前后左右挤得没鼻子没眼的，像人脸盘中的"小五官"，不叫它别墅吧，暂时还没有更合适的名称可以替代。但不管如何，总算象征性地留下一点儿空地，可以顶好多个泡沫箱的面积呢。

在居所之外弄块地，正经八百地种菜，可以称为种菜的远征军或野战军。

东营是在荒碱滩上建的新城，城中花插着还有点空地，城外可用之地就更多。人们或动用权势，或动用关系，或动用金钱，搞来一块。有的甚至弄来百八十亩，然后转租出去大部分，自己和亲友使用其余。再就是干脆到村中农家院去种菜，带回胜利果实与大家分享。

最近两三年间，在居民小区中冒出来一个种菜的"开荒族"来。这个群体具有游击队的战术与作风。城里小区中，楼与楼、楼与路之间，不是都留有绿地，用来植树种草吗，可是，东营这里的地碱性大，要植树种草，就得改造土壤，这得从远方拉来好土，换掉原来的盐碱土。但这样做成本高，不如就近取材省钱省时，所以不少小区施工时，就拉走了此地的碱土，又拉来了不远处的碱土。土既不好，加之物业管理跟不上，所以过不了一两年，很多绿地就真成了葛优的脑袋。有的人聪明，就在上头改造土壤种起菜来。或是即便绿地原本不错，但还是有人毫无顾忌地改造了用来种菜。刚开始，或是种一垄韭菜，或是种一片香菜，先看看路，看到没有人管，胆子越来越壮，入伍者越来越多，荒开得越来越大，菜的花色品种也越来越丰富。但游击队毕竟不是正规军，成分参差不齐，个别人得寸进尺，为了种菜，竟将长得很茂盛的树木弄死，还有的两家为"扒地边"发生持久的"内战"，女人们甚至厮打到一处。这样，其他居民就有意见，向上反映。后来，城管和物业下了决心，开始治理，但游击队都懂毛主席的游击战术，就采取你进我退，你退我进的方法，所以总是按下葫芦浮起瓢，而且大有星火燎原之势，短时间内很难"弹压"下去。

说起来，大家之所以这么喜欢自己种菜，自然有自己的道理。如按利弊分析的话，无疑是认为自个儿种菜利大弊小。但利处究竟何在，却是仁智各见，互不相同。有人是为锻炼身体，有人是为回归自然，有人是为吃上新鲜蔬菜，有人是为节约钞票，还有人是为了防止环境污染的毒害，减病保命，不一而足。

我之所以喜欢上种菜，除了没考虑节约钞票之外，其他的因素差不多都有。

现在，恐怕有点常识的人都知道，从市场买的菜，太不绿色，太不环保，太不安全，摆上餐桌，只能是硬着头皮朝肚里咽了。

我们老家在人民公社时，是远近闻名的"菜窝子"。从20世纪末起，大家都到厂子里打工，以种菜为生的人越来越少，但还是有些人家，有时也种点儿胡萝卜、山药什么的。种的胡萝卜，当年还曾出口过日本。像这种长在地下的蔬菜，我原以为是最可以放心食用的，谁知不然。有人告诉我，为了防虫害，胡萝卜从下种时就用农药灌，结果有一年日本人检测出问题坚决拒收，大片的胡萝卜成熟了，扔在地里都没人捡——因为村里人都知道底细，没人敢吃。有一次，我将此事当作新闻同朋友说起，朋友却笑我少见多怪，说不光是胡萝卜，还有很多长在地下的蔬菜也是如此，其中甚至包括土豆。他是我市黄河北某乡的——为了免遭那里菜农的诅咒，我不便直说其地名。他告诉我，有很多菜最好别吃，像韭菜，要灌剧毒农药呋喃丹，菜农从割第二茬韭菜起就要戴上橡胶手套，要不然手都会被烧坏。芹菜临卖之前，要用大水漫灌，水里要掺一种农药，菜看起来油光鲜亮，但吃了对人的健康肯定不利。油菜、豆角最易生虫，所以要用农药不断地喷。这样种出的菜，菜农们自己是肯定不吃的，他们专门留有少用或不用农药的"自留地"。他的话，使我想起老家亲友来送菜时嘱咐的话：这菜可是若干天没打过药的，就放心地吃吧。他们还说，不论怎么种的菜，都会有人上门来收，然后就装入打着"无公害蔬菜"字样的箱子，山南海北地运出去"改善"大城市居民的生活。

种菜的是这样，卖菜的也好不到哪里去。很多新下的青叶菜，像芹菜、油菜、茼蒿、生菜等，还有香椿，都像注水猪肉一样，在卖前会喷上大量的水，买回家没半天就会蔫头耷脑了。有些菜如果当天卖不掉，就泡在保鲜药水里。更有甚者，为了节约本钱，竟然泡到尿液里，第二天再卖给城里人吃。

我曾经为这样的事痛心疾首，但现在我心早已释然，或曰早已麻木。看看社会的诸多现象，我觉得这非常正常，不如此倒叫人觉得奇怪。我如果是种菜或是卖菜的，我也可能会这样做，良心上也没有什么过不去的。哈，你们城里人不是高我们一头的干部吗，你们领着高高的工资，住着高楼，开着小车，一顿饭就吃掉我们一家三年的口粮，你们调控着化肥、农药不断涨价，你们城里人还生产出劣质工业品给我们乡下人用，我们到城里办点儿事，动不动还会挨你们狗屁呲。我感恩戴德，我投桃报李，送你们点儿污染菜吃又有什么？

52度咏叹调

千万甭客气啊，您就尽情地享用吧，请吧！请啊！

这难道是一种轮回的报应？还是是潜意识的报复？可是，又有谁来评判它的对错呢？现在哪一个阶层，哪一种人群，哪一个行业真心实意为天下百姓着想，为别人着想呢？大家想到的都是钱、钱、钱。我凭什么要为你的健康着想？我为你的健康着想了，谁为我的温饱甚至死活着想？不是说发展才是硬道理吗，什么是发展？发展就是赚钞票嘛，其他的都是扯淡，赚钱才是硬道理。

那么，咱城里人想吃环保菜咋办哪？别慌，也别急，文章一开头不是已经告诉你了吗，那就是目前唯一的不是办法的办法。

《国际歌》告诉我们，"从来就没有什么救世主，也不靠神仙皇帝"，要想吃上无公害蔬菜，只能靠我们自己。而且，这还不用流血牺牲，不用诉诸暴力，不必去打碎一个旧世界。办法很简单，自己种菜不就得了！所以，我终于觉悟了，我也要革命，我也要参加城市种菜大军。觉悟有先有后，但革命不分早晚。

妻子坚持在阳台上用两三个泡沫箱种菜。这种菜吃着味道太淡，且产量太低，所以这种办法我是不屑为之的。要干就正经八百地大干，澡盆里怎么能钓上大鲨鱼，花盆里怎么能养出万年松，三尺阳台上如何能施展开拳脚？

我在老家有一个院子，可以种菜。但是，在那里种菜心里不踏实，因为那里的污染，从空气到地表到地下，早已呈现立体状态。好多年了，七百人左右的村子每年都有七八人死于癌症。镇里很多有钱人已经搬走了，或是随时准备撤走，剩下的乡亲们叫天呼地，无人理睬，只好受着忍着。我和妻子几次商议回家小住，种些青菜带回来吃，但每每想起村里的水和空气，就打消了这个念头——如果都是吃污染菜，上市场买去得了，何必舍近而求远呢。

我想加入小区种菜游击队，但为时已晚。因为小区里的"疆土"已被有远见的"列强"们瓜分完毕，况且说不定啥时物业一声令下就会收回"主权"。再说了，这样种菜，主要是增加点儿生活情趣，真要靠着它吃菜，是根本指望不得的。

在近城处租块空地种菜，似乎是不错的主意。说来也巧，刚产生这想法，我就遇到了一个熟人。他家在离城不到十里路的村里，有一个很大的院子，原先就是他老爹种菜。从今年起，他老爹因年龄大种不了了，地就闲了起来。我一听立刻兴奋起来，真是想啥来啥啊。一听我的口气，他很热情地邀请我前去考察，并一再说价格绝对优惠。我回家跟老婆一汇报，老婆却连珠炮般提出了一堆问题："村里人去偷怎么办，去抢怎么办？猪吃羊啃狗刨鸡啄猫蹬驴打滚怎么办？你去种菜遇上坏人怎么办？你去收菜，坏人碰上你怎么办？我们将地拾掇好了，明年人家涨价怎么办？"我张口结舌，脑子一下子想产生不出应对若干个"怎么办"的锦囊妙计来，只好讪讪作罢。

对了，想来想去，还是住别墅种菜好！

多年前我就和妻子商议，下决心举债买别墅，老婆却总以住别墅心中害怕为由实行一票否决。十来年过去了，口积牙攒，工资也在不断增长，但钱包膨胀的速度远远跟不上别墅涨价的速度。近年来，看到与自己年龄差不多甚至年轻很多的工薪阶层不少人买了别墅，老婆胆子开始变大，向我的想法倾斜：借点债，向别人看齐。今年夏天，机会终于来了，一个搞房地产的朋友盖了复式别墅，并答应给我留个好位置。但临到交款了，我口算了笔算，笔算了口算，之后再在计算器上敲击，可是算来算去，就是砸锅卖铁都折腾了，资金还差着一大截，最后算得头晕脑涨，恍惚间看着计算器上那一堆阿拉伯数字不知怎么忽然变成两个方块字，定睛一看，我的天啊，是"房奴"！至此，做了十多年的别墅梦终于彻底破灭，而靠住别墅种菜也就成了随风而去的肥皂泡。

唉，夜里想下千条路，天明还得卖豆腐啊。

天明了，我还得照常去早市买菜吃——偶尔也捎带割块豆腐。

看着熙熙攘攘的人群，看着争得脸红脖子粗的交易双方，我忽然对自己的看法产生了怀疑。我是不是陷入了一个认识的误区？哪里有什么有公害无公害蔬菜？纯是庸人常自扰，杞人忧天倾啊。再说了，生死由命，富贵在天，即使是菜真的有公害，吃了又有何妨。城里人98%都吃污染菜，不是照样活得欢蹦乱跳的吗？天天有人送环保菜的，还是该死得死。阎王爷要是因为你吃了环保菜而不发签子派黑白无常拘人了，那他阎王爷的位子还坐得稳吗？

我终于大彻大悟。再路过别墅，我视而不见；再听别人说起种菜，我充耳不闻。不但不见不闻，我还总会想起阿Q他老人家呢。

你翻翻《阿Q正传》，阿Q跳进尼姑庵的青菜园子，根本就没考虑是不是环保菜，拔起来就吃。谁要是和他说起什么环保菜不环保菜的，没准儿他老人家会翻翻白眼说："吃环保菜？啊呸！我孙子才吃环保菜呢！"

2010年7月9日

远去的乐园

妻子特别喜欢挖野菜。受她的影响，我也慢慢喜欢上了挖野菜——当然，从不喜欢到喜欢，这中间隔了不少的年头。

像妻子和我这般与新中国差不多同龄的人，如自小生活在农村，对于野菜都有着一段感情复杂的记忆。20世纪的三年困难时期，我吃过很多野菜，靠它们和树叶、棉籽皮、米糠等为肚子填空，才免得化为野外一堆白骨。

野菜无疑是我的救命恩人。按照中国人"贫贱之交不可忘，糟糠之妻不下堂"的传统观念，我应该对野菜怀有一种很难割舍的情怀和依恋才对。但实际上却不然，在那场灾祸过去多年之后，我依然打心里很讨厌各种野菜。别说是挖野菜，吃野菜，就是有人提到野菜，我也会倒胃口，吐酸水，胃里老半天不舒服。

那时，妻子比我的景况更为凄惨。因为她家人口多，生活更为困难，野菜就吃得更多。虽然她读孔孟之书比我更少，甚至可以说是简直就没读过，但她的道德修养却比我高，并没有好了疮疤忘了疼，对野菜、粗粮什么的，依然是情深意笃。

她是医生，虽然是妇产科的，但毕竟触类旁通，对属于医疗学近亲的养生学、保健学、营养学什么的，要比我知之更多。此外，她还有着诲人不倦的美德，喜欢不厌其烦地对我大谈她的野菜健身养生经，并一再身体力行，在吃野菜时有意嚼出声响并连叫"好吃"，以提醒我注意，野菜的味道是多么香甜可口。有哲人说，谎言重复千遍就变成了真理，何况她谆谆教导的本来就不是谬误，所以听多了，我就从内心里开始拨乱反正，向她的真理靠拢。这个过程为期不短，而且有些痛苦的成分，因为大脑皮层深处对于野菜的条件反射，总难调整到像享用美酒佳肴般的惬意舒适。这有点像若干年前那场理论上的大讨论一样，想短时间从两个"凡是"的羁绊中挣脱出来，并非易事。

真正促成我思想大转变的契机，是来自家庭生活居住地的变迁。

20世纪90年代中期，我和妻子先后从老家的县城调动至现在生活的东营市东城上班。这里原是黄河泥沙淤积而成的一片荒野，从80年代末开始建设，到我们过来的时候，城市刚具雏形，人口不过两三万。很多人说从宿舍楼后窗上可以伸出枪去打兔子，这并非夸张，而只是一种写实主义的描述。记得直到1997年，我家搬入一个名叫辽河的小区，早上我起来晨练，就多次遇上野兔从宿舍楼间撒着欢蹦走。居住地的人烟稀少，对于喜欢挖野菜的妻子而言，却正是如鱼逢水，可遇而不可求地得到了上苍恩赐的乐园。只要有闲暇，她就想外出挖野菜。可她天生胆小，在县城上班时，熟人多，外出挖野菜可以结伴同行，但来到新地方，就需要我为她保驾护航——近些年来，我就是这样开始了挖野菜的。

出发之前的准备工作很简单，要提上盛菜的篮子或是塑料袋，还要拿上挖菜的刀子。刀子是两把匕首，一把是在派出所当所长的朋友所赠，据说是缴获的小流氓们用来打架斗殴的利器，另一把则出自一个会铁艺的朋友之手。两把匕首都寒光闪闪，不但可以挖野菜，还可以防身。妻子抓起一把，用力挥舞，口中还大声呵斥："是坏人的闪开，看刀看刀！"看到她划动匕首时像面条般扭来舞去的架势，我真是笑得"胃疼"。

刚开始几年是步行，几分钟或最多十几分钟，就从生活区到了城外。随着城区的不断扩大，挖野菜的人越来越多和交通条件的逐步改善，挖野菜也越走越远，由步行而自行车而摩托，而在五六年前，已换成了汽车。

挖野菜，通称叫"挖"，其实从动作和工具而论，还是有不少区别的：用刀子连根刨起才叫挖，也叫剜；用刀将地上部分斩断叫割；用手连根提起叫拔；而用手采下嫩叶则叫捋。这比古人们的动作丰富多了。像《诗经》上记的，动词好像只有一个，那就是"采"。如很有名的《采薇》"采薇采薇，薇亦作止"（野豌豆苗采几把，一些豆苗已长大）《国风·关雎》——就是有"窈窕淑女，君子好逑"那首——也说"参差荇菜，左右采之"（长短不齐的荇菜啊，顺水势左采右采）。古人们的"采"，应该是用手而不是用工具。那时地旷人稀，野菜遍地，估计不用什么家伙什就可以满载而归，再者就是青铜器刚刚出现，去挖野菜的大都是穷人或奴隶，怕是不见得能使用得上呢。

我们外出挖菜时，已非20世纪的三年困难时期，当然更不是春秋时期的人们可以相比的，加上外出时往往选择风和日丽的天气，心情自然大好，哼着小曲出发的时候是常有的。

东营的野菜有很多种，据有关专业文章介绍，竟有一二百种。我所知道的，也就是黄须菜、青青菜、灰菜、苦菜、扫帚菜、曲曲芽、婆婆丁、马齿苋、荠菜和白蒿（也可入药），屈指可数的十种。我们最常挖到的是黄须菜、曲曲芽和苦菜三种，其中尤以黄须菜为多。

黄河三角洲可能是中国坡降最小的大平原了，从我们住的地方向东，再向东，一直到海边，都是一望无涯的平川。刚开始那几年，人工种植的树木还很少，一眼望去，是天苍苍，野茫茫，风吹草低，看见抽油机——天底下矗立着的就是胜利油田的抽油机，总在不紧不慢地瞌睡虫般地工作着。

我和妻子各自找好自己的位置，同时开始工作。我们相距不会很远，也不能很远。她进入工作状态老是比我快，往往我还没酝酿出情绪，她那边就传来了高八度的惊叹声。我知道，那是她眼前出现了野菜长得格外茂盛的地片。她好像生有寻找野菜的慧眼，因为这种高八度，是她挖野菜时的主旋律。但如果有段时间找不到中意的野菜，她也会发出自言自语似的埋怨，而这时的调门则会下降很多。所以，我会根据她调门的高低判断出她这一阵收获的大小。

我至今也没问过妻子在挖野菜时的快乐是什么。而我的快乐，不是挖菜本身，而是到野外看景色，或是在空旷无人的地方，毫无顾忌地放松一下，宣泄一番。

挖野菜多是在春天或是初夏。在黄河入海口，早春的原野是苍茫的黄色，生命正在复苏，嫩绿正在破土，天底下、地上头，大片的黄色中嵌入些许嫩绿，给人以无限的生机和希望。到了暮春，草木愈加葱茏。极目远眺，但见万绿丛中，偶有女子的红装，或远或近，抹到绿的底色中，点缀出一种含蓄的美，雅致的美。

瞅瞅近处没人，我会聊发少年之狂，对着旷野发出悠扬嘹亮的呼喊，一声接着一声，有时也吼上一通歌曲或是戏曲唱段。在这里，绝对没人注意你唱的曲调是否准确无误，是否优美动听，你可以尽情体会一下什么叫作肆无忌惮，什么叫作自我陶醉和自我欣赏。有时，远远的天底下，有人经不住撩拨，会回报以友好而热情的声响。受到感染的妻子笑起来，也用尖细的嗓音呼喊一两下，为这人间难得几回闻的合唱添上几道音符。

我自小懒惰成习。因生长于农村，虽不至于五谷不分，但却是货真价实的四体不勤。要是打篮球踢足球什么的体育活动，我还能不惜体力，但一干农活，就会感觉度时如年。经过多年马列主义、毛泽东思想的教育，按说早该对劳动产生深厚的无产阶级感情了，但事与愿违，我还是无法达到"以劳动为第一需要"的共产主义境界。挖过一阵野菜之后，特别是兴奋和宣泄过后，我就开始发蔫，就开始东张西望，就开始频频看表。再过一会儿，我就觉得活动已接近尾声，便提醒妻子注意，是不是该打道回府。可能出来挖野菜是她有求于我的缘故，所以她对我的工作态度、工作效率和工作成果就不甚计较。她只有一种奢望，就是我陪在她的旁边。所以，她就很耐心地做我的思想工作："你看，外边的阳光多好啊，天多蓝啊，空气多清新啊。好不容易出来一次，再多待一会儿，多挖点儿吧。"话都说到这份上了，我也不好再说别的，就捺着性子坚持，坚持，再坚持。

每回都是这样，次数多了，我也形成了习惯。随着兴趣的不断增长，厌倦的情绪逐渐就没了位置。慢慢地，我开始喜欢更长时间待在充满了泥土芬芳的原野上。我把自己交给海风，交给阳光，任由它们抚慰着疲惫的身体和脆弱的心灵。望着不远处妻子一起一伏的身影，我会记起她很多我平时记不起的辛劳、温馨和体贴。听着她不绝于耳的高低起伏的惊呼和叹息，我又常常想起自己因她并不是很多的絮叨而发的脾气，这时我心中会充满了歉意。

我们挖得最多的一种菜是黄须菜。它同一种叫卤蓬的野草非常相似。区别之处是黄须菜的茎叶扁平，整个棵枝矮小，冠带四下伸展，而卤蓬的叶子是圆鼓鼓的，整个造型更高大一些。很多人区分不开，挖回去吃了，有的会因此肿脸。我或许是不上心，或许是在这方面本来就是弱智，为这二者的区别，我几乎每次都向妻子发问。有十几次了吧，我担心她会讥笑我的愚笨和健忘，但是没有，每次她都会不厌其烦地给我讲解二者的区别，就像是一个大人耐心细致地回答一个小孩子一次次幼稚而重复的提问。每到这时，我就有一种被呵护被关爱的感觉。这种感觉真好。我甚至疑心，自己越来越喜欢到野外挖菜，或许就是这个原因。

回家之后，照例是她一人的忙碌。如是苦菜、曲曲芽，多是用蒜泥凉拌，有时也用来熬小豆腐。如是黄须菜，除了凉拌之外，还用来剁馅包大包子或是水饺。菜如果很多，她就会烫好分袋装了放入冰箱中冷藏起来，回老家时带着赠送亲友。送人的时候，她会很得意，每次都忘不了说上一句："可新鲜呢，这是我们自己去挖的！"

虽然野菜对于健康大有裨益，但我还是不怎么爱吃它们。我的两个女儿和我一样，也是不怎么爱吃，不但不爱吃野菜，她们还不爱吃粗粮，说是划得喉咙眼不好受。每到这时，妻子就会说："你爷仨是富人肠子，我是穷人肠子。"

这些年，随着生活水平的提高和保健意识的增强，挖野菜的人越来越多，在城外的近处，野菜已越来越难寻觅。有些人就开始种野菜来卖。我也曾买来吃过，但感觉总不是那种味道——根本没有那种沁人心脾的盐碱地的芳香，总之吧，就是缺少了那种原汁的野味。

鳞次栉比的高楼大厦像雨后的春笋般冒了出来，野地越来越少，挖野菜越来越远。我担心用不了多久，高楼大厦和园区厂房就会排列到目光难及的海边。那时，不论我还是我的妻子，不论我们的孩子，还是孩子的孩子，就会永远失去一种乐趣，永远失去一个乐园。

我只能默默祈祷，这个时刻最好迟些，再迟些到来。

2010年6月22日

三山游记

本文中的"三山",既不是"三山五岳"中的黄山、庐山和雁荡山,更不是《水浒传》上《三山聚义打青州》中的桃花山、二龙山和白虎山。此三山是为了写这篇文章而临时凑起来的三山:泰山、张家界和黄山。

游泰山

作为山东人,至今没有登临泰山,很是遗憾。两次为游泰山而身临泰安,却依然没上泰山,更是遗憾。

第一次想游泰山,是在1990年。那时我在一个乡镇任镇长,书记姓段。因县里有好几个乡镇书记为了文凭,在泰安城参加一个好像是为期一年的大专速成班。段书记叫我一起去看望他们,顺便爬泰山。

我和他们都很熟,又没爬过泰山,自然很是乐意。

段书记的计划很合理,那就是晚上赶到泰安吃饭,休息一夜,第二天上午爬山,下午返回。我提议临时增加个日程,路过济南时看看我的战友老张,吃过午饭再走。

没想到问题就出在了这里。

老张非常热情,实心实意招待我们,频频劝酒。等下午赶至泰安时,我们的酒意尚未消去。寒暄一会儿,众书记们便张罗着去酒店摆宴为我们接风。因为段书记不善饮酒,我便成了重点照顾对象。中国的北方人,很喜欢用酒来表达感情,如果放倒一个两个,更是叫大家乐不可支。如果有谁喝多了出个大洋相,还会成为大家很长时间津津乐道的笑料。北方人中的山东人,山东人中的乡镇干部,尤是如此。常言说,一虎难抵群狼,更何况他们是虎我是狼,不,我简直就是只羊，加上有了中午那场酒垫底，什么样的酒也难以应付。几个回合下来，我就恍恍惚惚看到他们脸上开始堆上笑意，心里想，坏了坏了！

可不坏了。段书记喝得不少，我近乎酩酊大醉。记得随后出了有生以来醉酒的最大洋相。我们都去洗澡，我拦住澡堂门大喊大叫："凡是××县在这学习的乡镇书记，一个也不准放进！"他们哈哈大笑，其他不认识我们的，一看有人醉成这样，也都跟着看热闹。

醉酒很伤体力。第二天早起，我浑身软绵绵的动都不想动，饭也没有吃。段书记也感到浑身不舒服，不想爬山了，叫我跟他们去爬。我想，本省的景点，抬腿就来了，今天就是有人抬着我上山，我也不想去了。

第一次的泰山游计划就此流产。

两年后的一个冬季，我带着镇领导班子的人和一部分村书记，外出参观考察私营和个体经济，回来时途经泰安。一行人中，有些未登过泰山的，便吵吵嚷嚷着要爬山。我和镇长一商量，反正顺路，叫大家玩玩也不错，长一长登泰山而小天下的雄心壮志，也好大力发展自己的经济事业。

我们下榻泰安城中，预备第二天爬山。谁知天公不作美，到了早晨，本来晴朗的天气，变成了雨雪交加。询问了宾馆的服务人员，说最少三天没有好天气。想登山的很是泄气，而早已登过泰山的对于再次爬山本就没有多大兴趣，加上归心似箭，借机嚷着趁早回家。

第二次泰山游的念头，又胎死腹中。

时光过去快20年了。在这中间，又有多次机会可以去做泰山游，但事到临头了，又往往因小事的耽搁而作罢。原以为近在咫尺随时可攀的那座山，竟成了可望而难即的梦幻。

人世间的很多事情，又何尝不是如此呢。

游张家界

2007年秋，我从湖南常德战友处离开，一人去游张家界。

从高速路去张家界只有两小时路程。张家界法院本有一个朋友答应接待我的，但他出发在外，两日后才能返回。他让我等他，我因出游已经多日，再说还想赶往河南，所以就决定一人看看算了。

张家界市汽车站是新建的，还没有完全收拾好就投入了使用。从这里到市区，还有一段路，我打车过去。出租车司机是个女的，长得黑黑的，土家族人。她服务态度不错，拉着我跑了两家旅行社联系游山之事，但都没有联系成。我想跟一个现成的团，那样费用省得多。但两家的接待人员都毫不客气地予以拒绝。理由是没有合适的团。在去第三家的路上，她看我很扫兴，就跟我实话实说：现在是张家界的旅游旺季，团多得很，但你孤身一人，人家怕你是坏人，都不敢要你，旅行社也怕出了事不好交代。

我打起精神和她说："都说我长得慈眉善目的啊，你看我像个坏人吗？我要是个坏人，全中国还有一个好人吗？你们张家界景色好不好，我还不清楚，但看人的眼光却是明摆着差老劲了！"她笑笑说："你不知道现如今咱中国人民革命警惕性高吗？"

我咋不知道呢？我太知道了。

中国人和外国人，看人最大的不同，在于中国人遇上生人，先假定你是个坏蛋；而外国人遇上生人，则先认为你是个好人。为什么会这样？有人说是因为人种不同，眼睛构造不同的缘故。其实不然，我以为很可能是中国人遇上骗子、偷儿、强盗的概率太高，以至于形成条件反射，习惯又成了自然的缘故。从欧美回来的人都说，那里的麻雀不怕人，有时还会落到人的头上和手里。可中国的麻雀敢吗？一次除"四害"，就能叫它们怕上最少二百年。

问题是咱没办法改变他们在心底生了根的看法，只好屈从于大家的惯性思维，暂时先自我认定是个坏蛋。在第三家旅行社，为了不再耽误的士司机的生意，便三下五除二同接待人员谈妥了条件：一人三日游，雇一导游一轿车，住宿在内，吃饭自理，共 1600 元。费用确实是不算低，但到了张家界了，总不能走了算了，否则要是再来一次，还能省下银子吗？享受一下这高标准待遇吧，人生说不定就此一回机会呢。

三日之游，留下的印象还是蛮不错的。张家界的景色，特别是山景应该说是一绝，完全能跟黄山或九寨沟有一拼。青黛色的基调，正是山水画中最常用的花青色，看起来特别顺眼。石头生成得也别致，层层叠叠，叫人领略了什么叫天工之美。我用 400 万像素的数码相机拍了好多照片，至今还常常用来做电脑的桌面背景。张家界的居民多为土家族，菜也就不乏地方特色，虽然都是小店的吃食，味道还是蛮不错的。三天时间里，司机师傅和导游小姐也尽心尽职，使人觉得钱花得并不冤枉。

当然，也有不尽如人意之处，比如游"野人谷"。我疑心谷外景点简介上所说的"野人"如何如何，纯是编造的假话。那"野人"就是天天往脸上涂了油彩的打工者，做出些装神弄鬼的样子，来逗游客一乐。在张家界，韩国的游客特别多。可能是那边的人傻好糊弄，不论男女老少，每个人都乐得"哇哇"的，和难得一见的"野人"们勾肩搭背，耳鬓厮磨地载歌载舞。有几个年轻体壮的男游客，还背起野人中的姑娘穿梭于人群之中，跑得满头是汗，又叫同伴们给他们合影留念。我看了，心想这是周瑜打黄盖，借此放下所有的烦恼琐事，尽情地放浪形骸一番，也是美事。

幸亏同胞们不肯拿我当好人，不肯收留我入团，所以张家界一游还是很让人满意的。自此我生了一个想法，要是有三五好友一起出游，雇一导游加一小车或是面包车，钱花得不是很多，又享受了较高规格的待遇，那岂不美哉。

游黄山

游黄山是在游张家界两年后的 2009 年。

这年春，为了考察砚台，我先去广东肇庆，自肇庆又赴江西婺源，又从婺源到了安徽歙县，在歙县小住一夜，第二天便去了黄山市。

52度咏叹调

我一下中巴就有人向我兜售黄山游。

我问一人游怎么办,他们说可以参加散团。就是若干人临时凑个团。我很奇怪,不知这里人胆子大,不怕我是坏人,还是因为反正都是散客,叫坏人凑一窝,最多狗咬狗一嘴毛。

你不怕我是坏人,我还怕你不是好人呢。要是遇上现代版安徽籍的孙二娘怎么办,我又不是武松,把我抢了、害了,再卖了人肉包子,那岂不糟糕?我当时身体还不错,身上不瘦,出馅自不会少,即便有点皮老骨硬,也无非是多费些黄山松的枯枝碎叶,上了大火,冒了热气,多蒸一会就得。或是骗子,虽不害命但却图财,收了我的钱,到紧要处,将我扔到半山腰中咋办?看我疑虑重重,他们将我领到了旅行社。在这里,我看到了十来个散客,有老有少,有男有女。我一个个审贼一样打量他们,看来不大像是坏人。得,豁出去了,反正就是明天倒霉,也不光倒霉我一个。

但是,大家都在议论纷纷,说天气预报黄山明天有大暴雨。一是怕淋着,二是大雨漫天,看什么景致?旅行社的人很耐心地解释说,游黄山要想不遇雨,除非是冬天。其他季节,不下雨那得是好运气。再说了,黄山的雨,说下就下,说停就停,影响不了看景的!想想人家的话,也有道理,再说也不能为下雨再干等一天。得,豁出去,就得彻底豁出去!

为了防雨,头天晚上大家都买了雨衣、雨伞和防雨鞋套。第二天早起发车,需要跑六七十里才到山口。天气阴沉沉的,大家心里期盼着,但愿天气预报不准啊。但是,路走了一大半的时候,细雨就开始飘落。到了进山检票口时,已成大雨。自此开始,雨越下越大,等爬了两个多小时,到了中午时分,散团赶到一个很重要的景点时,已是雨下如瓢泼了。

满山遍野的人,山道上、景观处,密密麻麻的雨伞,如彩色的大蘑菇。雨打上去,分不清点儿地响。风声、雨声、人的叫喊声形成共鸣。悬崖处瀑布倾下,声震山谷。眼前全是雨点、雨线、雨面,十来米外就是迷蒙蒙一团。本团的导游和别团的导游,用小喇叭高声呼喊介绍景点,但什么也听不清,什么也看不见。雨衣早已淋透,鞋套也已不知何时跑掉,浑身湿漉漉早没了一点干地方。

暴雨之中游黄山，变成了货真价实的冒雨登山锻炼。虽然失望，但人们还是免不了说说笑笑。团中一个20岁上下的女孩子，是本省宿州人，淮北师范大学的二年级学生。她爸爸是茶商，来黄山参加一个订货会，她跟来玩。爸爸开会，她游山。可能是有些紧张，又看出我是好人，所以从一上山她就跟着我左右不离。她用手机和妈妈说了冒雨游山的事，老人不放心，大约半小时就来次电话，询问女儿的安全情况。

她很遗憾地说："没想到这么大的雨，白来了！"我说："你家离这里这么近，随时可以再来啊。再说了，这么大的雨看黄山，也不是谁想遇就能遇上呢。"

"您说得也是。"大学生高兴起来，脸上由阴转晴。

到下午三点左右，基本游完预定路线，乘坐缆车下山。到山前车站时，雨开始变小。大约六点，返回城中，天气已然转为多云。

多好的老天爷，您老可真会下雨啊！

此次游山，我得一顺口溜和观感四条。

顺口溜是："横不成岭侧无峰，远近高低皆相同。不识黄山真面目，只缘身在暴雨中。"

观感四条是：一、黄山市气象台的天气预报真准；二、黄山市旅行社的人真会做生意；三、中国人中敢豁出来的人真多；四、黄山是啥样真没看清楚。

2010年7月25日

老子故里皖豫游

2008年5月19日,我走马观花,拜谒了安徽涡阳和河南鹿邑两处老子故里。事情的起因,还得交代几句。

有个友人,内退之后在一个叫XB公司东营分公司下属的店里帮忙。他多次劝我往这个公司投资,说有很高的回报率。见我不为所动,就动员我先上总公司所在地安徽亳州去看看,并且说来回费用不用自己掏腰包。

我一听亳州,立时来了精神:这是曹操的老家啊,还一直没去过呢。机会来了,既可以考察项目,投资发财,又可以捎带去旅游一番增长见识。搂草打兔子,何乐而不为?

遵循古人"凡事预则立,不预则废"的遗训,我养成了一个好习惯,凡是旅游之前,总要先查看目的地的有关资料,这样游起来往往会有事半功倍之效。于是在出发前上网一查,哈,意外之喜来了:好家伙,亳州不光是曹操的老家,它辖下的涡阳县还是老子故里呢。接着就又查老子,哈哈,不光涡阳,它邻近的河南省鹿邑县也说自己是老子故里,而且就在近日举办"老子国际文化节"呢。哈哈哈,妙不可言啊,这么多好事不请自来啊!

5月17日,我们50多个怀揣发财美梦的老中青,同乘一辆大巴赶至亳州。18日上午,项目考察活动即告结束。下午,别的人原路返回东营,而我一人留在了亳州。

为了提高办事效率,我雇了一辆出租车,用一下午的时间看了亳州城中有关曹操、华佗、陈抟以及清代会馆花戏楼等有名的文化遗迹,还参观了位于古井贡镇的古井贡酒厂,一切顺利。晚饭后我找了家宾馆,看了一会电视就沉沉睡去,以备第二天专心致志地拜谒皖豫两地的老子故里。

涡阳县,从亳州东去65公里;鹿邑县,从亳州往西35公里。我盘算了一下，决定上午奔涡阳，下午赴鹿邑。

第二日上午8时许，我从亳州乘一辆很破旧的小巴士，费时约一个钟头，赶到了涡阳县城城西。穿城而过的路口处，有一座巨大的老子骑牛铜像，铜像下书"老子故里"四个大字。因离得远，看不清是哪位名家所写。刚一下车，一蹬人力车的青年妇女便过来揽活。我说要看老子。她说前面有1路公交车可直达老子庙。坐上人力车后，我同她说起老子故里的皖豫之争，她说自己也不知道老子到底生于何处，但听涡阳人议论，这里怕是争不过鹿邑。我问原因，她说因为鹿邑比涡阳有钱，现在这社会，有钱都能使鬼去推磨了，还不能使老子成了鹿邑人？我本想和她说说老子生于何处，这是科学，不是靠钱多钱少能决定的，但又觉得很难说明白，只好沉默不语。

上了1路车，花1元钱，用20多分钟就到了老子庙。这条线路大部分路段还可以，但最后经过一个村子那段时，是又脏又窄的灰土路。一看这路，你就会猜测到涡阳老子庙香火是不会很旺的。

涡阳的老子庙，叫天静宫。门票5元。这天是农历十五。初一、十五是这里上香拜老子的日子，但这日香客不多，游人更少。因山南海北各地寺院的庙宇大同小异，所以我对于"庙文化"兴趣索然，于是脚步匆匆，边走边看，很少驻足。看了两重大殿，除了老子塑像能留下些印象外，还有一个感觉就是天静宫规模不小，全是新建的建筑物，而且工程好像没有完全结束。

快到最后面的大殿时，一阵嘹亮激越的京剧唱腔引起我的注意。我赶紧走过去一看，原来是庙里的一个道人在吼。他近50岁的样子，头上绾的是道家的发髻，留着胡子，下身却像是僧人打扮。可能是断定我听到了他的放声大唱，他见了我好似有些不好意思，便主动搭话。我本性好说笑闲侃，就随他进了大殿，并从他的衣着和口音开始聊起闲话。原来他是辽宁人，来这里好多年了。我问他能不能背《道德经》，他说自己没上过学，不会背（我听后叹了口气）。我又问他懂不懂《周易》八卦，他有些得意地说，修道的咋能不懂《周易》呢。我突然来了好奇心，要他给我看手相，算命。他爽快地答应了，先给我看了手相，又从抽屉里拿出自己用纸做的罗盘，还有一张天干地支表，比比画画，一共给我算了8个项目。我数了数，答案的对与错，各是4个。我连声道谢，给了他谢金，然后道别。

回到中殿院内，我想洗手，便问庙里的一个工作人员。他告诉我，庙里还未安自来水，东侧一小院有压水井。我进去自己压水洗过手，便同院里干杂活的一老一少说起闲话，先说压水井，又说地下水位，又从水位说到了水污染。两人告诉我，涡阳县城一带污染很重，只有老子庙这里的水还好一些。我相信他们说的，因为路上看到的涡河水，黑乎乎的程度，已快和山东小清河的污染状况有一拼了。但是，从亳州到涡阳大路边的沿街粉墙上，还是满目的"大力倡导涡河文化"的大标语。老子在"小国寡民"一章中说过"使民复结绳而用之。甘其食，美其服，安其居，乐其俗。邻国相望，鸡犬之声相闻，民至老死不相往来"，但就在老子设想出如此美妙图景之地，他欲壑难填的后世子孙们，早已将自己的家园糟蹋成目不忍睹的模样，其他地方，还能有啥话可说呢！

中院有一处介绍老子文化的东厢房，工作人员是一个青年妇女。说起来，她还曾到过山东烟台打过好几年工，也知道东营。我看到墙上写着"老子谥号聃"，就问她"聃"（dān）字的发音，她没有因我不懂而瞧不起我，而是很有礼貌地说念"冉"（rǎn）。我本想纠正她的，但话出口时却变成了"谢谢"。

在前院，看到一碑，记了重修老子庙之事。因捐赠全是以美元计，我推测是海外华人所为的善事。待出大门，从门东侧石刻的天静宫简介上，知道了现在的老子庙是从1991年始，历时15年，用3000万元人民币重建的，发起捐资者，就是香港的一个叫谭兆的先生。

近午返回亳州。先去街上小店吃了一碗狗肉汤和几张馍（在我老家叫饼或白饼），然后打的赶往鹿邑。

一个胖胖的出租车师傅，是鹿邑人，因揽了我们三个散客，生意不错，看起来挺高兴，又听说我由山东来看老子，就涌上了河南人特有的自豪，禁不住谈兴大发。说起老子故里之争，他用了很不以为然的口气说："涡阳是看到老子有用了才来凑热闹的，但实际上，毫无疑问，天经地义，板上钉钉，就是鹿邑！要不是鹿邑的话，那就是太阳从西边出来，就是公鸡下了大鸡蛋，就是俺豫剧成了你们山东戏！"他还告诉我，两千多年来，老子保佑鹿邑五谷丰登，岁岁平安，所以鹿邑人都崇敬老子。说起鹿邑老子国际文化节，他更是兴奋，提高了嗓门说，文化节明天开幕，为了办好这个节，整个县城和从县城到城东老子庙的十里大街早已装扮一新，白日彩旗招展，入夜灯火辉煌。文化节还有大型文艺演出，有北京的领导和各大明星前来捧场助兴。我问他："那得花上千万元吧？"他很得意地说："嘻！老百姓哪知道花多少！反正是不老少！鹿邑这穷，哪掏得起？哈，都是上头给的！"

到老子庙下车。临下车时，胖师傅劝我一定要等明天看了文化节开幕式再离开，他还不忘炫耀说，为保证演出，明天一天，周围好几个乡镇要暂停供电呢！

老子庙一带果然是彩旗招展，装饰一新。公路南边举行大型文艺演出的会场布置停当，已由公安把守，禁止游人入内。我心中有些疑惑，因头天晚上无意从电视中看到有三天的国难日，而明日是国难日第二天，在这种情况下怎么好上演文艺节目？果然，我去售票处购票时问起文化节一事，工作人员告诉我，老子国际文化节推延，具体时间待定。

一想起四川地震灾情，就觉得有些游兴索然了。所以听到文化节推延了，心中也没有什么大的失望，只是略微觉得有些遗憾。但不管怎样，看看老子庙也是不错的嘛。

初一、十五也是鹿邑老子庙的香客拜庙之日。平时门票20元，是日减为10元。不同的是，这里的老子庙叫太清宫，规模比涡阳的天静宫大得多。或许是因为文化节的缘故，与涡阳老子庙的冷清相比，这里要热闹得多。满庙里是上香拜庙的人，以妇女为多。我问了一下，多是本县农村的农民，还有，就是县城的居民来提前感受过节的气氛。

太清宫最里边，是圣母庙和娃娃庙，庙后有一块空地，有许多中老年人在一条"弘扬老子文化，构建和谐鹿邑"的大红标语下表演。一个看样子得有70多岁的老太太，穿彩服，擎红旗，与年龄比起来还算麻利的身子不住地扭，还边扭边唱。我静心地听了好一阵，才听出是几句周而复始的唱词："我们鹿邑要开会了,中央领导要来了,连天大戏要上演了,老子和毛主席把我们保佑了",等等。不知为啥,我一下想起电影中跳大神的巫婆,心中很不舒服,便赶紧离开了。

因文化节看不成了,我满脑子里就想着赶快回家,所以游毕太清宫出来,就要去汽车站。等了一会,一辆出租车停在跟前,一看竟然是拉过我的胖师傅。一天两次坐他的车,还真是缘分呢。

上车后,师傅问我的打算,我说要上商丘,从商丘过夜后回山东。他说鹿邑还有一处地方叫明道宫,我很该去看看——要去的话,他拉我去。天知道我怎么望文生义,以为明道宫就是明朝时的一处道教文化遗址,又疑心他是想多揽活赚钱,便以时间不够婉言拒绝。他劝了我两次,见我坚持要走,便叹口气,表示惋惜,然后将我送至汽车站。

虽是走马观花,但毕竟一日游览了两处老子故里,了却了自己一个心愿,加之旅程还算顺利,所以感觉良好。为解途中寂寞,在去商丘的公共汽车上,我又和同车的人侃起老子文化。一年轻人问我看了老君台有何感想。我问他老君台在哪里,他说就在明道宫。一句话说得我目瞪口呆。从我的表情上,他看出我未到过明道宫,便介绍说,明道宫始建于汉,相传是老子晚年讲学之处,老子在鹿邑的很多活动都发生在明道宫。他又说,明道宫内有老君台,老子即于此骑青牛飞升而成仙。

他不无遗憾地说:"你来鹿邑不看明道宫,等于看了半个老子故里呵。"

懊悔莫及的我,想再返回鹿邑,可是一问司机,车已快到商丘了。

真是笨得没法再笨了啊!怎么会将"明道"即讲道、悟道之意,理解成大明朝的道观?明明想着要看老君台,怎么就忘得干干净净?为什么出租车师傅很是认真地建议去看明道宫,可自己就是不问问明道宫是何等去处呢?

唉!真是猪油蒙心呵,脖子上长的是脑袋还是个倭瓜?这还是临行之前查了资料,做了准备的!简直是愚不可及,贻笑大方啊!再是,将人家胖师傅的好意理解成另有所图,真是以小人之心度君子之腹啊!

我在车中自责不已。懊恼之中,忽地想起太清宫内大碑上新刻就的《道德经》全文中的一句，禁不住竟然高兴起来。这句话是："我愚人之心也哉，沌沌兮。俗人昭昭，我独昏昏；俗人察察，我独闷闷。澹兮其若海，飂兮若无止。众人皆有以，而我独顽且鄙。我独异于人，而贵食母。"哈哈，我沌沌，我昏昏，我闷闷，我顽且鄙，我猪油蒙心，我倭瓜做头，这不是好事吗！这样一来，我不就能心灵空虚，了无牵挂，而烦恼和忧愁不就会离我而远去吗？这不比明明不聪明却强要装聪明，明明万事难知，却非要事事弄个清清楚楚明明白白真真切切，离着老子的大道，近了些吗？

噫！说不定正是老子发现了我孺子可教，于冥冥之中点化我，超度我啊。于是，半路上，我就不住地向天空中张望，但直到在商丘车站下车，直到住进旅馆，也一直未见到有紫云缭绕和青牛降临啊。

2009 年 8 月 29 日

包村三题

十多年前的一个夏天，我接替我们单位一位庭长，到离城30多里的一个名叫言午的村庄做了包村组组长。那位老弟，几天前从我们单位调走了。从那时起，我和同事李爱群、张晓宾，在那个村庄里共同度过了一年零三四个月的时间。我们包村组受过表彰，我个人还立过功，但这些"成绩"都已淡忘，而有些生活、工作中的小事，却时常浮上脑际。

有圣人说，人对事物的观察和体验是仁者见仁，智者见智，所以人的记忆必然也是仁者多记仁，智者多记智。我是个胸无大志之人，脑海中沉淀下的，就自然是些繁琐小事。

搞生活

包村工作，我们三人有明确的分工。我为一组之长，理所当然是主持全面工作；李爱群负责文字材料；张晓宾负责搞生活。这是大致分工，还有协同作战，重点工作一起上。总之是全组一盘棋，紧密团结在组长周围并在他的正确领导下，有条不紊，高效运转。我这样说，是全党全国坚持与党中央保持一致的具体化和落实，要是组员不听组长的，县里、市里、省里的人就可能不听县委书记、市委书记和省委书记的，那全党的团结统一，就是句空话。级别不同，但道理相同，您说是也不是？

搞生活，说到底，主要的内容就是做饭吃饭。我们住房东，自己起伙。对这项工作，张晓宾态度还可以，但强调说，别的事都可以做而且保证做好，可就是不负责刷碗。他不刷碗，也不好叫组长刷啊，李爱群就和他打了一阵嘴官司，打不赢，只好故作高姿态，答应兼任这项工作。晓宾自小爱好厨艺，烧得一手好饭菜，而我在部队曾经干过炊事兵，一般饭菜也能对付。爱群这方面能力稍有欠缺，可也会白水煮面条。所以搞伙食对我们而言，技术不是问题。

问题是钱！

包村组是有伙食补助的，本组支用，问题不大，但我们遇到了实际困难：来人多。每个包村组去人都不少，区里的，镇上的，本单位的，村里的，人不断。我们这个组，来人更多。这里有特殊的原因，就是村里调整土地出了乱子（往下看本文中的《测评票》），有一阵子市里、区里、镇上来人络绎不绝，我们的住处，简直就成了饭店，成了招待所。

在乡镇工作过的人都知道，来了人就要管饭，而且午饭、晚饭还要有酒。这样，伙食费寅吃卯粮，经济危机就不可避免地出现了。填不上这个窟窿，就得我们自己掏腰包。那时工资低，再说了就是工资高，当组长的也不能叫大家凑工资作招待之需啊。按说，这类问题在其他包村组是不成问题的，因为包村的单位无不财大气粗，拔根毛也比包村组的腰粗，充其量不过是酒店里的一两顿饭钱嘛。但我们组没这个福分（原因我不想说）。分管包村的副院长很是为难，但为难也无计可施。

不行，长此以往，组将不组了。

我向一个很要好的，在某单位当领导的老弟求援。他答应得非常痛快，但提出最好要有封盖有红印章的信，他便于操作。这事好办，我那时还挂着单位上的职务，处的公章就在办公室抽屉中躺着。加之本人还有些文字方面的特长，妙笔生花的文章写过不计其数，写这样的介绍信，简直是杀鸡用牛刀啊，现在想来，我还为自己"屈才"呢！

到了第3天，老弟就叫我去取了5000元现金。我拿了钱赶回村里，立马召开了货真价实的民主"生活"会，形成决议如下：一、钱由张晓宾保管，凡是开支都要列入明细账目，记录清楚。二、吃饱的问题，不予讨论，主要是想法吃好。因为吃得好坏，关系到我们的身体健康，而身体健康与否又关系到包村大计。这要作为政治任务来对待，切不可玩忽职守，掉以轻心。三、开支的内容：米面、茶、火腿肠只要不断顿，可以不买，因为很可能有看望我们包村组的人送来；青菜必不可少，没有青菜会得维生素缺乏症；肉更不可缺，这不光是因为三人都爱吃肉，不吃会馋得流口水，而主要是因为如果来人了连肉都没有，会造成怠慢人的不佳印象；蛋可以吃，但不能多，每人每天最多两个，多了胆固醇过高，倘若得了心血管和高血压一类的疾病，那就不但不是来扶贫，反而是来添乱了。

这个生活会开得好。此后，来了人都能吃香的喝辣的，自然很是满意。更重要的是，在我们通过求援搞来机械，兴修水利和修建村里柏油路时，援助款在招待活动中发挥了它应有的作用。而我们三人，也都吃得红光满面的。特别是我，不知是戒烟还是天天喝酒的缘故，饭量大增，体重也由刚进村时的140斤长到了160多斤（这个体重一直维持到去年做手术，胃割掉一块后，才回归故态）。

"老张啊，你比刚来时可胖多了！"乡亲们对我不错，都很关心我，在路上，常有人看着我的脸，对我说。

"你们村的水土养人啊！"我一边回答，一边心里犯嘀咕：见了鬼了，我吃下去的，难道是民脂民膏？如果不是，怎么就脑满肠肥了呢？

直到现在，我很感激这个老弟给我的援助，那不是我有权有势时的锦上添花，而是在我困难时候的雪中送炭。在这里，我不便说出他的名字，但我永远不会忘记他。当时，为了那个村的扶贫，我还向好多个朋友寻求过援助。那些朋友用资金用机械支持了村里的脱贫致富，给了我们真诚的帮助。

十多年过去了，我还是常常想起这些事情来——我真是很感谢他们啊！

治盗

秋天，村北来了一支油田地质勘测队，支上了钻架，搭上了工棚。随着一二十号人进驻，机器轰鸣，车辆出进，人声鼎沸，使这个原本寂静的小村平添了若干热闹。

油田老大哥来到刚刚半月，包村组就听到了不好的消息，说勘测队的物资几次被盗。开始大家并不在意，因为偷盗甚至轰抢油田物资，是全国所有油区共有的现象，区别也就是程度轻重不同而已。这是常上电视台的事情。我们单位也常常审判这类案件。胜利油区的治安算是比较好的，但也是麻烦不断，按下葫芦起来瓢。

出现这个问题，有着深刻的社会原因。很多人都知道，新中国成立后在处理工农关系方面，做得很难叫人说好。农民的名字写在另册上，属于二等公民。他们以瘦骨嶙峋的身架，支撑了这个国家，挤出来的是奶和血，吃的却是草。油田开发之初，老大哥恃着"地上服从地下"的尚方宝剑，很少顾及地方和农民的利益。那时的农民，却是老老实实，少有违法犯罪的行为。事情也怪，随着时间的推移，油田对地方的支持日见其多，到农村作业时的补偿也更趋合理，但农民"靠油吃油"的胆子却越来越大。而且，中国农民中的盗窃行为，往往具有很强的破坏力和野蛮性，为了一枚老鸹蛋的小利，他可以干出砍倒大树的事来。所以，我对此类事看法很矛盾，一方面觉得问题复杂，事出有因，另一方面又因国家的资财被损毁而痛心。

当然，以上所言，应该都是社会学家或是油田老板、地方长官们研究的问题。如果盗窃不是发生在我们所包的村，而是发生在哪怕是一百来米之外的另一个村，我也绝对是充耳不闻的。不怕犯罪，有本事偷去呗，关我老张啥事，关包村组啥事？

但是，问题是出在我们包的村，这就得另当别论了。

我们的工作计划上，社会治安状况好转是白纸黑字写着的，如果这些蒙头撞脑的村民们倒了霉真地撞到枪口上，塞进警车，从村中押走几个，包村工作被一票否决，我们三人一年多的汗水就会打了水漂。再说了，要是为这事影响到提拔重用，那可更是得不偿失了。我年纪大了，无所谓了，爱群和晓宾他们还年轻呢！

谁叫咱做着这个和尚呢，秃着脑袋穿着袈裟就得按时撞钟啊。所以考虑再三，不行，得想个法子治盗！

我打了一阵腹稿，然后直奔村支书家中而去。村里的大喇叭扩音室安在他家北屋里间中。书记老兄不在家，嫂子一听我要广播讲话，连忙给我推开扩音室的门，打开机器。

我吹了吹，响。又敲了敲，更响。

很快，整个村庄上空就响起一个我听着有些陌生的声音：

全村老少爷们，全体村民们：

大家好！

我是包村组老张，有件事必须要和大家说一下，希望大家认真听听。最近，油田施工队的和区公安的都来找过包村组（其实这是我撒的一个小谎——可是善意的啊），说村北钻探队已发生多次被盗事件。可见这事已经非常严重，严重到已引起了上头的高度重视，有可能派人来调查。我和他们说了，钻探队在我们村，偷盗的不一定是这村的人。因为我相信我们村的村民们是遵纪守法的。但说归说，可人家不大相信，就是我也不敢保证咱村的人没去干这种事。请大家千万注意，千万不能去干这事。大家可能不知道，我们市两级法院每年判好多起盗窃油田物资案件，杀头的、坐牢的，可不是一个两个，有些真是妻离子散，家破人亡，叫办案的法官心里也不好受啊！但是，不好受归不好受，可是法律无情！有人可能会想，很多人偷了怎么不要紧，就偏俺倒霉？对了，是有这种情况，那是人家运气好，就像当官的贪污，100个不定倒霉一个。但说句难听的，你不定有这样的好运气！俗话说了，不怕一万就怕万一，人不走运了，喝了凉水也塞牙缝，所以你最好不要去碰侥幸！最后再说一句，谁要是不听，非要干违法犯罪的事，万一犯了事，谁也救不了你。案子就是到了我们法院，谁也别叫我们工作组的去说情，就是一个村住着，低头不见抬头见的也不能说。不能说就是不能说，这是原则。丑话早说头里，到了那时，可别说我们包村组的三个同志无情无义啊！

好了，就这个事。大家该忙啥忙啥。

谢谢大家！

哎，你还别说，这次广播就真起到了敲山震虎的作用。过了两三个月，油田老大哥撤离了村子，临走的时候和村里人说，我们走的村不计其数了，没想到这村的人这么老实——真是太老实了。

TM 的，听听，这是叫说的啥话！

现在说人老实就是无用。就是提亲，一说这孩子老实，对方就要犯嘀咕：是不是不大机灵，脑子缺根筋？但说人不老实也不行。给你介绍的对象不老实、不大老实、有点不老实、很不老实、太不老实，都很容易叫人想起地痞流氓偷儿强盗一类。总之"老实"一词用来做人的评语，似乎已经不合时宜了。不但"老实"不能说，就是"实在"也最好别用。因为在一个诚信已难成其为主流状态的社会中，所谓实在，就是傻瓜，就是愚笨，就是弱智，就是有些"二"。我包村一年多，村人给我的评价是"老张这人真实在"。他们毫不吝啬于当面对我进行夸奖，以为这是对我人品和工作的最充分肯定，或许以为我听了一定会乐得颠颠地对他们心生感激。叫我说什么好呢，天真可爱而又有点二的乡亲们啊。

一个"实在"的包村组长，说了几分钟说实在也不怎么实在，说不实在却也算实在的话，竟然叫本来算不得老实的这村里的人老实了两三个月，真是稀里糊涂狗嫁猪啊。

20 世纪 60 年代，大庆人"当老实人，说老实话，做老实事"的"三老"作风，曾一度风靡大江南北，成为人们为人处事、立身创业的座右铭，以巨大的号召力，受到全社会的普遍认同和赞誉。但几十年过去，老实和实在却难以与时俱进，成了过气的品行。世事沧桑，变化何其须臾奈尔！

测评票

包村结束前，上头要对每个包村组的工作进行鉴定。评价的形式很多，其中之一就是由全体成年村民对包村组实行无记名投票。票上分列优秀、合格、不合格三格，由投票人在任一项上打勾。区"包村办公室"将票发至各村，再由村党支部发至村民，每人一票，收上来后，再交给包村组，由包村组连原始票带汇总结果，一起上交区包村办。

一切按程序进行。票收上来了，包括填写了的，还有些空白的，都交给了我们。爱群和晓宾先看了看，有些吃惊地对我说："好几十票不合格，怎么办？"

意料之中的情况果然出现了。

这是因为，我们的包村活动，并不是每件都符合所有人的利益的，其中调地和调村班子两件大事，就影响了不少人的利益。

先说调地。这个村从合作社时就分为两个生产队，40年上下的光景，由于人口变化情况不同，两个队的人均土地相差了大约一半。以地为生的村民，收入就有了很大的差距。地少的，想动；地多的，坚决反对。此前好多年，村班子和镇上就想下决心"平均地权"，但一直没敢动手。我家在农村，村里的情况与这个村恰好相同，村里也是多次想调地而没有办，我又干过乡镇工作，明白"动地"是无异于捅马蜂窝的棘手事，弄不好就会惹出很难收拾的大麻烦。因为这不是斗地主，靠着暴力可以对他们无偿剥夺，被剥夺的一方还得山呼万岁。现在的工作对象是人数众多的基本群众，而且他们的地多，又有着客观的原因，你要硬割下他身上的肉给别人，他们怎么会心甘情愿？

如果从开始就由我当组长的话，我是会坚决拒绝包村组参与调地的，因为我们的任务是帮助乡亲们脱贫致富，而此等非常容易激化群众矛盾的任务，是实在不适宜由我们来承担的。但等我接手工作时，调地早已列入包村工作计划，镇上也列为重点关注的问题，整个形势已是在弦之箭了。村支书是调地的积极派，很想借法院的"威势"实现他的目的。看到我顾虑重重，就给我打气："老张你放心，没事，法院的来包村，反对调地的人不敢乍刺（捣蛋）！"

他那将法院说得无所不能的忽悠词，听得我只能皱着眉头苦笑。

尽管进行了大量自以为周到而细密的准备，调地还是捅了马蜂窝。"被调地"的一半村民，使尽浑身解数进行干扰和对抗。这事耗费了我们包村组一多半的精力，动用了区、乡镇的大批人力，市里也派了力量，使用了各种手段，其中包括用机关人员整夜寸步不离在"重点"人员门前值班蹲守，以防止他们联络，还开除了坚决反对调地的一名党员，最后方才达到了目的。被调地的一部分群众，一肚子火没处发泄，在测评票上迁怒于我们包村组是理所当然的。

理解万岁啊。

再说调村班子。了解农村情况的人都知道，村班子就是村里的小朝廷，"朝里有人好做官"，村里有人好办事。村民们暂时还没有出仕做官的野心，但办些大事小情却是不可少的，所以一到调班子的时候，各派势力就或明争或暗斗，或明争暗斗双管齐下，以图达到自己的目的。越乱的村，争斗得越是激烈。我们包的就是这类村子。但是，不论是支部还是村委，用谁干实际上是由镇上来定的。在这种各方博弈的政治斗争中，我们包村组难以游离其外，触动了某些人的切身利益是在所难免的。

时过境迁，现在回过头来看看，当时即使有些不合格票也没啥大不了的，但人在事中迷，那时觉得辛辛苦苦一年多，浑身几乎脱了一层皮，还出来这么多"孬"票，心里肯定不舒服。

记得《毛泽东选集》中有一篇文章，曾引用了古人说的一句话，叫"眉头一皱，计上心来"。我看着眼前一堆不合格票，也不由得皱起了眉头。

"你们说怎么办？"我问爱群和晓宾。

他们俩大眼瞪小眼，都摇摇头，表示没有办法。

幸亏我早已将毛泽东思想溶化到血液中，关键时刻又能落实到行动上。经过眉头一皱，我已计上心来。我指了指空白票，告诉他们："这些，都在优秀栏上打上对号。"然后，我抓起那一堆不合格票，三把两把撕得粉碎，团了团，"啪"地扔进了废纸篓。

他们一下就明白过来了。爱群笑得前仰后合，晓宾笑得"嘎嘎"的，一边笑一边还不忘忽悠领导："嗯，姜还是老的辣！"

想起这事，以及类似之事，我就会想起革命导师列宁给某些行为下的结论："它只能是儿戏，甚至连儿戏也不如。"

2010年7月23日

我和我的书们

几年前乔迁新居，我把新屋中最大的房间，用来做了书房。在白色基调的房间里，摆放着5组白色的书橱。集合于其中的，是我和老婆的书籍：她的，大约只占据5%的空间，其余的空间，是我的。

幸亏书房是早就选定的。要是现在重新规划设计，它肯定要另外选址。老婆已经惋惜过多次，对我说这最大的房间真不该做你的什么破书房，如果用来做卧室该有多好，万一孩子们回来，住下时多宽敞。今年她又有新发现，说这间房子南北通风最好，夏天最凉快，夜里睡觉都不用开空调。

"真是让你占瞎了一个好地方啊！"她常常感叹不已。

可我实在是喜欢这间房子，朝阳，空间大，没有压抑感。我得空就来这里转转。我在这里，除了有时在电脑桌前敲击键盘外，主要是想来亲近一下我的书们。站到书橱前的那一刻，我感觉自己简直就是一个意气风发的大将军，而所有的书籍都是整装待发的士兵，只等我一声令下，它们便义无反顾地奔赴战场奋勇搏杀；有时我又觉得它们忽然变作了一座座巍峨的山峰，里面蕴藏着无尽的宝藏，而我不过是眼巴巴望其仰止的侏儒；而更多的时候，我感觉它们如知己，如朋友，如兄弟，敞开心扉和我交谈，在耐心地倾听我不尽的诉说，给我智慧，给我温馨，给我理解，给我抚慰……

我最早看的书是连环画，也叫小人书。在我们老家，小人书叫"画本"或是"图本"，因为上面都有图画。那时小人书便宜，一两毛钱便可以买一本。即便如此，一般人家还是买不起的。因那时候我家条件相对稍好些，我就常常向母亲讨钱去买小人书。最多时，我的小人书攒到了六七十本。好多同学上我家看，有时不知谁看到热闹处就哈哈大笑起来，或是大声喊叫起来，大家也都挤过去看，看后笑成一团。大人们也常去看我的小人书，有的长辈，来了新书还要叫我送去给他们看。常常是他们看，我在旁边站着等，看完了就拿走。这是经验,书放在他们手里,他们不爱惜,有时还转借给别人,结果往往成了肉包子打狗,一去不回。窃书都不为偷,借书不还能算啥事?

我自小作文好,对文学、历史、地理感兴趣,应该说得益于看小人书。

正是看"小人书",使我养成了爱看"大人书"的习惯。我看书很杂,历史、政治、哲学、文学、天文、地理、人物传记、美术等都喜欢看,甚至钓鱼、饮酒、相术、花卉、盆景一类的,也不放过。可惜的是,我虽然爱看书,但却似五柳先生自嘲的"好读书而不求甚解"。不同的是,五柳先生虽然不求甚解却天资聪颖,所以还是成了不受时空限制的大文豪,我却不然,既不求甚解又天资愚钝,所以到老也没看出个啥名堂。不但没看出名堂,而且还越看越是迷茫。怪不得老婆总说我看书看傻了。眼看人生须臾霜生双鬓,仍是一事无成,免不了顾影自怜,想起"灰坑未冷山东乱,刘项原来不读书"的历史演绎,时常就会生出几多感叹。

我小时候最爱看革命小说和三大古典名著——不包括《红楼梦》。说不清为什么,我不大爱看《红楼梦》。年龄大些后,我能读完的,有人物传记,特别是小说。我也爱看鲁迅的杂文。说起来不怕有人见笑,我最爱看的,还是武侠小说,而其中最吸引我的,是金庸的作品。我曾多次看到凌晨三四点,直到双眼实在睁不开了,脑子迷糊了,方才睡去。金庸的小说,有典型环境和典型性格,人物鲜活呼之欲出,故事情节扑朔迷离,引人入胜。书中渗入的各类知识丰富异常,使人见识大增。它的语言功力深厚,文采飞扬而又平白如话,读起来叫人感觉非常轻松惬意。武侠书中,梁羽生的也值得一读。另外的,和他们就不属于一个档次了。古龙也算是有名气的,我几次硬起头皮往下看,最后还是因为实在看不下去而作罢。虽然爱看武侠小说,但我很清楚这些东西对于推进中国的民主与文明,恐怕起不到多少作用,看它们无非就是消遣时光。当代作家,我看过莫言、海岩、贾平凹等人的,给我的印象都像速写体,且往往搀有大量色情描写,以此来吸引人们眼球,多卖钞票。最近几年,我忽然喜欢上了章诒和与龙应台的书。她们的文章看后令我眼前豁然一亮,心中顿生相遇恨晚之感,所以以后凡有二人的作品,我即不假思索地买下。读了龙应台的

《野火集》，我在最后一页写道"只恨读君太晚，可惜难得一晤"。章与龙，都是女性，但见识、情怀与文笔都不输须眉，读来叫人叹服。比起她们，中国很多在文坛叱咤风云的所谓大腕爷们，不过是在卖弄些无病呻吟、顾影自怜和沽名钓誉的小把戏而已。

因为喜欢读书，所以喜欢买书。

从小时候起，直到参加工作之前，我的零用钱，几乎全用来买书了。那时买书，主要是去县城的新华书店。有好几次我都是一人步行20多里去的，记得第一次去的时候我才十二三岁。从老家到县城，现在开车疾行在宽阔的公路上，不过一刻钟的时间，可那时这段土路对我来说却走得异常的艰难和漫长。没有开架售书，我手扒着柜台，踮起脚，眼巴巴地看着排架上那么多的图书，一次次地叫店员取下一本，看内容，看价格，并计算口袋里的钱能买几本。买了书，舍不得买吃的，顾不上看县城的景致，便赶紧饿着肚子往回赶，走累了，就坐在路边看一会儿新书，胸中荡漾着的，只有快乐和幸福。

大了，老了，还是爱逛书店。老婆知道我劣性难除，一到书店门口便催我快走，不敢让我进去。所以我只好自己去逛。后来老婆知道我反正已不可救药，所以也不注意我在买书上的花费了。我买书，常常是大体一看，行，就买了。结果有些书回家后再细看，这是啥玩意，买来干嘛？但人之本性难改，下次依然如故。

我之粗心大意固不可学，但走到另一个极端亦不足取。我有个朋友，职务不低，存款数额老多，他想买养花的书，半年中咨询我的次数是6+1。我说干脆和你上书店看去。于是我开车拉着他去了城里最大的书店。我看着表，他翻了3个多钟头，看中了好几本，但到底一分钱也没舍得花。以后去他家，看到沙发上扔着一期复印的种花杂志。嘻嘻！人生在世，得活得大气倜傥，要叫钱为人服务，人不能成了钱奴，活得细如牛毛再上锯解，这样就是省出个别墅来也没用，因为早就憋死好几回，那别墅不知服务了老婆与谁人了。我同一个年轻的书友说起此事，他苦笑着说，这年头爱看书买书的人是越来越少了。他经常从网上购书。头两次书来了，办公室的人都以为他是为女友邮购的衣物啥的，哗一下子围上去看，一看是一堆书，都又哗地退回了各自的座位。再后来，一听快递员高喊叫他签收书，大家就用怪怪的眼光看他。我听了，一下子想起以前毛泽东关于没有文化的军队是愚蠢的军队的名言，谁知看看眼下的成功人士，竟多是不爱看书不爱买书的人。呜呼，这个社会，这个民族，真是叫人没处捉摸了。

因为喜欢书，就喜欢藏书。山东大学教授谢晖，好多年前对我说他有3万册的藏书，这引起我的兴趣，对自己的书籍进行了一次大盘点，数到最后，才800多册。这使我有点泄气。现在，我估计总数也就是一千二三百册的样子。我如果将所有的书都珍藏起来，可能也得有个两三千册了。因为书架少，加上老婆反对藏书，所以我的书是不断地进，又不断地出。

老婆是医生，她主张除了自己那点医疗书刊和另外一些养花、种菜、炒菜和腌咸菜的书之外，其他的通通淘汰："看书都看傻了，还看？还买？这些破玩意占瞎了好地方！总有一天，趁你不在家，我都给你烧了、卖了！"秦始皇、希特勒等人，焚书坑儒（包括洋儒），是借此割断历史，愚昧大众，维护自己的无上权威，家中出个女秦皇，焚书又是想干什么呢，总不是也要对我实行"愚夫"政策，以便在家中建立独裁统治吧？不过，她说的次数多了，我也真担心，怕她一时心血来潮真地掀起焚书运动，于是我就多次捐书、卖书。有一次我一下子捐给县图书馆一百三十多本，成为好多年来全县一次捐书最多的个人。我多次成捆成箱地卖书，有次卖给县废品收购站，在那里上班的一个大姐是我的邻居，我上午卖，中午她把挑出的书称了，付了钱带回家来。我和她说，早知如此，我干脆送给你算了。我曾经送给过别人不少书。卖了或是送了的书，有些想起来很惋惜。像1949年前出的，里头还称谢文东为抗日民族英雄的一本旧"毛选"，还有此前出版的郭沫若写的《李白与杜甫》，如留下来没准就成了文物收藏的抢手货，说不定可以换辆小汽车呢。

因为喜欢看书，喜欢买书，喜欢藏书，所以我感谢造纸术，感谢印刷术，感谢作者们和出版商，感谢盖楼的建筑商和打制书柜的木匠师傅们……

当然，我最为感谢的还是老婆大人。因为她虽然一再发出要对我执行焚书政策的狠话,但最终才发现,那只是她对我进行恫吓的小伎俩,实际上到底并未实行——因为她从来就没有真的打算实行它。

我看书有自己鲜明的风格。大部分的书,我只是乱翻,特别是诗词一类,想起来看一点,没看几页便又扔到一边。像一套5册装的《全宋词》,用塑料纸包裹着的,买来后就排在书架上,至今还未拆封,差不多已有5年光景了。看书时,只要不是借别人的或图书馆的书,我就拿支笔在书上勾画,或是写下点什么。我知道竖排的书写在最上头的字叫眉批,横排的,写在两侧,不知是不是叫腰批。总之不管叫啥批,有感想了,就一阵乱批。

现在,稍感吃力的是,已渐渐老迈的我,看书得借助100度的花镜了。

更多的时候,我喜欢半躺在床上看书,背上垫一个厚厚的垫子。有时也躺到南窗下的竹藤摇椅上,一边摇一边看。实在困乏了,就迷糊一会,醒过来继续看。

我有个奢想,再过十年二十年的,实在活够了的我,躺在摇椅上,捧着书,静静地睡过去,再不醒来。不过,这种完蛋法是需三世行好才能修来的。自己上两世是不是好人,我不得而知,只好在今生今世多做些善事来弥补了。

此是大事,切需谨记啊。

2008年9月25日

是小偷太高明

春节前外出，被小贼窃走现金两千多元。此事之所以令我难忘，既不因时下的贼盗遍地，人的安全感每况愈下，亦非心疼自己辛苦赚来的那一沓老人头不经意间易手他人，而是惊诧于小偷令人匪夷所思的专业技巧。回家后本想隐瞒不报的，但总是城府太浅，憋了一两日后还是忍不住主动坦白了出来。稍有出入者，是将被盗现金的数量缩小了一半。

即便如此，还是遭到老婆一次又一次的埋怨："你太木愚（愚笨）了，真木愚啊，天底下还有你这样木愚的吗？怕是再也找不到了吧！"我虽强词夺理，但毕竟有错在身，自己也觉得辩解无力。数度尴尬之后，倏忽灵光乍现，智慧临头，想起革命电影中，国民党败军之将面对上司严厉训斥时的表白"不是兄弟无能，而是共军太狡猾了"，便耸耸两肩，摊开双手，提高嗓门说道："你要知道：不是你老公无能，而是小偷太高明了！"

老婆也看过那部电影，憋不住扑哧一笑，于是此页暂被揭过。

情况发生在从天津去廊坊的中巴车上。

老婆很反对我在春节前外出，理由是年前出门太不安全，尤其是独自一人外出。现下经济危机闹得人心惶惶，很多人失业，日子过不下去了，便偷便抢，再说又遇年关，小偷也要增收过年啊。

我由此长了一个见识，不但知道了啥叫乌鸦嘴，还见识了啥叫高水平的乌鸦嘴。事后，她可能是怕我增长的见识不够牢固，又特意巩固说："我是不是早说过来？这个小偷这回是要过个好年了！"

事先我却不以为然。因为我知道老婆胆小，山东娘儿们却长了颗河南地界上的杞人之心。再说，我虽不是天天出门在外，但毕竟也是见过世面的人，单枪匹马地外出也不是一次两次。就在前年和去年，我还单骑走千里，先后到过湖、豫、皖看战友,游山水,并未被抢被盗。就在去年初冬,我一人从临朐返回家的途中,在公共汽车上,几个操着东北口音目带凶光剃着光头的毛贼,以为我老人家面善可欺,便想以我为下手目标,谁知刚一行动,便被我一眼识破,只好悻悻然罢手。底气十足的我对老婆唱道:"你老公自幼识水性,敢在滔天浪里行。此一去三天两晌无险境,老婆子啊——您就放宽心!"

老婆听了,撇撇嘴,很不屑地哼了一声。

说归说,她的提醒还是引起了我的重视。听她的话,我没有带更多现金,只带上了20来张百元票,一张五十元票,若干张二十元、十元以及更小的零票,此外还有一张银行卡。这些,我都装在了上衣口袋中。因为天冷,我外面又套上鸭绒袄。自东营到天津,乘坐大巴,一路平安。从天津去廊坊,是招手即停的中巴。就在这不到两小时的行程中,我遭遇了有生以来首次出门在外的"滑铁卢"。

开始人少,我一人靠窗口坐在一个双人座上。里边的上衣系上了衣扣,外面的鸭绒袄拉上了拉链,又将随身带的小包放置在双腿上,然后双手抄起,压在包上。我装作漫不经心地环顾四周,注意到背后是个20岁上下的青年人,和他挨着的是一中年妇女。同排座过道的另一边,有一个40多岁男子。

过三两站后,有一男子上车。这时40多岁的男子起身往前走了两步(事后回忆,其人起身和往前走都有些莫名其妙),一回身便发现他的座位已被新上车的男子所占,他便摇摇头,叹口气,靠我坐下。意思是,你看,我一起身,他就占了我的位了,我只好就坐你身边吧。

车继续往前走。一会儿,我感到上衣外边下边大口袋里的手机动了一动。我以为旁边的男子不小心从外边碰到的。我便伸手摸了摸,手机在。我扭头看看他,他双手搭一起,放腿上,摆放得很是规矩。我放了心,双手复又抄起压在包上。过一会儿,手机又轻动了一次,我再次摸摸,手机还在。我又看了那人,那人的手依然很规矩地放在双腿上,但是规矩得似乎有些夸张。正在这时,我的手机响了。那人提醒我说,你的电话。我当时心想,这人真多事。接过电话后不一会,有人喊停车,靠我坐的男子和后座的中年妇女、小伙子一起起身

52度咏叹调

下车去了。

车到廊坊站后下车,打车到朋友门口。给师傅付款时,一摸,心中咯噔一下,装着现金和银行卡的上衣口袋里居然是空的!再一摸,有洞!联想到刚才的种种蛛丝马迹,立时反应过来,坏了,在车上着了道了!解开衣服细看,只见上衣上口袋从里边被割烂多处,下边大口袋中有一洞。令人奇怪的是,原先装在上衣口袋的银行卡和百元以下现钞一点未少,只是乾坤大挪移般到了下衣袋里,而那叠百元大钞却全都不翼而飞了!

听我说起此事,看了我的衣服被割的样子,出租车师傅连声称奇,说是在中巴车上被盗之事几乎天天发生,本不为怪,但似这等高超手段却见所未见,闻所未闻——真是强中更有强中手啊。

当时,自己的心中顿时拔凉拔凉,凉得差点就要"抽"过去了。被偷虽不如捡钱来得高兴,但总是有"破财免灾"的精神胜利法可以用来自我安慰。使人懊恼的是,倘是睡着,或是被蒙药迷倒,再就是被刀逼到脖子上强抢,也总有不可抗力的因素用来原谅自己,但当时,自己毫没显摆,在清醒状态下被人如此"照顾"却浑然不觉,可真是愚木至极!而且更为气恼的是,虽经多次冥思苦想,但仍未参透偷儿手段的玄机。

快60岁的人了,多年来养成的自信瞬间丧失殆尽,以后出门到底如何应对盗贼,脑中成了一片茫然。你说心中能不拔凉拔凉?

懊恼之余,不免有些责怪自己太过大意,太过自信,警惕性毕竟不高,防范措施还是不力,以致遭遇这种事情。这使我想起朋友讲过的一件事。一对山东临沂的夫妻,带着孩子在新疆打工,临近春节了,一家人回老家过年。有个小偷断定他们必然带有不少现金,所以自新疆起就一路暗中跟随,一直跟到他们在老家县城下车,也终未得手。心中憋闷的小偷喊住这对夫妻说,我和你们说实话,我是个小偷,我知道你们身上肯定带着不少钱,所以从新疆起跟了你们一路,你们的衣物包裹,包括你们穿的衣服我都翻遍了,但未发现你们的钱放在何处。现在,我不可能再偷你们了,你们能否说句实话,以解我心中迷团:你们的钱到底放哪了?夫妻俩对视一眼,都嘻嘻一笑,异口同声地说出一句话来："多亏孩子大了！"小偷恍然大悟，摇摇头，又伸伸大拇指，叹息而去。你看咱山东小老乡的本事，真是叫咱自愧不如啊！

廊坊一行，成了我可气可叹可怜又可笑的记忆，通过总结教训，也变成了时时温故知新的经验。从此始，我更是佩服老婆关于安全预防事故的谆谆教导，开始全方位建设亡羊补牢的系统工程。如出门旅游要防贼第一，休闲第二，凡与生人碰面，不管男女老少，南腔北调，面善相恶，通通地不要相信，先要将其假定为坏蛋孬种，有人要你提供帮助，必须百倍警惕，有人主动提出要帮助你时，更要警惕百倍。在家外出散步，宁可锻炼效果打了折扣，也不去地远人稀之处，同时要眼观六路，耳听八方，特别要小心树丛密处突然蹿出一个歹人来。骑车外出，要警惕有人抢包；开车外出，要小心有人扎胎。从银行出来，要看看四周是否有人相随。晚上回到老巢，也逐一检查防盗门窗关锁的状态，特别是大门，一定要再从里头上锁，防止贼人破关而入……您千万不要以为我这是危言耸听，中央电视台就播过这类防盗节目，说盗贼捅开这样一道防盗锁，费时大约不到一分钟。他们进去之后，先奔厨房，就地取材，抓起菜刀或是斧头之类利器，然后再实施盗窃或抢劫的下一步程序。试想，当您正睡得迷迷糊糊，听到一些响动起来张望之时，黑暗处四目相对，只见一个手持利刃的陌生面孔和你几乎零距离接触，岂不被吓得魂飞天外，四肢冰凉，"啊呀"一声坐在地上？前些年，我们政法小区的邻居就有两家这样被盗，可见这可真不是说着玩的啊。

回农村老家，也常听到街坊邻居们扯到这类事。大家七嘴八舌，都说村里很乱，常有进户偷东西的，除了钱，也偷粮食和鸡狗猪牛羊什么的，摩托车、电动车、自行车，也是顺手牵羊。热天女人们去赶集，有时就从路边的庄稼地里蹿出人来，抢去钱和戴的首饰。好几个八九十岁的老人很纳闷地议论说，就是过去打仗的时候（战争年代），也没有这样乱哪。

记得大约是1995年或是1996年，各级都提出一个响亮的口号，叫"三年实现社会治安的根本好转"，时间过去了好多个三年，这类口号再也没人敢提了，社会秩序不但没有根本好转，反而越来越糟糕。嗨！想起来真叫人如坠云里雾中，这到底是什么回事呢？史书记载说封建社会时的"文景之治""贞观之治"，还有"开元盛世"，都门不闭户，路不拾遗，是真是假啊？

令人欣慰的是，自全面实施防盗系统工程以来，我再没有在这方面出过问题。所以想想廊坊之失，不过是交了点学费，吃一堑增百智。这次的失败和错误使我更加聪明起来了，避免了可能会出现的更大的损失。正所谓塞翁失马，焉知祸福。所以，您说我的钱被偷得值不值？不管您是怎么看，反正我是觉得：值，太值了！

嘘！在此声明一点，如果不爱看书看报的老婆不小心看了本文，或是哪个喜欢饶舌之男女向其揭发了本人隐匿真相的罪行，尚请老婆高抬贵手，不要旧事重提，揪住不放。因为一是责任追究的时效已过，二是女人们应该明白，谎言有时是善意的，特别是老公的谎言，更是善意盎然啊。

说到最后，细心的看官或许发现，本人廊坊被盗的关窍依然是一个迷团。因此，不论是梁上的君子淑女，还是防盗的高人，务请不吝赐教。单纯文字的亦可，图文并茂的更佳。本人 e-mail：zhongguolaozhang@126.com，QQ 号码 17817817178。

在此声明：如坦诚相教，本人不胜感激，凡使我彻然解迷者，君子楼雅座请吃烧烤一顿，扎啤管够，决不食言。

但请注意，非诚勿扰。谢谢啊！

2009 年 1 月 8 日

赶 海

我对门的同事老李，在黄河边长大。他有一个爱好，叫我很是眼热，那就是打鱼摸虾。他的车库里，有很多与此相关的家伙什儿，像鱼网啊，皮裤啊，盛鱼装虾的大盆小桶啊，等等。他常在车库里补鱼网。而每到这时，这个楼里不再上班了的几个男人，就凑到他的车库里去闲坐。大家伙儿一边聊，一边你一支我一支地相互敬烟。小车库烟雾腾腾，尼古丁掺杂着鱼虾的腥味，还有热热闹闹的聊天声，一齐从车库里飘散出来，成为我们这座楼房的一道独特的风景。

看到老李织补渔网，我就条件反射似地唱起"渔家姑娘在海边，织呀嘛织渔网"的电影插曲，到他的车库坐一会儿。我最喜欢听的，是他讲赶海的事。老李见我每到说起这事，就眼巴巴地问个不休，就很爽快地说："老兄，你也喜欢赶海？那还不好办，抽空拉你去一趟，叫你过过瘾！"

说说容易，其实并不好办。赶海，得同时具备以下条件：一是天气要好，不能太冷，更不能有大风大浪。二是潮汐涨落的时间必须合适，得趁落潮的时候去才行，而这个时间每天都有变化。三是要有交通工具进滩出滩。四是还要同承包海滩的人说好，得到他们的允许。再说了，事到临头时，万一事先约好的人谁有急事不能去，这事就又会泡了汤。

所以，这事从老李答应起，一晃就过了一两年。

在这一两年里，世界涛声依旧，唯一不同的，是我的胃挨了一刀，身体大不如前，去赶海就变得更不容易了。谁知就在我以为再也没有机会去领略赶海的乐趣时，却来了一回梦想成真。

去年初秋的一个下午，老李忽然问我，老兄明天有空吗，有空咱们就去赶海挖蛤蜊去！我很是高兴，忙不迭地连说有空有空，天天没事，正闲得难受。

我问都需要做什么准备,他说进了海滩只能站着,我们习惯了,不要紧,就怕你受不了,所以带上我的皮裤给你用,累了你就坐到地上歇着。其他的嘛,就是带瓶水,别渴着。咱们待的时间别长了,12点之前就回家吃饭。

我差不多每天夜里都做一到几个好梦(当然有时也事与愿违)。这天夜里一下子做了好多个梦,没梦到摸蛤蜊,倒老是梦到摸鱼,有一个梦中还抓住了好几条大鱼。哈,真是个好兆头,梦到鱼就是好梦,捉住大鱼更是大好之梦。看来这次一定大有收获。都说欲壑难填,一点不错。头天晚上,我本来只准备了两个塑料袋盛战利品的,可是做了好梦了,早上起来便又找上一只很大的塑料桶。又一想,好不容易去一回,得照相留念,以后也好显摆一番,咱也算是下过海的人了,于是又往小包里塞上数码相机。

同去赶海的,还有我们单位退休了的邵先生。吃过早饭,我们便坐上老李的雪铁龙,出城向东,直奔海边而去。车行大约25公里,赶到了防潮大堤,沿大堤上的柏油路再往北走5公里,就到了我们下堤进滩的路口。

脚底下,就是黄河入海口特有的渤海滩涂。不了解黄河造陆威力的人,或许不会相信,脚下这片土地,问世还不及百年。母亲河源源不断地搬运来千万里外的黄沙,进行着填海造陆的伟大工程。而这个工程,形成了全世界坡降最小的海岸,几十里滩涂伸展入海,一到涨潮,大堤外就是汹涌的海水,而一到落潮,则露出平整细软的黄泥,灰蓝色海面就退缩到远远的天边。

从堤上朝东北方向远望,能看到停泊在水面上巨大的海轮。老李说,那是黄河故道,水深,所以能停大船。

等了一会儿,就看到沿着大堤从东北方向慢慢赶过来了好多辆驴车。老李说,这都是赶海的人,老家全是寿光的,是他的老乡。果然,赶驴车过来的人,有好几个都热情地同老李打招呼。驴车上有的坐一人,有的坐两人,都装有鱼网和成捆的木杆,还有汽车的内胎。因每车只能捎带一两人,所以我们分乘两辆驴车进滩。

邵先生和我坐的车,主人记得是姓王,50岁上下的年纪,戴一副眼镜,斯斯文文的样子。如果是在城中相遇,没准我会以为他是一个教师。同车的妇女，年龄相仿，应该是他的妻子。

　　王师傅赶着车下了大堤，进入浅浅的海水里。他告诉我，海水已经开始退潮。车下的路很平，也很坚硬。走出去一两公里之后，就见路的两边，每隔几十米就有一根插到泥中的木棍，有的还系着红布。我猜测这是驴车进出海滩的一条主道，两边的标志物，应是防止涨潮时走错路的记号。一问王师傅，果不其然。虽然海滩的坡度很小，但还是能感觉到越往里走水越深。驴蹄不停地起落，溅起很有节奏的水声。我知道洗海水澡的人洗后都要用淡水冲洗，就问王师傅："你们收工回家后，是不是还得给毛驴洗洗腿上的海水啊？"

　　老两口都笑起来。

　　从他们的笑声里，我知道了辛苦的毛驴子是不可能享受到我所说的待遇的。

　　我们的话多起来。从聊天中，我知道了他们每家承包着500米的海滩，都插上拦鱼虾的渔网。涨潮时，鱼虾就从留下的空处游进来，而落潮时，有的鱼虾却被网拦了下来，成为他们的收获。每天都有商贩们来收货，运往城中或是外地。赶海这活，往往要靠运气，运气特好时，有的人家三两天就能赚个一两万，但这种运气好几年也未必碰上一回，而运气差的，好几个月下来也没有多少收入。涨潮时如果遇上特大的东北风，还会损坏鱼网，造成不小的损失。他们都住在离刚才上车处两三公里以外的地方，住的是简陋的房子，一到夏天夜里，遍地是嗡嗡叫的蚊子和"小咬"，人都不敢出屋。平时就待在这里，只有需要称盐打油买日用品了，才得以进趟城。到了11月份，天凉了，就回老家过冬，元宵节后再回来。

　　车行了大约两公里，王师傅告诉我，到了挖蛤蜊最合适的地方了，再往里走，水深了，蛤蜊反而少。我们都跳下来，目送他们又赶着驴车朝水深处走去。目光所及，一两公里之外，有着清晰可见的鱼网，水看上去也更蓝更深，那就是他们辛苦劳作的地方。

　　坐在后一辆车上的老李，老远就呼喊起来："到地头了，下手吧！"

　　于是，我们就开始"下手"。

海水深不及膝，摸上去温温的，柔柔的，给人很亲和的感觉。我用老李给的小铁铲，在水下的泥中挖来挖去，没等我摸到那小东西，就听邵先生在不远处叫起来："哈，我有了！"我循声望去，只见他高高地举起右手挥动，同时双脚还在不停地交替踩踏着地面，样子很像跳一种最原始的踢踏舞。

都说"踩"蛤蜊，原来就是这个样子啊。我也学着他的样子扭来扭去地踩起来。不停地踩下去，原来感觉有些硬的泥底忽然变得稀软了，虽然穿着皮裤，我还是感觉到有硬硬的小东西硌着了鞋底，我伸手摸下去，哈，一个蛤蜊，摸出来一看，还是只毛蛤！

"我也有了！"我大叫起来。他们看我兴奋的样子，都笑起来。

踩呀踩，不一会便感觉浑身燥热起来，于是便小心地坐到泥水里。幸亏老李考虑周到，准备了这条皮裤，要不然累了站不能站，坐不能坐，还真是个麻烦事儿呢。

潮水完全退下去了。

海滩上，黄色的泥层和留在浅洼处的海水交错着，老远望去，呈鱼鳞状，在太阳的照射下闪闪发光。脚底下，数不清的豆大的、枣大的小螃蟹，都从它们的小窝里爬出来，在薄薄的泥水里横行。或许是它们，逗引得半天空里若干不知名的海鸟不停地起起落落。海滩变得热闹起来。

坐到泥里，身上顿时感觉舒服了不少。我开始用手摸。身下是一片很松软的泥沙面，在两三公分的泥层之下，竟然有着厚厚一层蛤蜊，密密地挤到一起。伸开五指抓呀抓，一把竟会抓到掌心里五六个。我一把接一把地将它们投到桶里，塑料桶接连不停地发出欢快动听的叮当声。很快，桶底有了厚厚的一层，蛤蜊丢进去，就变成了噗噗声。

"有的地方多，有的地方少，得换地方！"远处的老李高声提醒我们。接着他又告诉我们，这是一片人工种植又采收过的海滩。因为面积太大，采收又是用机械，所以就会剩下若干小片采收不到，凡是这样的地方，蛤蜊就很丰厚。

沐浴着阳光，亲近着海水和海风，我突然间明白了为什么黄河入海口这里的海滩盛产蛤类。原来，这个非常平缓的海滩，就是一个面积巨大的"床"，海水一旦退去，阳光就直接照射到地面上，使它迅速升温，变作了"温床"，潮水每日的光顾，带来了充足的养分，最上边那柔软的泥层，使这些小动物靠着它的软足也能够钻下去寻找最合适的小窝，还可躲避天敌。什么叫得天独厚？对于蛤类而言，这不就是最为典型的得天独厚吗！俗话说，一方水土养一方人，一方水土又何尝不养活一方小生灵呢！

我为自己的发现很是高兴，就凭这一所得，也算不虚此行了。

我们收获的速度越来越快。有的地片蛤蜊很厚，我就摸到手里，用水冲去淤泥，然后丢到一块，堆得足够多了，再起身将桶提过来，一捧一捧地朝桶里收。不知不觉间，我的水桶装满了，两个塑料袋也装满了。而邵先生和老李，好像挖得比我还多。远远地，我看到老李在用力地拖着编织袋朝前走。

看来三人都是凡夫俗子，沉浸在丰收的喜悦中，不经意间，看到捞海的人赶着驴车从远处赶过来，才发现时间已过了12点。我不但忘记了疲劳，连照相一事，也早已丢至了脑后。

回到家，已是下午1点。摸来的蛤蜊，就放在车库里，如何处理这些果实，就是妻子的事儿了。

到了第二天晚上，几个朋友到我家打扑克，都高兴地对我说，你摸的蛤蜊真好吃，真鲜，从来没吃过这么鲜的蛤蜊！听了这话，我心中得意了好几天呢。

赶海的事，已过去了很长时间，不知为什么，想起这事，我脑子里就浮起赶驴车的王师傅夫妻俩的样子。像他们下海去捞生活的人们，天天进滩出滩，不知最大的感触是什么，也不知他们还有无新鲜感，是否也和我一样，觉得赶海有闲情逸趣可言。

想起来，我就很遗憾当时没有问问他们。但是，话又说回来了，要是他们突然冒出一句："我们哪有你们吃着公家饭、领着退休金，旱涝保收的好心情啊！"那岂不是尴尬异常地大煞风景？所以，说出"难得糊涂"的七品官郑板桥，才真是个聪明人呢。

人要是什么事儿都过于认真了，生活的情趣就会大打折扣的。

2011年2月20日

第四辑

醉中梦中的吟唱

多么想看清楚遭遇的一切,但我无法摘掉眼前的墨色眼镜。它像紧箍帽一般嵌入骨肉,捆绑灵魂。所以清醒的时候,一定是在酩酊大醉之后,或是在恍恍惚惚的梦中。

黄 须 菜

黄须菜，在其他很多地方可能是一种鲜为人知的东西，但在我们黄河三角洲一带，其实就是一种普通得无法再普通的野菜。

在这里，更多的人把黄须菜叫作皇席菜。顾名思义，它是皇家宴席上的美味佳肴，换句话说，它完全有资格摆上皇席的台面。

这里面有个传说。当年唐太宗御驾亲征高丽，曾驻扎于这里。东营地名的由来，就是那段往事历经千载沧桑后刻下的印痕，而有个称为马跑泉的名胜古迹，据说就是李世民的战马一蹄子踏出来的。不知是什么原因，李皇上遇到了困难，军粮尽绝，将士饥寒交迫，形势十分危急，幸好有黄须菜充饥，大军方转危为安。后来东征胜利，他在长安设宴庆功，一下子想起黄须菜的功劳，就令驿马飞传圣旨，将黄须菜调来摆上宴席，与百官齐享，并当场赐名"皇席菜"。

"一骑红尘妃子笑，无人知是荔枝来"，杜牧诗句中，从岭南不远万里为杨贵妃飞送荔枝的故事，说不定就是唐玄宗受到他曾祖善用驿马的启发，与杨玉环演绎出来的浪漫情节呢。

但传说归传说，李氏皇上是否真的吃过黄须菜，不会有人去考证，李唐之前或之后，其他皇上是否吃过黄须菜，更是不得而知。再以后，很多大人物都来过这一带巡视，他们是不是吃过这种野菜，真实情况也未有人披露。但是，不管他是皇亲国戚、达官贵人，还是平头百姓，要是一生没吃过黄须菜的话，毕竟是一种不大不小的遗憾。因为这种菜，毕竟不是任何地方都能生长出来的。在中国960万平方公里的大地上，能有幸长出黄须菜吃到黄须菜的地方，似乎不是很多。有资料介绍，黄须菜只能生长于盐碱地和海边沙地。即使是在海边，如果是岩石海岸，也是很难长出黄须菜的。比如山东的青岛、威海、烟台、日照等地，这种野菜就很稀罕。

我绝对没有忽悠您的意思。若干年前，我的朋友老张，在一个靠近海边的乡镇任党委书记。有一次他去青岛办事，带去的礼品就是冷冻了的黄须菜。他对那里的友人大谈"皇席菜"的营养价值，大谈它的珍贵难得，大谈因上面的领导不断索要"皇席菜"而使自己疲于应付的窘境。友人听了很是高兴，忙不迭地感谢。其实，这纯是说着玩的笑话，其夸张之处显而易见。本该是说者姑且说之，听者姑且听之，当不得真的。所以说过之后，他就将此事忘得一干二净。谁知过了两个多月，青岛的友人回访，张书记在镇上设宴款待。酒至半酣，服务员端上一大盘凉拌黄须菜。带队来的客人高兴得鼓掌欢呼起来："啊，美妙的皇席菜啊！我又见到你了！"说完，不顾仪态地连忙夹起一筷子送下口去，连说好吃。老张尚未开口，当"副陪"的副乡长，不知内里原由，一听大城市来的客人竟夸奖这东西，简直是受宠若惊，就抢先答话："您爱吃这个啊，那太好办了，临走时给您装上一麻袋！"客人忙说，使不得使不得，这么贵重的东西，怎好意思？副乡长答："哪里，我们这里都用它来喂猪，到处都是！"看着客人疑惑的目光，老张窘迫难当，飞快地转动脑子，并且急得两手胡乱比画："嗯！情况是这样的！由于黄须菜的食用和药用价值都太高了，北京国家医药科学院（哪有这个单位哟）在这里重点投资，和20多个国家的科学家联合开展优良家畜培育，所以这里的黄须菜用来实验喂养优质家猪，专供高档酒楼宴会使用呢！"话说到这份上，大家都扑哧一笑，尴尬就这样遮挡了过去。事后，"主陪"说了去青岛时留下的伏笔，笑着埋怨"副陪"话多，"副陪"笑得前仰后合。再以后，黄须菜不但可以喂猪，还可以用来招待贵客，成了我们这里的笑话，说了好些年。

其实，黄须菜用来喂猪并非虚言。但即便是用来喂猪，也并没有否定了东营人对它的钟爱。我曾经想过，如果是评选市花，东营的市花应是柽柳（紫荆条），如是评选市级野菜的话，就非黄须菜莫属了。

钟爱源自于感恩。

几百年来的黄河三角洲一带，像中国北方其他地方一样，十年九旱，灾害频仍，填不饱肚子比填饱肚子的时候多得多，所以黄须菜成了这里度荒救命的宝贝。遇上灾荒，大家在春天采下它的嫩芽，在秋天打下它的种子，和粮食掺起来蒸作窝头。如是大歉之年，就无粮可掺，完全靠它活命。当然，除了人吃，还可以用来喂养动物。用它喂的家畜家禽，肉蛋味道鲜美，营养丰富，是不折不扣的绿色环保食品，绝对不像现在随处可见的名不副实的冒牌货。最难忘的是1959年到1961年，在那场饿死几千万人的大饥荒中，东营一带虽然也饿死了很多人，但毕竟没有像其他地方那样，出现饿殍遍野死尸都没人去抬的悲惨景象。究其原因，黄须菜功莫大焉！老实巴交的东营人，文化底蕴貌似低了点，但大家却懂得感恩，就是再过去50年，甚至再过去100年，就是富得渴了不喝水光喝香油的时候，也是不会忘记黄须菜的。

今日对黄须菜的钟爱，又渗透着追求健康和环保的时尚元素。

环境的日趋恶化，食品的普遍污染，已成了连官方也不得不承认的事实。作为百姓热议的话题，它频频出现在新闻节目中，并以此显示当下的社会是多么关心民计民生，敢于揭露存在的问题，绝不讳疾忌医。但老祖宗说得好，"民可使由之，不可使知之"，对于草头百姓们只需吆喝着他们干这干那，尽量别叫他们知道事情太多，以免难以控制。像环境污染这类信息刺激大脑多了，人们就会更加重对罹病甚至死亡的恐惧。如果不但解决不了，甚至是每况愈下，就会愈加恐惧。可惜越来越多的人对有些事情已经"知之"，所以不论尊卑贫富，已开始珍惜来之不易的生命，希望多活几年，晚死几载，日里夜间，除了追名逐利之外，就是绞尽脑汁琢磨着如何健康长寿。

在这场人与环境的大博弈之中，地域优势决定了黄须菜在我们这里会更多地摆上餐桌，决定了越来越多的人加入了到野外挖黄须菜的队伍之中。

挖黄须菜，最适宜的季节是在春天和初夏。那绝对是一种集旅游、休闲、健身于一体的活动，惬意得不能再惬意，阳光得不能再阳光了。如果没有亲身的体验，即使大笔如椽，也是难以写出它的诸多妙处来的。

晚秋来了。黄须菜为了繁衍生息而结下种子，枝叶也已枯萎。它们伫立在泛满盐碱的田野里，静静地等待着人们使用一个叫扇镰的工具，将自己和其他的野草打下来，推车装担运回家去用作烧柴。我小时候就烧过它们，还清楚地记得它们在化作光和热时发出的噼噼叭叭的声响。那是它们将自己的生命最后奉献于人类时唱的歌。如打草的人没有发现它们，它们就等待人们来捋下种子，背回家去喂猪养鸡。在无人光顾的地方，它们就大声呼唤着风和雨，在风的摇曳下，在雨的冲刷下，将饱满的种子摇落在地上，钻入泥土中，期待来年的惊雷和春雨。

  现在的秋天，已没有人去打柴草，也很少人有去扫黄须菜种子了。人们到野外，是"赏秋"，是去体味秋日原野的别样风情。晚秋是黄河三角洲最美的季节，也是黄须菜最美的时候。整个大平原黄白红相间，色彩斑斓。黄的，是叫得出或是叫不出名的野草，是熟透了的芦苇，是已经变黄但似落未落的树叶；白的，是那随风摇曳的苇穗，大海浪花般摆动在蓝天下；红的，高的是柽柳，矮的就是黄须菜。红是这里晚秋的基调。遍野的红，满眼的红，红得热烈，红得亮丽，红得沁人心脾，红得撩人思绪。像无尽的野火在燃烧，像无数的生灵在跳跃。在这幅恢宏无比的泼彩画里，走到生命尽头的黄须菜不以猥琐低矮之身而自卑，而是用乐观豁达的性情，为壮丽的秋景涂抹上最浓郁最厚重的一笔。

  这就是黄须菜，就是最平凡的黄须菜。

  才华横溢的作家们，用青松、白杨、红柳、蜜蜂、红烛、雄鹰、骏马等作比喻，赞美劳作在不同岗位上的人们。那么，黄须菜像哪些离我们或远或近，为我们或熟悉或陌生的人群呢？为这个简单的比喻，我想过一回又一回。但是，实在是叫人遗憾。没有答案，真的没有。任凭我努力开拓自己想象的张力，我最终还是归于失望。就像是随着城市的不断扩大，黄须菜离我们越来越远一样，在物欲横流、道德崩盘的时代，还有哪一个阶层、哪一个组织、哪一个团体、哪一个人群、哪一种职业，配得上用黄须菜来比拟呢？

  尽管如此，我还是写下这篇显露出笔的笨拙和心的火热的短文，来为黄须菜唱一曲赞美的歌。我歌颂的，就是那些没有灵魂、没有思想，一年一度自生自灭于盐碱滩上的小名叫做黄须菜的植物。

  它其实是一种草，一种野草，一种吃起来味道蛮不错而且很有营养的野草。

  是的，它的学名就叫碱蓬草。

2010年6月21日

斜风细雨不须归

一看题目,许多人便可明白:啊,是说钓鱼!

一点没错,是钓鱼。

"西塞山前白鹭飞,桃花流水鳜鱼肥。青箬笠,绿蓑衣,斜风细雨不须归。"这首词词牌名叫《渔歌子》,作者是唐朝的张志和。据说他是汉朝名臣张良后裔,唐肃宗时,曾待诏翰林,大约是六品,官不算很大,但也不是很小(现在想混到这份上,还不知怎么费劲折腾呢),后来因事被贬,做了个级别更低的南浦蔚。赦还之后,他就同仕途永远说拜拜,过起了隐居生活,自号"烟波钓徒","浮家泛宅(以船为家)",沿洄太湖一带的苕溪、霅溪,悠哉游悠,来往于风波之际,出没于枫叶荻花之间,青笠绿蓑,乘流垂钓。

词是张志和用来答复兄长张松龄的。老大哥官瘾大,认为世上万般事,就数做官好,而老弟整天钓鱼捉蟹,忒不务正业,于是就写了首词,劝老弟重作冯妇。词曰:"乐在中波钓是闲,草堂枯桧已胜攀。太湖水,洞庭山,狂风浪起且须还!"但张志和对兄长回答的却是"不须归":不想回去,没必要回去,回去干什么呢,没意思。委婉中又透着执拗和坚定。

张志和的诗、词和画都很有名。据颜真卿为其书写的碑文中所记,张志和著书十二卷,凡三万言,号《玄真子》。估计未收入十二卷中的作品自是更多。其实,仅凭《渔歌子》这27字,甚至只凭"斜风细雨不须归"这一句,就足以奠定他在中国文学史上千古不朽的地位了。文学这玩意儿,它从来都不是靠数字取胜的。

不想做官而只想钓鱼,按时下的流行用语,张志和可以称为钓鱼的"发烧友"。但钓鱼即使都到了"发烧"的程度,其格调也大有不同。我不揣浅陋地加以分类,钓鱼发烧友们,大约分为雅钓、清钓、俗钓与滥钓几种。

雅钓，顾名思义，就是优雅之钓，或幽雅之钓。钓翁之意不在鱼，既不是为了获取美味，更不是以猎获物换取铜钱，而是将心思闲掷于山水之间。他们莅临水边，是为了陶冶性情，实现与大自然的心灵沟通。用现在的话说，是为了调整节奏，放松心情，多吸入些负氧离子，用以塑造健康之身。这大约属于养生保健层面，进而可以上升到精神追求的境界。雅钓者流，其实里头多有名利之徒甚至龌龊之辈。他们放松也好，调整也好，是为了休养生息，以利在官场、商场或是情场上的再战。这些人，有些委屈了那个"雅"字，不过人家毕竟不是为鱼而渔，也就不必过于苛刻，姑且勉强界定为附庸风雅者吧。

我们老张家的前人志和老先生，以"雅钓"归属之，似乎并不甚贴切。这是因为他的志趣追求，不但不在鱼，甚至也不在山水之间。他虽浪迹于湖山，但无非是凭借山水空间，暂存一下自己的"皮囊"。说到底，聊寄心志，消磨人生，逃避世间难以躲得掉的险恶与肮脏，才是他最根本的目的。很明显，这是魏晋时期风流名士颖悟、旷达、真率风度几百年后的遗风再现。所以，当陆羽、裴休问张志和同何人往来时，张答称："太虚（宇宙）作室而共居，夜月为灯以同照。与四海诸公未尝离别，何有往来？"

所以，张志和的钓鱼，是最高境界的"清钓"。在张志和生活和工作的大唐时，有此风流韵致而可称之为清钓者，已是凤毛麟角了。

为吃鱼而渔的人，为俗钓。现在的丰衣足食者，为获取美味而临水边的大有人在，且日见其多。钓鱼时，经常可以听到问答双方关于所获之鱼够吃几餐，或是先前所获之物如何烹调，味道怎样的话题。有的钓者干脆早做野炊准备，带了炊具、调料和美酒，就在水边烹调享用起来。真要是未被污染的好鱼，烹调又得法，确实味极可口。飘过来的阵阵香气，使人垂涎欲滴，觉得那进食者，忽然风流起来，雅致起来，哪有什么俗气可言。鼻子里吸着那香气，脑子里会忽然领悟到先人们以"鱼"和"羊"造出一个"鲜"字来，是多么的高明。仅凭这一个"鲜"字，我就坚决反对中国以拼音文字替代汉字，态度至死不变。

滥钓者，为获鱼而不惜采用任何手段，不论成鱼和鱼苗统统放入网中，带回家里填入血盆之口。而且，有不少钓鱼人不讲卫生，将垂钓中产生的各类垃圾随手抛掷，毫不珍惜来之不易的垂钓环境。每次外出垂钓，几乎都会遇上这样的人物，使人很倒胃口，使本该愉悦的心情大打折扣。

除了以上分类外，还有一种"赛钓"，就是钓鱼比赛。钓鱼比赛，海外海内都常见，官方民间的都有。赛钓有名次，有奖品，大的比赛还会上报刊和电视。给我印象最深的，是多年前在《中国钓鱼》杂志上看到的一次比赛。比赛在北京一个名湖举行，第一名的奖品是一台大彩电。当时大彩电，其社会价值大约相当于现在的中档轿车。但奇怪得很，那天就是不上鱼，到了中午，大家都是空杆。这时有位女士忽然想起开始试竿时曾钓起了一条小虾米般的鱼儿，因太小，就随手扔到了身后的草丛里。经过细心寻找，她终于找到了它，然后用纤纤两指，捻着这条虾米鱼到了计分台，就理所当然地获得了第一名，居然真的抱走了那台大彩电！这件事，我想起来就想笑，不论说给谁听了，也都觉得好笑。

还有几种垂钓，难以归类。

姜太公直钩钓鱼，老幼皆知。他老人家"八十西来钓渭滨"，"广张三千六百钓，风期暗与文王亲"，所钓之物不是鱼虾，而是君王。东汉中兴之主刘秀的同班同学严子陵，一人跑到富春江上披蓑垂丝，后人也有说他高雅不俗的，也有说他自标清高，故意作秀的，不一而足。诸葛亮钓鱼三日不离水边，终于想出妙计奇谋"安居平五路"，留下了军事与政治上的佳话。他其实不是钓鱼，而是坐在那儿静思妙计。可能鱼儿咬钩了，都得旁边的人提醒才能发现呢。李太白被唐玄宗赐金还山之后，牢骚满腹，"散发弄扁舟"，也是钓翁之意既不在鱼，也不在山水之间。"闲来垂钓碧溪上"的诗仙，实际上是为了"忽复乘舟梦日边"，再去续他的"攀龙九天上，别忝岁星臣"的政治之梦的。以上的钓者，应该叫什么"钓"呢，我真的想不出来，总不能叫政治性垂钓吧？说到这里，又想起初中学过的一篇课文，说贺龙老总在长征途中常常挤出时间钓鱼，但他既不是为了呼吸新鲜空气，也顾不上陶冶情操，他是为了果腹活命以图革命大计。但是，这也总不能叫作革命垂钓吧？

模糊了以上所有的区别，可以说古往今来，垂钓应该是最大众化的一项户外活动，参与者既不分年龄、性别，也不论阶层、身份。皇上老儿爱钓鱼，我知道的有隋炀帝、金代章宗完颜璟、明代朱元璋和清代乾隆等，不知道的肯定更多。现在的钓鱼台国宾馆，就是完颜璟曾经垂钓的忘海楼。海外国家元首中，爱钓鱼者更是多不胜数，有发烧太甚的，甚至痴迷到为得一快而几废国事的程度。也是《中国钓鱼》杂志载，澳大利亚一位总理到美国进行国事访问，得到美国总统所赠精美鱼竿后爱不释手，凌晨即起便直奔池边，早饭也顾不上吃，直钓到马上要开谈国事，经工作人员一再催促，才恋恋不舍地离开。至于社会底层的平民百姓，三教九流，贩夫走卒，爱好此道者自是比数更大了。

垂钓为什么会吸引众人？除了可以从社会、养生、文学的角度寻找原因外，又有人从物理学、心理学的角度进行过分析。他们得出结论说，这是一种"黑箱效应"。因为不论是从空间上还是时间上，你很难准确地预见下一步会出现什么结果。我觉得很有道理。就好像足球比赛，又像是抽奖、赌博。钓鱼的人都有一个共同的体会，往往舍不得离开水边，总觉得马上就有大鱼来咬钩。这个圈里有句行话：跑了的鱼才是大的。道理就在这里。

去水边次数多了，时间长了，我还有一重大发现，在林林总总的社会活动中，钓鱼的人群，在人际交往中应是最单纯的一类，换言之，这恐怕是当代社会唯一一块少被权力和金钱熏染玷污的净土了。除了官方或半官方组织的垂钓活动外，手持鱼竿者，是不论职位高下和钱财多寡的。这里讲究先来后到，讲究互相帮助，讲究虚心求教和真诚传授，讲究共同分享快乐。这里绝少争吵，绝少小心眼，绝少虚话、假话、空话、大话、官话和屁话。在官场中钩心斗角久了，在商场中尔虞我诈累了，在情场中虚情假意倦了，大有必要来水边洗涤一番蒙垢纳污的灵魂。交往次数多了，认识时间长了，自然成了朋友。这类朋友叫钓友。钓友之间极少产生互相利用的企图，在相互关心中，在相互切磋中，在相互谈笑中，你会最大限度地享受到最真诚的快乐。垂钓能延年益寿，最根本之因素，恰在于斯也！

我自小爱钓鱼。少年时拿细针去煤油灯上将尖烧红了，弯上小钩，穿到粗粗的麻线上，去村前的阳河垂钓。不知是不是那时的鱼儿傻还是别的什么的缘故，竟也会钓得到。1986年脱产上了两年党校，同学中有钓鱼发烧友，一下勾起了我尘封多年的兴趣，自此一发而不可收。20世纪90年代初期，我在一个乡镇干镇长和书记，按说正是仕途上叫劲的时候，很不该玩物丧志，但差不多每星期我总是挤出一天，骑上自行车（以后是摩托）到河边去。后来，有位朋友好心地提醒我说，你爱钓鱼已在县里产生了负面的影响，再不注意，会耽搁前程的。我信以为然，但升迁的欲望却总是抵不过钓鱼的瘾头，只好将行踪埋头缩尾，早去晚归地隐蔽起来。以后，工作岗位几变，钓鱼一直伴随我的行程。总结起来，我是雅钓和俗钓皆而有之或曰兼而有之，但远未达到清钓的境界，也未有过滥钓，亦未参加过任何的钓鱼比赛。

写这篇短文，我倏地怅然若失。爱好垂钓大半生了，除了有一年去黑龙江的五大连池外，我的垂钓活动范围方圆不过百里，绝对可称作足不出户的发烧友。我忽然产生了一种冲动，要去西塞山下好好地过一回垂钓之瘾。要不然我会遗憾终生，甚至会死不瞑目的！

西塞山的所在，历来有两类说法：一说在湖北的大冶县，一说在浙江的吴兴（现湖州）。我看以"吴兴"之说更为可信。如有条件，我两地都去，实在有困难，我一定要去湖州。我查了，从我住的东营到杭州的火车恰好经过湖州，而从上海或杭州，去湖州也不过半日路程。西塞山，距湖州不过20余里。苕溪、霅溪还在，西苕溪中的大礁石"石堂子"还在，吴兴西门外张钓鱼湾即张志和钓游处也在。去时，我要选个春江水涨的节令，最好是烟雨迷蒙的一日，伴着雨中青山、江上渔舟、天空白鹭、两岸桃红，先放歌一曲《渔歌子》（我自己给它谱曲），登临追怀先人的足迹，再垂一枚钓钩，细细体味他青箬笠，绿蓑衣，斜风细雨不须归的情怀。若真的有鳜鱼上钩，就去近处的饭馆烹了，提上好酒，再返回溪边与他老人家共享。

可惜我不会驾唐朝那时就有的"舴艋舟"，自然达不到"能纵棹"，"惯乘流"，自如往来于长江白浪之上的水平。更叫人担心的是，不知太湖水水质现下究竟如何，名贵的鳜鱼是否也已污染，届时，可不要大煞了风景啊！

2007年11月28日

我的公司

我经营着一家公司。

我公司的前身叫店,有时还叫门头房、门面房。从去年开始,我将店改称公司。若有人问我:"你在你的店里吗?"我就很认真,很庄重,并且放缓了速度,提高了声调地回答他:"No,No,我在我的公司里!"然后,我总忘不了再搭上一句:"Welcome(欢迎),请到我的公司里来啊!"在说这两句话的时候,我发音的重音符放在哪两个字上,你应该是能猜到的。

至于为何将店改称公司,这里头学问可就大了。

人就怕鬼迷心窍。新世纪之初,有可能是吴道子的鬼或是郑板桥的鬼,最可能是齐白石的鬼,缠住我不放,使我忽发奇想,要去北京拜师学艺,争取一不小心就学成与白石齐名的大师,好青史留名,光宗耀祖,也叫俺老张家的祖坟上冒起三丈青烟。可惜在我立马就要直奔天子脚下而去的时候,平素里很是健康的父母却轮着生起病来,原先身体倍棒吃饭武香的妻子也凑开了热闹。真是谋事在人,成事在天,看来老张家的祖坟就是那么个风水了,于是被破了黄粱梦的我,只好搂草打兔子,忙中偷闲,捎带着开起了画店:五宝斋。

我开店的目的有二:一是谈书论画,陶冶情操;二是买进卖出,赚点钞票。有道是两手都要抓,两手都要硬。在这具有五宝斋特色的十六字方针中,前八个字属于社会主义精神文明建设的范畴,说起来大家都无不同之见。但后八个字似乎沾些铜臭味,有的人提起来就免不了要羞羞答答、扭扭捏捏、吞吞吐吐、哼哼唧唧,其实他是心口两端,不像咱毫不避讳地说钱就是好东西。

我善良的哥们、姐妹们啊,请千万记住您老兄弟的话,谁要对你说钱不是好东西,你可一定要小心哦,你面对的十有八九是骗子、傻子、偷儿和强盗这四种人中的一类。碰到说这话的人,你可千万要提高革命警惕性啊。钱若不好，贪官污吏怎么会"发如韭，割复生"？钱若不好，小贼大盗怎么会"头如鸡，割复鸣"？钱若不好，国与国之间能为了本国货币与他国货币的升值贬值，斗得乌眼鸡似的？有人装高洁，装潇洒，装超脱，动不动就说钱是身外之物，生不带来死不带去。是，一点不错，可是没了这身外之物，身内之物的口唇舌喉胃、肝胆脾肺肾，还有小肠、大肠、直肠兄弟们，都嗷嗷待哺啊。这岂不是"身外之物不存，身内之物焉附"？还有同为身外之物的位子、房子、车子、小娘子（情人或是N奶）和儿子的工作等等从何而来？所以，实在人不装酸，就说"钱虽不是万能的，但没有钱更是万万不能的"。最近几天，见网上有一信息，全球各国国民拜金主义倾向的英雄座次已然排定，中华吾民荣登榜首，这真是叫人扬眉吐气，振奋不已，大可一扫鸦片战争以来民族自馁主义的霉气。排这个座次的机构还真是慧眼识英雄，将各国的主流文化意识都研究到了骨髓里。这也充分说明，咱想抓钞票的想法，反映了中国的时代潮流，体现了最新的国民意识，是真正的与时俱进。

想当初，画廊虽小但俺心中却是满腔豪情。什么满腔豪情呢？这就是满打满算，把五宝斋打造成弘扬当地文化的点、线、面工程：所居城市文化产业中的一个亮点，书画行业中一道亮丽的风景线，对外展示城市文明的一个窗口，好为这一方土地鎏金添彩。哈哈！到时候，媒介宣传，官方褒扬；朋友推介，客人夸奖；车水马龙，熙熙攘攘；日进斗金，铤铤镗镗，真是"好一派五宝风光，啊——啊——啊、啊、啊——啊——"（慢板）。不过，人无远虑，必有近忧，令人担心的事也有：一是生意好得天天晚上数钱累得腰酸胳膊疼怎么办？二是钱多得花不完发了霉、长了毛，人愁得长出"白发三千丈"了怎么办？告诉你，不用怕，办法总比困难多嘛！对付第一个困难，可以发扬一不怕苦、二不怕死的革命精神，加班加点连轴转，实在不行，就多请几个银行下了班的年轻姑娘，充其量就是多给她们点报酬嘛。第二个难题，也有办法，先在亲朋好友中分，直接分存折，谁要不拿就和谁急；再是捐给慈善事业，救助鳏寡孤独；最后实在花不完了，就学豫剧表演艺术家常香玉，她捐的是飞机，叫香玉号，咱就捐艘航母，叫五宝斋号，既填补了中国海军的空白，咱的画店也冲出亚洲，走向世界……不好，停停停！我原先就是想到这里叫停了的，可不要再往下驰骋想象力了，再往下想，就要讨小老婆了，若是叫老老婆知道了，怒从心头起，恶向胆边生，河东狮吼，领上俩闺女还有小外甥，把画店捣个稀巴烂，那咱岂不成了邓拓先生笔下"一个鸡蛋的家当"了？

我亲爱的人们啊，切莫人心不足蛇吞象啊！

可是人世间很多事情，总是如意算盘打起来噼噼啪啪，像是大珠小珠落玉盘，好听得很，但真的做起来却说不准是尿（suī）裆尿（niào）裤的。窃以为随着物质生活的丰富，中国人都由俗而雅，地不分南北，人不论老幼，一窝蜂般地琴棋书画起来。谁知全然不是那么回事，中国人腰包是鼓了点，但论起那薄薄的一张纸动不动就成千上万，绝大多数的人还是望洋兴叹的，何况它又不是衣食住行等马克思谓之的生活第一需要，即便一日三涨，倒吸着凉气还是得挨宰。

唉！不管效益怎样，咱这买卖可还是在做着呢，日复一日，月复一月。年终一结账，嘿，又是一年春草绿，依然十里杏花红，练了嗓子赚了吆喝还没赔上工资。这买卖做得，还行，还行！不过就是献爱心计划却只得缩水了，由航母而驱逐舰，由驱逐舰而鱼雷艇，由鱼雷艇而炮艇而舢舨而小划子而救生圈而……

您可能不知道，俺买卖行中有一句驴死不倒架的口头语，叫不管赚钱不赚钱，咱先赚个肚儿圆。不说别的，光说中午和晚上两餐，红星二锅头是不能缺了的。有酒，菜就不能将就。老婆大人一边往桌上端菜，一边学着马三立的语气表扬我："哟！辛苦你了，俺那二丫她爹呀，我说这钱没赚着吧，酒量你可真是见长了！"

我呷口热酒，斜她一眼："说你不懂经营之道，你还总是不承认，知道这叫嘛吗？这叫屡败屡战！再说了，好棋还不看一二三四五六七八头三十盘呢！"

唉！纯属如人饮水，冷暖自知啊。

到底吉人天相，柳暗花明。我一个老弟，很关心他大哥的生意状况，特地从外地请了一个"人物"到我店里运测周易之术。据说这是位大师级的人物，社会各界拥趸如云。大师倒背着手仔细看了我的店面，用毋庸置疑的口气说，你的经营之地有问题，决定了你财运不旺！我一听很是惶恐，忙问破解之法。大师眯着眼睛，慢吞吞地说这好办，立马给我开了单子：第一，北面的楼太高，气势太盛，可在门外安一太极镜驱凶避煞；第二，背后挂的书法横幅，走"背字"，主不吉利，立即换为兰竹或山水；第三，在座椅之后供一泰山石，这叫稳如泰山，背有靠山；第四，想发财而不供赵公元帅，这怎么行，马上供上；最后，务必设法聘请一个属牛的，最低处级最好厅级或其以上的在职干部做顾问，且必须要当年怀孕当年生下的牛——那是真牛，这样自然牛气冲天，想不发财都难……

　　大师就是大师啊！一席天上语，惊醒梦中人。我鸡啄米般连连点头。临出门时，大师忽然回身发问："你的经营之地，对别人怎么自称？"

　　"您是说我的店……"

　　"看看！看看！看看！问题就出在这里！从现在起，不要叫店了，要叫公司！"

　　看我一脸茫然，大师便开导于我：店是什么？店是殿，殿是最后，在最后，吃屎都赶不上热乎的，还能发财？喝西北风去吧！店是什么？店是佃，佃是租借，是佃户，扛长工的穷骨头，穷三辈子都停不住脚啊！店是什么？店是垫，是垫背、垫底、垫支、垫补、垫脚石、垫茅子（厕所）棒，有一丁点吉利意思吗！店是什么？店是踮，踮是抬起脚后跟，为何抬起脚后跟？姚明用得着抬起脚后跟吗？只有武大郎这样的才得抬起脚后跟。听说过武大郎吧？最多开个炊饼铺子，好不容易娶个老婆还成了人家西门庆的情人！店是什么？店是电，电可是稍纵即逝，欲留不能啊！总而言之，店是绝不可用的！而公司则大不同也，哈哈，公司，公司，过去是公私合营，公而忘私。现在呢？现在公私关系学诀窍安在？不用我给你都言明了吧？总而言之要记住：以后可千万不能叫店了，一定要叫公司，公司！

　　怪不得，怪不得，我汗下如雨，我豁然开朗，我醍醐灌顶，我茅塞顿开。

自此始，我将五宝斋画廊改称为"环球国际书画艺术有限责任公司"，而我的网站上，标准像下面的文字也改为：公司董事长、公司总经理兼购画部部长、售画部部长、接待部部长、保卫部部长、财务部部长、鉴定部部长、办公厅主任以及电脑技术员、电动自行车驾驶员、打字员、清洁工、烧水泡茶工，等等，集各种大权于一身，善搞一言堂，绝对一人说了算的张总近照。

　　关子卖完了，您也明白了。要想知道我改称公司之后状况如何，您就请到我的公司里来呀。谈不谈生意没关系，买卖不成仁义在嘛！

　　Welcome！ Welcome！我可是真诚地携着俺的环球国际公司热烈欢迎每一位朋友的大驾光临啊！

2010 年 3 月 22 日

与死神的第一次擦肩

我做过一次不算很小的手术。住院时和出院后，不止一次听到有的亲友语重心长地开导我：得了病，不要怕，调整心态很重要。一定要积极面对，保持乐观态度。

好心的他们或许没有意识到，他们在无意中向我透露了一个重要信息：来者不善，善者不来——你得的病，可不是啥好病啊。

拾钱抢倒在地，磕得鼻青脸肿，毋须调整心态；睡得正香，叫跳蚤咬个跟头，毋须调整心态；得了感冒打喷嚏流鼻涕，毋须调整心态；牙疼捂着腮帮子倒吸凉气，毋须调整心态；得了糖尿病、心脏病、高血压，这不敢吃那不敢干，毋须调整心态。甚至出了车祸丢掉了一条胳膊半条腿的，也用不着怎么调整心态——调整心态好像是个靶向词组，它唯一的指向，就是调整的对象必须具备身患绝症的资格，随时具有丢命的可能。

我得的是胃病，原以为里头长了个息肉一类的玩意儿，不过是胃病中的小把戏。手术前大夫轻描淡写地说："哈，小毛病，就像个阑尾手术，身体很快就恢复了，出院后该干嘛干嘛！"术后醒来，见大家都很高兴，我也就很高兴。妻子俯下身轻声对我说，到底是从大医院请来的专家，手术做得干净又漂亮，胃才切掉了六分之一呢。我听后调侃说，好不容易做回手术，才切那么一丁点啊？看起来，手术后最多十天半个月的，我就可以该吃肉吃肉，该喝酒喝酒，该干嘛干嘛了。

但那些时时提醒我调整心态的良言却引起了我的警觉：我到底得的是什么病，为何要调整心态？带着心中疑惑，回家后第二天我便上网搜索。网上的文字一目十行地跃入我的眼帘，使我的心猛地往下一沉，然后又一阵紧缩，头上如狠狠地挨了一闷棍，身体宛若赤裸裸掉进冰水之中，通体透凉。我清楚地记得，当时若木鸡一般，最少在电脑桌前呆坐了一个小时。

这时，我才恍然明白他人为何要我调整心态，也大约明白了调整心态的真正含义。原来需要调整心态的你，正站在生与死的十字路口，死神就伫立在你的不远处，阴险地坏笑着向你招手，约你同行。而这时，你不要失魂落魄，更不要惊慌失措，而是要视死如归，气定神闲，豁达乐观。你要面对死亡放声大笑，让阎王的宫殿在笑声中动摇，这样或可不战而屈人之兵，对死神战而胜之，达到保命延年的目的。换句通俗的话说，调整心态，也就是要树立阿Q精神，给他来一副死猪不怕开水烫的架势：不就是死吗？多大点儿事啊？吓唬谁啊？爱咋地咋地吧！

唉！这些豪言壮语大多是现在写文章时才想起来的，当时哪里有此胆壮。因为我很清楚，要将心态调整到视死如归的境界，并非易事。据我所知，除了信徒和政治犯，再加上实在活得难受，难受到真的生不如死的之外，人全都是贪生怕死的。而且怕死的程度，一般都与活的舒适程度成正比。秦始皇一统天下，富有四海，酒池肉林，美女如云，恨不得一天有十三个时辰享用美好生活，所以他是怕死的大哥大。汉武帝、李世民日子也很滋润，所以他俩也都想万寿无疆，派人到处寻仙问药，以求长生。这样的皇帝老儿，后来还有不少。但是，想长生不死，却不像他们在阳间搞独裁、耍特权那样为所欲为，在黑白无常两鬼面前，那真的是人人平等，阎王叫人三更死，谁敢留他到五更？后来的皇帝也有变聪明些的，知道生死由命，不可抗违，所以那些个得道升仙之事，就捣鼓得少了，抓紧时间，多快活一时是一时。地位很低下的，日子过得很不滋润的人，对死的恐惧就差得多。老子说民不畏死，奈何以死惧之。为何民不畏死？因为草头老百姓活得很不舒坦，活着和死了之间的落差要小得多，早完蛋晚完蛋也就无所谓了。时下的人们，因为工作或是生活的压力太大而轻生的，大有人在，因病重不堪折磨而寻死者也并不鲜见。英国一女士得了怪病，多年痛苦求死而不得，一次次状告政府，要求国家批准颁布安乐死的法律。再次败诉后，她泪流满面，绝望之情溢于言表。我在电视上看到了那个报道，对那位女士深感同情。前些年我本家的一位婶子得了癌症，因为穷，买不起止疼药，只能彻夜哀号。她的女儿跪在院子当中撕心裂肺地大声哭喊，祷告上苍："老天爷啊，我求求你老人家，快把俺娘叫走吧，别再让她受罪了！"

当然，也有生活中并无多大难处，却也活够了的人物。这样的人更叫人佩服。年轻时看《马克思传》，记得书上记述了马克思的二女儿和女婿，忘记叫什么名字了，同龄，都是革命家，活到72岁时，觉得年老力衰不能再为革命事业做贡献了，所以老两口同时服用安眠药安然离去。这种境界，世间难寻，令在死神面前露怯的我辈，汗颜得很。

我对于死的害怕，表现为以下情景：当发现自己或许会不久于人世时，脑中一片空白，心中一团乱麻，又如打翻了的五味瓶，要啥味有啥味地一齐泛将上来。当时诸多感受已然忘却，但有两样却记得牢固而鲜明。其一，忽然想起小时候几遭灭顶之灾的一次溺水，双脚乱蹬，两手乱扒，一心想抓住哪怕是一根轻轻的稻草，心中的恐怖不可言状。其二，眼前总是抑制不住地闪出临终前一个哭天抹泪的场景，好多心事总是交代不下，撕扯不断地揪着心肝。为人子为人夫为人父的责任未尽，亲朋好友间相濡以沫的友情未报，满脑子后半生的计划、打算刚要实施，转瞬间都要化作东流之水。呜呼，痛哉惜哉，人生自古谁不被死神领走？只遗憾可恶而又权重的死神，您老莅临我的门口，有点为时太早了吧！

上网查询是早饭后的事情。临近中午，担心老婆下班后发现异常，便强打精神做好饭菜，面对她关切的目光，强颜欢笑，装出饕餮模样。生命的年轮画了快60个圆圈了，面对眼前的碟儿碗儿，刚明白古人创造出"味同嚼蜡"这个词，是多么地贴切与睿智。饭后躺到床上小憩，满脑子乱云飞渡，再没了按时袭来的睡意。此时我又恍然大悟，为何很多人发现自己身患绝症后很快垮掉？正如俗话所说的，原来是被"吓死"的！很简单，精神垮了，吃不进饭睡不着觉，就是铁人，又能撑多久？想起以前自己对别人多次高谈阔论地谈起对疾病和死亡的认识，其实那是"少年不知愁滋味，为赋新词强说愁"。毛主席说得好，要想知道梨子的滋味，一定要亲口尝一尝。现在这枚又苦又涩的烂梨子终于被我"亲口"尝到嘴里了。实践出真知，真是颠扑不破的真理啊。

只可惜这时全没了研究哲学的兴致，从一脑子乱麻中扯出来的线头，全是怎么办、怎么办、怎么办？考虑再三，脑子里慢慢冷静了下来，以下念头从心底腾然而起：怎么着啊？你要做个意志薄弱者，做个孬种，做个熊包吗？你不是当过兵，不是剃过光头准备把命撂到战场上吗？从那时到现在，你不是已经赚了好几十年了吗？现在死神不是还没敲门，你不是还没开门吗？别说死神的传票还没到，就是来了，咱也不能痛痛快快签字画押，一枪不放地缴枪投降啊！没说的，咱总得和他拼个鱼死网破吧？再说了，交手之后，打个十年二十年的持久战，亦未不可。那时打累了，玩腻了，再和死神攀肩搂背，亲亲热热，共赴阴曹去见阎大伯又有何不可？

就这样，躺在床上，逼迫自己开始"调整心态"。调整的主题，不言而喻，就是消除对死亡的畏惧。所幸自己平日里有些对于生死的正确感悟，有些不怕死的精神储备，所以不长时间就翻箱倒柜地从脑子中搜罗出了以下几条：一、人总是要死的，不管是皇上还是草民，不管重于泰山或是轻于鸿毛，都要死。老人们说得没错，过上千遍铁门槛，最后也是一个土馒头。活几年、十几年、几十年和百十年，即便命如彭祖寿八百，对于无限的时空而言，并无二致，何况活得多了未必惬意。台湾有人写过一篇小说，说某人长生不死，交下的好友，每过一段时间就死去了，扔下他一人，没亲没友没知己，说起以前的事情，没一个人肯相信，孤苦伶仃，好不凄惨。二、命不长久，是对具有上等道德人格的盖棺论定。俗话说了，好人无长寿，祸害万万年。你看刘胡兰早死了，董存瑞早死了，雷锋早死了。孔繁森没人说不好吧，年纪不大也早死了。他死后，有好事者去问得道高僧，为什么这么好的人却死了？我佛沉默良久，答曰："那边也需要好人！"回答得何等禅意啊。三、与我差不多大的朋友中，已有不少先我而去，而且他们中有好几个都是在事业辉煌中的英年早逝。我比之于他们，已多活了若干岁数，死就死吧，有何惜哉。四、人世间总会是有奇迹发生的，焉知它就不发生在咱的身上？即便是再给我个六七年的奇迹，那时白发老娘或许已不在人世，最怕的白发人送黑发人的悲剧便不会上演。我与妻子可能修不来同日而死，所以我还是走她头里为好，免得痛苦的担子由我承担。那时妻子、女儿等痛则痛哉，可是假以时日就会医疗好心中伤疤。如此一来，自己了无心事，在望乡台上也不至于一步十回头地肝肠寸断了。五、凄惨悲痛，亦无力回天。干脆就将小命交给老天爷，由他安排，自己再发扬西瓜皮豁着裂的革命加无赖精神，说不定还会赚上一把呢！

以上想法，在脑海中翻来滚去搅作一团，不停地与悲观绝望的情绪贴身肉搏，厮杀作一处。到临近傍晚时，一不怕死，二还是不怕死的精神已完全在头脑中占据了上风。此时的感觉，是浑身通泰、心中澄明、腹中咕咕作响，产生了明显的饥饿感。我一骨碌爬起来，快步走到厨房中去寻好吃的东西。哈哈！我禁不住笑出声来，知道自己在"心态调整"战中已在战略上取得了决定性的胜利。

事情已过去了几年，死神的步子似乎渐行渐远，看来是因公务忙去了别处。想想刚开始心理调整所取得的成果，心中暗暗庆幸，庆幸它在我战胜疾病恢复健康中所起到的至关重要的作用。今日之所以旧事重提，盖希望与我同命相怜者，亦将有感于斯文也。

2012 年 12 月

生当为达士

《聊斋志异》中有一篇《李生》,说"山东商河人李生,好道,村外里余,有兰若(空房子,可供修道者居住静修之用),筑精舍三楹,跌坐其中。王梅屋言,李,其友人,曾至其家,见堂上额书'待死堂'。亦达士也。"

达士,是古人对于心胸豁达之人的称谓,其往往又同拔俗相联使用,意为超脱凡境,不庸俗。《后汉书·仲长统传》说:"至人能变,达士拔俗。"《吕氏春秋·知分》说得更清楚:"达士者,达乎死生之分。达乎死生之分,则利害存亡弗能惑矣。"

人生在世,最大的问题莫过于生与死。小生命一声响亮的啼哭,是个加号,以后诸般舒服或是若干苦楚,在加数的同时又开始减数;众人一阵号啕的痛哭,画了句号,一切的一切在瞬间又统统归于虚无,化作了零。人如参透了生死,特别是拿着死不当回事了,"则利害存亡弗能惑矣。"——其他的一切艰难困苦就都不在话下了,即使不是达士,也八九不离十了。

中国人中视死如归者,有不少。在古人中,我最崇拜晋人陶渊明。他不但诗文写得好,而且不拿当官当回事,也不拿死当回事。他用诗的语言说起人之必死和视死如归,娓娓道来,满是诗情画意,像他的田园诗那样自然和隽永:"三皇大圣人,今复在何处?彭祖爱永年,欲留不得住。老少同一死,贤愚无复数。"既然是这样,那就无须多去费神安排,"甚念伤吾生,正宜委运去。纵浪大化中,不喜亦不惧。应尽便须尽,无复独多虑",最妙的当属最后两句,该完蛋时就得完蛋,用不着多费脑子,用不着惊慌失措。更加别出心裁的是,当他真的觉得时日无多了的时候,还字斟句酌,连推带敲,不慌不忙地为自己写下一篇《自祭文》。在这篇"悼词"中,他把死说成是"将辞逆旅之馆,永归于本宅",意思就是,活在世上是流浪在外,是住旅馆,死了才是回了老屋——

过去是土坟,现在是那个小匣子——平平常常得很,没有什么可怕的。

在今人中,我最佩服的是一个叫陆幼青的年轻人。如果说陶老夫子的"等死"是一首田园诗的话,小陆的"等死"简直就是一曲大风歌,能硬生生地撞击着人们的心灵。他生于1963年,华东师范大学中文系毕业,生病前在上海浦东的一家房地产打拼。大约是1994年,陆幼青发现胃癌但已到了晚期,不得已将胃切除了绝大部分。2000年夏,陆幼青再度发病入院,医生预言他还有100天的生命。陆幼青不愿"默默地、全然静止地"等待死神的召唤,决心"要将死亡的过程袒露出来,让所有癌症病人关注生的意义"。他开始以日记的形式记载这100天的经历、生理和心理变化,并决定上网进行"死亡直播"。说起以分秒逼近的死亡,他从容中甚至带着几分幽默:"我要去与死神约会。这是一张单程车票,只有去,没有回。"他和他的《死亡日记》,在网上被说成"2000年中国民间的特殊事件",震撼了亿万人的心,引起了人们很多的思考。对此,中国心理学权威人士、北京大学教授张吉连说:"陆幼青能'死给人看',我研究了一辈子心理学,还没有看到第二个。""其实,只有真正对死亡有准备的人,才能算真正拥有过人生。"

外国人因为有宗教信仰,所以不怕死的人更多。美国第一任总统华盛顿,开始并没有想去做总统。自打败殖民者,解甲归田躬耕弗农山庄以后,虽然密切注视着美国政治形势的发展,并且亲自参加了具有重大历史意义的费城制宪会议,但实际上并没出山执政的愿望。他在致友人的一封信中写道:"我只求从容地沿着生命之河顺流而下,直至被葬入我祖先的沉寂的宅第。"泰坦尼克号冰海沉船时,许多人死得很绅士。那部影片,看一次叫人激生一次敬意。

陶老夫子、李生、陆幼青,还有华盛顿总统等人,都可以称之为达士。

其实,我们稍加留意就会发现,在自己身边,就有可能隐藏着可以称之为达士的人物。我住的小城中,有一个老干部,正正经经的正地市级,老人家姓刘,为尊者讳,便不说出他的大名。若干年前,他光荣退休后,既没有去企业上做个顾问,赚点外快,也没有怕所谓"掉价"而深居简出。他常常骑个三轮,拉上老伴到处闲玩,有时出入商场,俯就地摊。小城不大,他以前又常上电视，所以认识他的人很多。

"刘主任，忙什么呢？"有人老远向他打招呼。

"呵呵，不忙啥，等死啊！"他脸上很平静，回答得很认真，既不像是说笑话，也不像是诉苦。哈，领导说话就是幽默！于是，"等死"的说法就成了小城人们茶余饭后说了很长时间的闲话。

虽说黄泉路上无老少，但以一般规律而论，毕竟年长些的，离死亡的距离更短些，也就更容易想到死，谈到死。人到行将就木之时，如还对死字闭口不提，甚至对后事一句也不交代，反而叫人觉得他对死亡恐惧莫名，很不达士。所以论起年龄来，李生比刘老爷子更达士，甚至达士得有些发噱头，有些炒作的嫌疑。但后者却是共产党里不小的官儿了，以常理度之，此等人物即使不在台上了，也往往以岸然道貌示之众人，难以放下昔日舞台上摆惯了的架子。可这位刘老爷子不是这样，他下了台，就彻底扒下了戏装，还原成一个普通百姓。以此而论，却又是他达士得更天真、更可爱，水平更高，更让人敬佩。

从生理和心理而论，人本应该是怕死的（其实不只是人，就是动物也怕，狗牛羊等被宰杀前会流泪）。像历代帝王，都想长生不老，即便知道死亡不可抗拒，也想折腾着多苟延残喘几年。平民百姓对死亡的恐惧似乎要小一些，不怕归不怕，但谁也不想早死，不想立马就死。"好死不如赖活着"是民间用来宽慰人最常用的话。生活越好的，烦心事越少的，活着的欲望就更强烈。而且，不但凡人不想死，就是神仙也是。《西游记》里很多妖怪，都是神仙下凡，可他们还是怕不能寿与天齐，都想弄块唐僧肉来啃啃。所以"死"字从作为一个概念，作为一个发音，作为一个文字符号，用来标定人结束生命的特定状态之后，就被视为不祥，很为人忌讳。现在的人，纸醉金迷，故而比古人更怕死。不光死字，就连死字的谐音，也都唯恐避之不及。像"四"或"4"，选电话号、车牌号，都没人愿意使用。人们喜欢说生，不爱说死。就是人完蛋了，除了小百姓说"死了"外，都用别的说法来代替。《礼记·曲礼》："天子死曰崩，诸侯死曰薨，大夫死曰卒，士曰不禄，庶人曰死。"佛道徒之死，说法更多，如"涅槃""圆寂""坐化""羽化""示寂""仙游""登仙""升天""仙逝"等。谁要是仙逝了却直言他"死了",即为大不敬。像上世纪,苏联老大哥联共布的党魁赫鲁晓夫同志,还有"人民公敌"蒋介石先生,他们故去时,《人民日报》都曾刊登过最为简短的消息,题目就是《赫鲁晓夫死了》和《蒋介石死了》。记得当时中国大陆上的人很是兴高采烈,都为这个说他们去世为"死了"的创意拍手叫绝,觉得共产主义的祸害终于完蛋了,真叫人解气,真叫人痛快,真叫人高兴。哈!终于死了,到底死了,早就该死了,死晚了,怎么才死呢?罪该万死呵,怎么只死一回呢?那时,将敌酋从人格上无所不用其极地进行侮辱,会被看作是最革命的行为。这和给人剃阴阳头,脖子上挂破鞋,脸上涂污秽,从内涵上是一致的。这都是礼仪之邦衍生出来的中国人的伟大发明与创造,也应作为国粹保存下来,不可使之湮灭失传的。

拿着死不当回事了,"等死"就是更高层面上的彻悟。所以说李生的等死,是豁达地等死;五柳先生的等死,是文雅地等死;陆幼青的等死,是积极地等死;刘老爷子的等死,是诙谐地等死;华盛顿的等死,是淡定地等死。不论如何地等死,都表现出了一种境界、一种潇洒、一种泰然、一种修行、一种超脱、一种从容、一种诚实,都是达到了达士级别的水准啊!

但是,正如不怕死不是谁都能做到的一样,老老实实地等死,就更难做到。有不少人一边等死,一边在"发挥余热",做些力所及的有益于社会有益于他人的事,这是叫人感佩的,这种积极地等死,是老老实实地等死。还有的人,退出政治舞台后,洁身自好,独善其身,不能给或不想再给社会做什么贡献或是添乱了,这是明智之举,是中庸的等死,这也是老老实实的等死,也叫人领首称是。有些人不安分,拼上那张老脸,利用那点余威,想在那盆溢钵满上再增添些银子,这也情有可原。最可恶的是在等死之年,还在执迷不悟,抱残守缺,翻手为云,覆手为雨,一如先前掌握着大权时的样子,拼命维持着一小撮人的利益不松手,鸡扒狗刨地拽着历史倒车。大概是中国的文化和制度最易培育相应土壤的原因,所以这类人孽根繁衍,历代不绝,这便是老百姓说起来就啐上两口的"临死不留好"之流了。

从进入中年开始,我就越来越多地想到年老和生死。说来也怪,每想到生与死的时候，我就不由自主地想到两首诗歌，并在它们表达的不同氛围中游走。一是席慕蓉《暮歌》中的一段："我也喜欢将暮未暮的人生。在这时候，所有的故事都已成型，而结局尚未来临。我微笑地再作一次回首，寻找那颗曾彷徨凄楚的心。"另一首，是乔羽老爷子的《最美不过夕阳红》："最美不过夕阳红，温馨又从容。夕阳是晚开的花，夕阳是陈年的酒。夕阳是迟到的爱，夕阳是未了的情。有多少情和爱，化作一片夕阳红。"自己是个很性情的人，随着欢乐或是烦恼的不期而至，心情也常有难以控制的变化，但不管如何，它们对于我参悟生死却都有着不小的帮助。人生或是履苦或是享福，或是悲凉欢乐一起来，一言以蔽之，总是潇洒走一回啊。

去年我曾生过一次重病，病中对于先前的生活方式免不了做些回顾，以便总结经验与教训。真是生死相倚，考虑"生"的问题，却往往同"死"纠结到一起。我几次想起王蒙的中篇小说《蝴蝶》。书中有一个无足轻重的小人物，他对于生死的看法，一次次翻腾出来给我以启示。他是主人公的房东，虽不识字，对于死亡却有哲人之见。他说，人是免不了要死的，你要是急急忙忙地干事，就是急急忙忙地去死；你要是慢慢腾腾地干事，就是慢慢腾腾地去死。当时看小说，仅是觉得这个哥们很另类，想法很有趣。但自从看了一篇介绍意大利人生活方式的文章后，我由衷地钦佩起他来。文章说，意大利人现在提倡慢节奏生活，你开车快了，走路快了，吃饭快了，说话快了，甚至如厕快了，都会有志愿者过来好心好意地劝阻你，告诉你慢节奏的生活，于己、于人、于社会、于环保、于后代都是多么地美好，多么地不可或缺。多年前王蒙从中国小山村里就发现了的生活原则，若干年后在欧美人那里得到了印证，可见它放之四海而皆准地正确无比。所以自此始，我给自己增加了一条生活准则，并时时提醒自己不可忘记，这就是：不要急急忙忙地做事，而要慢慢腾腾地"等死"。

杜甫的诗《写怀二首》中说"达士如弦直，小人似钩曲"，他的感怀，似乎是从汉朝童谣"直如弦，死道边；曲如钩，反封侯"点化出来的。人不怕死了，就会达到无欲则刚的境界，就会直如弓弦，说话与办事都会一溜烟地直来直去。在一个难称清明的社会中，这样做自然不会有好果子吃的。这说明人的处世哲学与生死观是密不可分的。我虽然有些直，但还没有达到如弓弦的程度，这与我虽不甚怕死，但也想多活几年是很相吻合的。看来，非弦非钩的我，与真正的达士相比较，水平显然还有待提高啊。

2010 年 7 月 24 日

抑气制怒

小时候看电影《林则徐》，有一镜头留于心中至今不灭，那就是悬之于其私衙书房中的自书匾额：制怒。以后每遇上生气、发怒或欲生气、欲发怒之时，就想起林大人的教导，不由分说地想将那气和怒制约下去。虽然时而有效，时而无效，但对制怒道理理解的深度，却是与年岁同步增长的。

生气、发怒可以乱人心智，使人头脑发热，血压升高，失去冷静，意气用事，在做出错误的判断和决策的同时，损伤自己的身心。

美国科学家通过无数次研究得出结论：人如果生气超过10分钟，就会耗费大量"人体精力"，更可怕的是，生气时体内分泌物的化学成分十分复杂，并具有较强的毒素。他们专门进行了多次试验，将生气时呼出气体的溶液注射到大白鼠体内，几分钟后大白鼠就会蹬腿玩完。此外，据说人生气还有损皮肤的健美，经常发脾气的人，气色容易变深，甚至会发黑。

你瞧，生气会使人无病而病，小病成大病，大病到没命，还会影响到人的外表的漂亮。生气到了很严重的程度并且不加抑制，就会发怒。发怒的影响无疑会更大。真是得不偿失啊！

其实中国古人早就发现了生气、发怒对人之健康的极大不益。医学、养生学谈抑气制怒自不待言，就是军事史上也不乏交战双方以气作为武器克敌制胜的战例。像笔者一生仰慕的诸葛孔明先生，就有着以气毙敌的手段。初出茅庐，他就上演了三气周瑜，为三分天下奠定了坚实的基础。到了老年，先生气人的手段更是达到炉火纯青的无上境界，仅用了不到10分钟的辱骂，就将"老贼"王朗气得跌落马下暴毙而亡。只可惜被他骂死的不是曹操或是孙权，要不然历史或许就会改写，演义的结局说不定就是三国归蜀，在西汉、东汉之后又有个西南汉了。比之于古人，现在的人们的气似乎更多，怒更易发，气坏人、气死人的事，发生得就更多，这在媒体上是屡见不鲜的。

不论是想忆起历史上的旧事，或是遇到时下的新事，我往往会童心大炽，突发奇想：怒气要是能液化、催化、裂化，甚至发生核变就好了，制成气导弹、气炸弹或是气原子弹，打到敌国，爆炸后的威力再让它超过10分钟，使彼国之军民，只能坐在椅子上，躺到床上，甚至住到医院里生闷气而无心无力于防务，那该是叫人多么兴奋的发明啊。中国人要是率先研制出这种武器，先拿出来对着美国人晃晃，保准叫大鼻子服服帖帖了。因为美国人是最不爱生气，最怕生气的。反过来，中国人却不怕他们研制和发射这样的气弹头，因为我们对气的耐受力比他们强得太多，早就形成了免疫力，别说是气原子弹，就是气氢弹也休想奈何我哉。

人是否生气动怒，有多种因素的影响：一是性格脾气，急性子又好较真的人就容易生气，像俺老张家的先祖张飞爷，就是绝对的暴脾气，动辄就火冒三丈，雷霆大发，特别是喝多了酒以后，他就不是他了。老人家的性命虽不是直接被气夺去，而是为范疆、张达所害的，但究其原因，与关二哥死了他大为生气而迁怒于二将有着直接的关系。老爷子好生气是天生的，肯定和血型或是遗传因子什么的有直接关系，即便是想出千般方法加以抑制，也只会使火气上得小些、慢些，下得稍快些，要想一点气不生，是根本办不到的。慢性子的人就不好生气。俗话说三杠子都砸不出一个屁来的人，你想要他生气发怒，是砸五杠子十杠子也是办不到的——这种脾气的人真是令人羡慕。

天生性子急的，不光人类有，动物们也有。小时候学过鲁迅的文章，记得好像是《从百草园到三味书屋》，说有鸟名张飞，性子特急，如被捉了装到笼子里，就胡撞乱跳，活不过夜的。这就是天生的，你怎么给它讲道理也不行，就是天天对它放加强思想修养讲座的光碟也不行，它的暴躁脾气，是从娘胎，也就是从鸟蛋里就带来的。

二是修养。修养当然完全是后天的。一个人，不论他细胞中生气发怒的遗传基因有多丰富，加强修养也会发生质变。信佛的人讲来世，讲报应，遇到吃亏的事，就认定是前生前世作孽欠了人家的，这是还账，何气之有？信佛还讲虚无，菩提本无树，明镜亦非台，耳鼻喉舌身接触的全是虚情幻境，气从何来？基督教也差不多，上帝主张人生下来就应该受苦受难，受点子小气纯粹是小菜一碟，有啥了不起的，哪里还会有怒可发？还有儒教，修养的道道更多，它教人把麻木当作涵养，面对不平而心平，面对不和而气和。你心平了，气和了，世事洞明了，人情练达了，道德修养达到无上境界了，自然会浑浑噩噩，得过且过，百气不生的。

三是生活的环境是否幽雅舒适。外部环境舒适了，心里就舒坦，气自然就少。像张飞鸟，如果不是将人家捉来塞到笼子里，而给它充分的自由，任其啼鸣起落于青山绿树之间，它就不会气得三魂出窍的。科学家做过实验，动物放在充满噪音的空间中，它就会暴躁异常，时间久了，还会得上癌症。如果人们的政治环境、生活环境优良，遇到的烦心事少，身体又舒适，气自然少得多。反之，则很容易作为诱因，使气不打一处来的。

笔者好生气动怒，与刚才说的三点因素都不无关系。

先说性格脾气。我自小脾气急，是天生的。一生为此吃过的亏，可以用不胜枚举来概括，都能连成串，堆成堆了。不是不想改，而是"改也难"。《聊斋志异》中，说某生脾气极坏，动不动就发狂滋事，后来他的狐仙妈妈为他实施手术，从脑后抽出了一根拗筋，他立马浪子回头，变成了人见人夸的好青年。我看后好生眼热，心想要是能有个仙人也给我做个这样的手术就好了，将我脑后的气筋、怒筋，还有好酒筋、好财筋、好斗筋、好妒筋、好色筋、怕死筋、怕苦筋、愚笨筋、健忘筋、懒惰筋以及不求上进筋、私心杂念筋、生病长灾筋等等，一股脑儿通通地连根取出，那样我岂不成了一个十全十美的完人，众人高山仰止的光辉楷模，载于青史，千古流芳。但是，自己心里很清楚，这种想法其实纯是扯淡，因为蒲老先生写的是妖仙狐怪界中事，人世间不可能真的有此剔筋术。要不然，免费给全社会脑后有气筋、怒筋以及不平筋、好事筋、反折腾的人都实施手术，普天之下的人全都变得没气没火、没心没肺的，逆来顺受，任人摆弄，那会少了多少麻烦，精简多少机构，节约多少费用，社会该会多么和谐啊。

52度咏叹调

再说修养。我读过论修养方面的书不多，修养方面的道业甚浅。年轻时学过刘少奇同志的《论共产党员的修养》，可惜到我真成了共产党员时，《论共产党员的修养》已被批成了臭狗屎一般。古来中国人讲修养多是借助孔孟儒学。可惜对于孔孟二老的学说，我是半信半疑的，老是觉得它们精华与糟粕参半，而其精华对于中国的进步并没有起到多大的作用，相反，那糟粕却成了中国前进最大的绊脚石。不说翻遍浩如烟海的儒家典籍，也找不出民主、自由、平等、人权等人性最为需求、最为重要的这几个字眼，而单凭一句"民可使由之，不可使知之"，就弄懂了它裹在最里层的本质、核心和精髓。中国的封建统治者无不尊孔，就是因为儒家学说对他们愚昧百姓，实行独裁统治极为有益。所以，西方的自由、民主、平等观念也有了好几千年历史了，但我们掌权的老祖宗们对它却避之如洪水猛兽。中国一个有思想的作家何满子语重心长地说，中国的传统文化永远不可能催生现代文明。这真是对儒学一语中的高屋建瓴的定论。说到此处，顺便提一句，这些年兴起所谓"国学"热，从史前传说一直发掘到和珅、刘罗锅甚至后宫嫔妃、青楼佳丽等历朝历代的遗老遗少，基本是宣传封建货色，又一次沉渣泛起。为了名与利，一个个摇头晃脑，装出大师的模样，登台招摇显摆，真是叫人作呕。

退一万步说，孔孟即使多是精华，但它是讲入世，讲投身社会，讲为国为民分忧的。如果位卑不敢忘忧国，心怀济世才志，就要先天下之忧而忧，后天下之麻木而麻木。面对乱麻似的国计民生，你却要修炼得没气没火，那只能是南辕而北辙了。

至于释、道之教与洋教，本人也是缺少慧根，门都不得入，谈何修养？所以总的来说，修养的功夫自然是差得很了。

三说环境。如说真话，本人以为自己所临的环境不是好，而是差，不是一般差，而是很差。吾等小人物，对于国计民生的大事难以参言，所以也就闭目塞听，装聋作哑，采取眼不见心不烦脑袋钻沙的鸵鸟办法。但是，生活中的琐事，却是绕不开、躲不掉的。比如你下了公交车却发现口袋被割了；你排队买车票吧，快轮到你了，却连着有壮汉或是女郎挤到了你的前面；你小心地走在马路上,谁知却有飞车驰过,溅你一身脏水,或是一口痰、一团包了垃圾的纸,从半开的车窗里飞出来,差一点就要砸到你的脸上;你明明付的是5斤东西的钞票,回家后一称却只有4斤不到;你去贴着为人民服务标语的窗口办事,本来一次就可以办完的事情,人民的公仆们却非要叫你跑上三趟五趟不可;等等,等等。此等烦心事,几乎是日日遇上。有时摇摇头不生气,有时就难免控制不住情绪,真的生起气甚至发起怒来。

以上说的大多是先前血气方刚时的情况,自年岁渐长,加上近几年身体有恙,就愈加想起林大人"制怒"的意义,有意无意地加以制怒。我采取的办法,简单而有效:玩世不恭加上麻木不仁。我堂兄张龙群,可谓这方面的高人。他有两句口头禅,一是"管他呢",二是"无所谓",保证了凡气不生。有次我在老家,遇上别人和他说起现在太多耕地被占,将会后患无穷。他说:"管他呢,饿不死人,饿死了也没啥,中国人多的是。"别人又说,将来我们子孙后代就要没地种了,这可咋办?他说:"无所谓,无所谓!我连自己活多少年都不知道,我还管得了子孙后代!"每次听到他这样的话,就使我忍俊不禁。自我想方设法抑气制怒以来,他的形象在我脑海里顿时就高大起来,他的话语突然也睿智起来,简直成了伟大的智者哲言,甚至有资格位列诸子百家之林了。从此,应对起某些烦心事来,自己动不动也会蹦出"管他呢"和"无所谓"这两句话来。你别说,它有时候还真的起作用呢。

人如果告别了愚昧、执拗和顽固,想事情、看问题就会迎来柳暗花明。像兰州砸车的阎政平老兄就是一根筋,叫我处理起这类事来,是不会苟同于他的。比如看到有人被闯红灯的车撞了,我会想:反正撞着的我又不认识,管他呢!退一步说,就是认识,又不是我的至亲好友,管他呢!退两步说,兰州有好几百万人,中国有十几亿人,能撞死多少?管他呢!退三步说,就是撞到了我,不就是撞掉根胳膊吗,我还有另一胳膊两条腿呢;就是撞成了肉轱辘我不是还有命吗,管他呢!退四步说,就是撞死了我又有什么,人早晚不是要死嘛,无所谓啊!这么想下去,不但不会生气,反而会觉得自己忽然有些伟大了,立刻会像阿Q一样兴高采烈起来呢。

52度咏叹调

人不生气了，可免不了又来了些苦恼：这样一来，人成了什么？岂不成了没心没肺、没肝没脾、没头没脑，只有口、胃、肠和四肢能正常活动的行尸走肉？这样浑浑噩噩、麻木不仁地活着，就是多活上十年八年，就是活到百岁，就是活得像吃了唐僧肉那样真成了老不死的，那活得又有什么意思？2009年《儒风大家》杂志上，有一篇文章叫《圣人的攻击性》，最后一段是这样写的："在一个难称公正的社会里，面对自己的不公，自己不生气，那是奴才之辈；自己占着便宜，劝他人不计较，不反击，那是奸佞之徒。"我常劝自己不生气，也劝过别人不生气，久而久之，我会不会也成了奴才之辈和奸佞之徒啊？

这抑气制怒的尺度，还真难把握呢！

既然生气发怒不好，抑气制怒又有难处。那就只好取儒家"中庸"之说，最好是少生气，非生不可时，最多生到9分钟多一点就立马将其灭掉，断然不可让它达到10分钟的时间。

但是，即便如此，也还有一个变量不清楚：一小时之内，一天之内，一周之内或是一个月内，生气的次数最多不能超过多少次呢？

美国人研究来研究去，还是留下了一大空白。都说大鼻子做事很认真，依我看，徒有虚名耳。

2010年2月22日

漫话饮酒

中国是造酒的古国，据说在陕西临潼发现的酿酒工具"滤缸"，距今已有八千多年历史了——那还是新石器时代的事。中国还是造酒的大国，光说白酒，占全世界近一半的产量。历史悠久，人口众多，加上国人总爱"整两口"，所以中国应该还是出酒鬼最多的国家。不论是节日还是平时，不论是在城里还是乡下，你会经常看到喝得跟跟跄跄或是横卧街头的醉汉（偶尔也见醉婆）。这里头的佼佼者，人们往往尊称为"酒鬼"。说是尊称，是因为酒鬼在中国人的形象好像还不错，要不然湖南出的最好的酒不会叫"酒鬼"，听说光请黄永玉老先生为这酒设计的商标就得掏上千万元。俺山东人更是以豪饮名闻海内外，孔夫子的老家济宁有一种下酒的小菜，就叫"酒鬼花生米"，我吃过，味道还真不赖呢。中国这么大，其他地方肯定还有以酒鬼命名的什么玩意，可惜不得而知。

喝酒能把人喝成鬼，说明酒真不愧是一样对人有着巨大诱惑力的好东西。我不爱喝茶，也戒了烟，但不戒酒。不是不能戒，而是不想戒。人总得有点爱好，要不然，活着的价值就会大打折扣。我有个朋友，觉得身体不适，去找做大夫的朋友看。大夫朋友问他打牌不？抽烟不？喝酒不？他一一否认。朋友就一本正经地对他说，不要看了，你回去死了算了！看对方惊诧，大夫解释说："你什么爱好都没有，活着啥意思？看啥病？"你看，这足以说明喝酒是生命价值所在的三大重点之一啊！

据说人能否饮酒，和肝脏的排解功能有关。对于乙醇的承受能力，人与人差异甚大。所以酒量大小，一是靠天赋，二是靠锻炼，这和搞艺术同理，天赋不给力，有些人后天再勤奋再努力也白搭。

有人说古代人不论男女都喜欢饮酒，而且酒量奇大。这是种误解，主要

52度咏叹调

是不知道元朝以前都是黄酒、果酒，酒的度数低，充其量也就是十度八度的。如是62度的北京二锅头或是67度的衡水老白干，哪能喝下那么多？武松喝下18碗还能过景阳岗，就是这个道理。要是他喝下的都是如今的二锅头，早已烂醉如泥，就是勉强爬到岗子上，也成了老虎的点心，把功劳让给别的猎户了——那大虫吃了武松，也定是醉倒在松林之中了，有缚鸡之力即可绑个牢靠。

爱喝酒可以使人成名，这是前人早有的定论。李白有诗曰，"古来圣贤皆寂寞，唯有饮者留其名"，古人因饮酒而名垂史册者，数不胜数。传说杜康寿终之时，黄帝伤心不已，认为自此再无美酒可饮。这时恰逢天空中轩辕古星的东南方有星明亮异常，于是他就将之定为酒星，以纪念杜康。殷纣以酒为池，以肉为林，作长夜之饮，留下了亡国之警，虽是遗臭，却也万年。秦汉时项羽摆下鸿门宴，"沛公奉卮酒为寿"为后人所熟知。再往后，《三国演义》中饮酒留下的故事就更多了，什么关云长温酒斩华雄，曹刘青梅煮酒论英雄，张飞饮酒用计诱敌，等等。魏晋南北朝时，由于长期战乱，上层社会中出现很多失意者，崇尚空谈，狂饮无度，不但促进了酒业大兴，也留下了不少因酒滋生的奇闻异事。像竹林七贤，常集于竹林之中肆意酣畅，哪一个不是嗜酒如命？唐宋以降，更是酒文化名人辈出，像李白、杜甫、白居易、刘禹锡、苏东坡等。这些名贤之中，喝起酒来最潇洒的当属李白，他言之凿凿地说："天若不爱酒，酒星不在天。地若不爱酒，地应无酒泉。天地既爱酒，爱酒不愧天。"看，谁要是不爱喝酒，那简直就是逆天行事，违背大自然规律啊。正因喝酒有正确的理论指导，所以他的实践结果最为辉煌，不但将五花马、千金裘都换了美酒，而且"天子呼来不上船"，视功名富贵如浮云。他有时聚众豪饮，有时邀月独酌，光是饮酒，就留下了多少脍炙人口的佳作！正是有此豪气干云的酒仙，才成就了名垂万世的诗仙。可惜我生也晚，如生于斯时，能为他执壶倾浆，当为人生一大快事也。

其实不论男女，好喝酒的毕竟是少数。古人中也有因不好酒而留名的，比如大禹。《战国策》记：昔者，帝女令仪狄作酒而美，进之禹，禹引而甘之，曰："后世必有饮酒而亡国者，遂疏仪狄而绝旨酒。"大禹"引而甘之"，看来还是觉得那味道不错,他的不"好",是理智战胜了欲望,硬生生将那口水咽了下去。现代人中,许世友司令把喝酒作为看人老实不老实、豪爽不豪爽的重要标志之一,桌子中间放个大空碗,不论谁,只要是"干"过的酒杯中再滴出一滴酒来,就得认罚一杯。他身后立一名卫兵,叫作"监酒",不但监视谁耍滑,而且具体执行罚酒任务。他是司令员,谁不得看他眼色行事啊!为喝酒都弄出这架势来了,就说明,对杯中之物避之唯恐不及的,真也为数不少,包括杀人如麻的赳赳武夫们。

在日常生活中,不能饮而强喝的,固然有点"二",但能喝而就是不喝的人,也要多加提防,起码你不可把他作为知心朋友。你想,一来他天赋不低,肝脏排解乙醇的能力不弱,二来又无疾病在身,但在聚会时却对你冷眼直观,不露声色,始终保持清醒头脑,听你酒后吐露真言,看你喝高了在那里失态。这简直太可怕了,就像你在夜中踽踽而行,他却如一条悄无声息的饿狼,在后边紧紧相随,说不准啥时候就蹿将上来,一口扼住你的喉咙!所以,判断一个人是不是可以交朋友,除了看他是不是一个孝子外,再就是要看他喝酒实在不实在。你别看许世友司令没多少文化墨水,莽撞得如同张飞,但就是这一条,还真粗中有细呢。

我说此话,您断不可认为我在主张以酗酒为乐事,相反,我是大力提倡喝酒是必须要讲酒德的。酒德,就是饮酒的道德规范和酒后应有的风度。合度者有德,失态者无德,恶趣者更是失德。酒后借机滋事者,那就真是缺德或丧德了。韩愈有诗《醉赠张秘书》,其中说:"长安众富儿,盘馔罗膻荤。不解文字饮,惟能醉红裙。虽得一饷乐,有如聚飞蚊。"他说这些官二代富二代星二代的纨绔子弟,纵情酒色,单纯追求生理刺激,污染了社会风气,简直就是一群蚊子聚到一处嗡嗡乱叫,可恶而又可厌。真是大诗人,说起这些丑陋不堪的人和事来,也是绘形绘色,入木三分。清代有本《茶余客话》,引陈畿亭的话说:"饮宴若劝人醉,苟非不仁,即是客气,不然,亦俗也。君子饮酒,率真量情;文士儒雅,概有斯致。夫唯市井仆役,以通为恭敬,以虐为慷慨,以大醉为欢乐,士人亦效斯习,必无礼无义不读书者。"他厌恶酒林中那些酗酒狂饮者，认为他们胡搅蛮缠，步步进逼，层层加码，必置客人于醉而后快，完全是把沉溺当豪爽，把低俗当有趣，不仅败坏饮酒这一赏心乐事，整不好会乐极生悲，闹出人命来。

缺失酒德，也属于中国文化传承中的负面影响。现在最叫人不堪忍受的是在酒桌上捉弄他人，出人洋相。我原来上班时，遭遇一领导便是此等样人，他将小人得志后倚势凌人的那副嘴脸，淋漓尽致地发挥到酒桌上，颐指气使，吆五喝六，强行劝酒，恶意灌人，一顿饭下来，最少能损他人半月之寿。明代莫云卿在《酗酒戒》中，说那些强人饮酒者"非良友也"，如遇此辈，他就不顾情面地"敛衽而避，舍席而逃"。看来他非官场中人，有些天真或是迂执，朋友间那样做可以，跑了也就跑了，最多以后喝酒时不带你玩儿也就罢了，但官场上你往哪里跑？你能跑得出"一把手"的手掌心吗？

在三令五申严禁酒驾的当下，还有人对开车赴宴的亲朋好友极力劝酒灌酒，至于酒足饭饱散去之后，亲朋好友和路上行人的死活他全然不当回事，此等人最为可恶，不但不可结交为友，还要在各方面都要处处小心，提防于他。

2007年6月

牡 丹 之 爱

　　牡丹花,别称鼠姑、鹿韭、白茸、木芍药、百雨金,又有洛阳花、富贵花和"花中之王"之称。中国四大名花之一,原产于西部秦岭和大巴山一带山区,现以山东菏泽和河南洛阳栽培最多。为多年生落叶小灌木,生长缓慢,株型小,花头硕大,五彩缤纷,雍容华贵。牡丹不仅有极高的观赏价值,还有相当重要的药用价值。

　　不论是达官贵人,还是乡野草民,差不多都懂得牡丹是富贵之花。
　　说起这事,我与一般人相比,或许了解情况更为多些。因为我既爱好涂涂画画,又开着一个小画店。我的店里,常有老年大学的学员来采购大白云笔和胭脂,去练习花鸟课的重点课程牡丹。不论城里还是乡下人装修房子,也多有人来店里寻找牡丹画匾。再是,山南海北总不断有来走穴淘金的画家,有长发披肩的,有光头铮亮的,全都一副大师的模样,有不少人名片上就印着"×地牡丹王"的头衔。他们的牡丹作品上,画名就直接落款为大富贵、大富大贵、富贵临风、富贵天成、富贵神仙、富贵大吉等等,画幅一展,顿觉金光乱射,蓬荜生辉。
　　上过初中的人都知道,将牡丹称之为"富贵之花"的第一人,是宋朝的周敦颐。而将牡丹一语定性的那篇文章,就叫《爱莲说》。
　　因为文章只有不到120个字,且本文中又需多次提到这篇短文,所以我将它抄录于此:
　　水陆草木之花,可爱者甚蕃。晋陶渊明独爱菊;自李唐来,世人甚爱牡丹;予独爱莲之出淤泥而不染,濯清涟而不妖,中通外直,不蔓不枝,香远益清,亭亭静植，可远观而不可亵玩焉。

予谓菊，花之隐逸者也；牡丹，花之富贵者也；莲，花之君子者也。噫！菊之爱，陶后鲜有闻；莲之爱，同予者何人；牡丹之爱，宜乎众矣。

虽然"水陆草木之花，可爱者甚蕃"，但周老夫子提到的花品，却只有菊、牡丹和莲，而提及菊和牡丹，是为了突出莲花，歌颂莲花。文章中提到牡丹处，共有三句，第二句就是："牡丹，花之富贵者也。"老夫子在轻描淡写间，给牡丹所定"富贵"之性，一锤定音，千古不易。

有的人可能不知周敦颐。此老可不是等闲之辈。他是历史上有名的大儒，北宋著名的哲学家，学术界公认的理学派开山鼻祖。《宋史》中说"两汉而下，儒学几至大坏。千有余载，至宋中叶，周敦颐出于舂陵，乃得圣贤不传之学，作《太极图说》《通书》，推明阴阳五行之理，命于天而性于人者，了若指掌"。老夫子生活的宋中期，虽然经济还算发达，朝廷也有着不错的财政收入，但面对强敌环伺，采取了对内穷兵黩武，对外苟安买和的大政策，钱多用来养兵养官。随着军队过快增长和官僚阶级腐败日甚，阶级矛盾愈加激烈，导致国不再富而民穷，专制王朝根基动摇。而政治、财政上的不良，又使得从君王到臣民，纸醉金迷，追名逐利，道德崩溃，精神颓丧。周敦颐对此不胜痛惜惋惜，遂作《爱莲说》自明心志，兼作劝世醒世之言。以他满腹经纶，又是蓄意而发，自然格调高远，振聋发聩，众口传诵，成就不朽。

周敦颐论及牡丹的第一句，是"自李唐来，世人甚爱牡丹"。这个"甚"字，用得高妙。据史料记载，牡丹作为观赏植物，始自南北朝时期。到北齐时，牡丹已成为画中常见题材。隋时，易州之地开始以牡丹作为贡物。这时的世人，显然已经喜爱牡丹，只不过尚未达到"甚"的地步。到大唐时，牡丹得以大面积栽培，花色品种日见其多，特别是到开元中期，长安已成牡丹花都。唐代诗歌大盛，而咏唱牡丹的佳作数不胜数。给人印象很深的经典之句，如刘禹锡的《赏牡丹》："庭前芍药妖无格，池上芙蓉静少情。唯有牡丹真国色，花开时节动京城。"再如白居易长诗《牡丹芳》中的"花开花落二十日，一城之人皆若狂"。牡丹盛开时节，一说"动京城"，一说"皆若狂"，如不是"甚爱"，能万人空巷,这般如痴如醉地疯狂?

唐王朝的人们,为何喜欢牡丹?有人做过考证,说这与唐人以肥胖为美有关。像集三千宠爱于一身的美人杨贵妃,胖就是她美的本钱之一。而牡丹花头硕大无朋,花瓣重重叠叠,姹紫嫣红,光彩四溢,给人以雍容富丽的肥美感觉,自然就能当仁不让地从百花丛中脱颖而出了。

以肥胖为美,透露出的信息,无疑是嫌贫爱富。因为按常理推之,只有钟鸣鼎食之族,家财丰饶之家,最低最低也得是个殷实之户,才可能吃得既白且胖的。吃了上顿没下顿的穷主,自然饿得像个瘦猴,不可能不是一副穷酸之相。

与唐时全民一致地喜欢肥胖不同,现在的人们,对于肥胖的喜恶,态度就各有不同。依然喜欢肥胖的人,虽然少,但还是有。老家我的一位街坊二奶奶,一辈子眼热胖子,每见我一回,就叫着我的小名,劝我多吃多喝。老人家说,你看上电视的大干部,都是四脸大腮,肚子能顶两人的胖人,你当不了大官,就是太瘦了!有一次,她又在对我进行说教,旁边我一个老弟反驳她说:"好俺的二奶奶呀,您光看到当大官的都是胖人,就以为胖了就能当大官啊?您说反了,人家是当了大官才吃得肥头大耳的!人家吃的东西,别说咱没吃过,没见过,听咱都没听说过!叫您老去吃上半年,您也能吃成大官样的!"当然,现在更多的中国人,是喜欢稍瘦些。而喜欢瘦的原因,据说是瘦了才更健康。但人们越追求健康,胖子却像如雨后春笋般越冒越多。胖了的人,不少人是遗传——主要是消化能力方面的基因传递。人家一家三四代人都胖,20世纪三年困难时期也没瘦多少,不夸张地说,就是喝凉水也长肉。但另外也有不少胖子,确实是高蛋白、高脂肪吃出来的。现下高档酒楼鳞次栉比,里边摆的多是"公家饭",公家的酒饭吃起来不好掌握分寸,饕餮大嘴张开,从珍稀动物一直吃到胎儿、人奶,一不小心就会吃得过饱而肥胖。那天从减肥网上,见有人搞恶作剧,说他有减肥妙方,说谁想瘦下来,既不用吃药,也不需锻炼,办法就是去大西北、大西南的高原或是密林之中,发扬以前我党与人民群众同吃同住同劳动的光荣传统,最多一年半载的,就保证不会为减肥困难而愁眉苦脸了。结果下边跟帖的,大约都是胖同胞们,一个接一个地开骂起来。

李唐之后，人们对胖瘦何以为美的观点，摇来摆去，但对牡丹之喜爱和对富贵之追求，却是变本加厉地持之以恒。晚着周敦颐大约只有一个甲子的大画家李唐，在北宋灭亡后落魄临安，后来成为南宋四大家之首。他画山水，山石用大斧劈皴，极尽苍劲雄浑之气，但老百姓并不喜欢，所以他作诗叹曰："云里江村雨里滩，看之容易作之难。早知不入时人眼，多买胭脂画牡丹。"再往后，明代的徐渭，一生落魄潦倒，但也喜绘富贵之花。代表之作，就有一幅墨牡丹。至于近现代的大画家任伯年、吴昌硕、齐白石等，他们的牡丹更是家喻户晓，被众人追捧。而从宋至今，对富贵的向往，更是赤裸裸无掩饰。自宋到清的所有农民起义，不论从口号还是从行动上，劫富济贫方式的均贫富，一直是这个运动的主流。到了中国共产党领导的革命运动，更是以剥夺剥夺者，建立共同富裕的社会为号召。毛主席在《湖南农民运动考察报告》中提到"痞子"运动，说贫苦农民打破了过去贫富的旧格局，"土豪劣绅的小姐少奶奶的牙床上，也可以踏上去滚一滚"，最形象地反映了大众对富贵生活的渴望。再后来的解放战争中，我们搞了土改运动。靠这一招，就叫数百万计的农民子弟头也不回地走上打老蒋的前线，将万里江山一举拿下并享受至今。

　　中国人对待贫富态度唯有的一次大变化，一次180度的大转弯，是夺取江山之后的几十年间，中国人从思维上忽然同古人们拧起劲来，同常理拧起劲来，同全人类拧起劲来。贫穷成了香饽饽，富有成了臭狗屎。穷成了光荣的同义语，富成了众人啃咬撕扯剔解的目标。三辈子穷光蛋、五辈子靠要饭成了炫耀自己和凌驾于他人头上的资本，宁要社会主义的草，也不要资本主义的苗，成了冠冕堂皇的口号。没有那段亲身经历的年轻人，或许不会相信这是真的。这不是疯了吗？哈，人没怎么疯，是那个年代有些犯神经。逆历史潮流而动了几十年，使中国人从物质到精神都付出了极其惨痛的代价。要不是邓小平，占世界人口五分之一的中国人，还高喊着解放三分之二人类的口号，在穷坑苦坑里扑腾呢。

　　人不追求富有，国家不追求繁荣，社会就会停滞不前。这是任何政权力量和道德说教都难以改变的。所以说，周大儒或许是在认识上陷入了一个小误区，这就是对人们追求富贵的过度否定。说话与做事，都不能"绝"，"绝则错"，这是一个大人物曾说过的，而这句话，是很有些哲理的。所以，如果从穷光荣再次走向另一个极端，以一绝代替另一绝——以富贵为唯一奋斗目标，则社会道德的底线就会沉沦，信仰的山体就会滑坡，搞不好会出现势不可挡的泥石流，泥石流憋住了，还会出现悬之于众人头上的堰塞湖。堰塞湖要是迟迟疏挖不开，就不大好了。

想到这一点，我又钦佩起周老夫子来。

在《爱莲说》中，周老夫子说："牡丹之爱，宜乎众矣。"——喜欢牡丹的人，应该很多吧？这话是中肯的，应该很多，就不是全部，就是说还有不少人还是要另当别论的。不说别的，就说那时的士人阶层，有道德和信仰可守，并真心守之的，还是大有人在的。像写下"先天下之忧而忧，后天下之乐而乐"的范仲淹，就被人赞为"大忠伟节，充塞宇宙，照耀日月。前不愧于古人，后可师于来者。"对其仰慕并追随者，也大有人在。正因如此，比他晚了一代人的周敦颐，一旦咏吟出《爱莲说》，立刻在读书人中引起强烈反响。自此之后，牡丹作为富贵之花也就定了性质，再难入隐者高士、仁人君子的法眼，其品第越来越低，再不能与唐朝时的风光同日而语。这种情况，全不似当下的知识分子阶层，抽掉了支撑身板和灵魂的那根脊梁骨，向上沉潋于权贵，向下睥睨于草民，向前窥觑于名利，与众人无异，甚至更过之而无不及了。我们知道，在中国，不论啥朝代，知识分子始终是人民大众的榜样，是思想意识的前行者，在行为方式上，是引领大众的。这是因为，他们总是比普通人多识几个字，长衫大褂的穿着更为体面。如果这部分人，还有这部分人中出来的做官者，都泯然于众人了，整个这个大人群，就会成了没了灵魂没了主心骨的乱撞乱碰的一群苍蝇。这样形成的局面往往会是，不论职业，不论地位，不论年龄，不论性别，不论山南海北、高矮胖瘦，全都在一门心思向钱看，而将其他的都视作儿戏。这叫人很是失望和悲哀：一个钻到钱眼里的民族，是不可能有大出息的，而人人朝钱看的结果，换来的只能是官僚作风充斥衙门，地沟油染色馒头果腹充饥，阴霾毒雾弥漫天空，见到路人被撞大家都绕步而行，与外邦发生龃龉先上街烧砸自己人的物件。

"噫！菊之爱，陶后鲜有闻；莲之爱，同予者何人；牡丹之爱，宜乎众矣。"《爱莲说》中，周老夫子最后发出的这句仰天长叹，今日读来，令人如闻其声，如睹其面，然而其声之苍凉，其面之怅然，又叫人不忍听之，不愿睹之啊。

2010 年 7 月 14 日

洼 老 鸹

"洼老鸹，尾巴长，娶了媳妇忘了娘。把娘背到山沟里，把媳妇抱到炕头上。擀白饼，打茶汤，媳妇媳妇你先尝，我上山沟背咱娘。咱娘变了个屎壳郎，啪地堕到了狗屎上！"

在我们这里，上岁数的人差不多都会唱这首歌谣，它的名字就叫《洼老鸹》。

我猜想，在鲁北，在山东，在北方甚至在整个中国，只要是讲汉语的地方，可能都会有人传唱它。不知历史学家或者文学史家考证过没有，这首歌谣，是不是在结绳记事、茹毛饮血的蛮荒年代，就有了它的口口相传。我认为应该是的。我们的先人们，在含辛茹苦抚育自己后代的同时，会以讽咏的形式，通过歌之咏之，来劝喻后世子孙，一定要让把他们带到人世间的父母颐养天年。

有点可惜的是，从我们这代人往下，咏唱这首歌谣的人已越来越少，可能再过一代两代，它就只能存在于什么非物质文化遗产的典籍之中了，而人脑的记忆中，就没了它的信息储存。每当想到这里，我的心中就感到迷茫和怅惘。

在奶奶怀里学会的这首歌谣，困惑了我的整个少年时。我的小脑瓜中，如同动画片般一次次闪现过那一句句歌词展现的画面，它使我稚嫩的心，一次次抽紧：老鸹孩长大了还与它的母亲居于一巢吗？当它把新媳妇领进窝里后，真的要把它老妈妈逐出巢外吗？它老妈妈真就只能老死在了山沟里了吗？

再大些时，我听到了小老鸹反哺年迈双亲的传说，说它们宁可自己饿着肚子，也要风里来雨里去地觅食，觅到食物后先去孝敬自己的爹和妈。因为，它们的爹妈都已经老得飞不动了，只能在巢中伸出秃得没了毛的脖子，像小雏鸟一样张开嘴巴，等着儿女们一点点地往里送食吃。这使我的心由悲转喜：那首歌谣或许是假的，老鸹孩看来并没有抛弃它的爹和娘。

那么，洼老鸹到底是孝敬的还是忤逆的？哪个说法是真，哪个说法为假？到年龄大了，自己也有了孩子，每当在野外看到那起落穿行于林丛树梢间，忽高忽低，有一声没一声地发出那种"呱呱"叫声的黑色飞禽时，我就想，一个人的孝敬与否，是他的天性，还是后天教育的结果，抑或是两者兼而有之？

直到写这篇短文，我查了有关的资料，方才解开大半生的疑惑。原来，不论是说老鸹反哺还是将老母亲逐出巢外，都是不足信的。说其反哺，那是古人缺乏对老鸹生态的细致观察造成的误会。世界上所有的鸟类都不会养老，快要出飞的小老鸹羽毛蓬松，看起来比羽毛很紧的成年老鸹更大，所以有人错把巢中幼鸟当作了老鸟，同时又误以为，为它叼食而来的就是它的孩子。至于说老鸹将老鸟逐出巢外，背去了山沟里，也同样不过是人们对幼鸟被老鸟赶出去经风雨见世面而产生的误解而已。

我隐隐觉得有些遗憾，便将这一发现，从电话里郑重其事地告诉了一个朋友。朋友当时听后未置可否，但第二天却专为此事打电话给我，同样郑重其事地告诉我：“我认真想过，我们宁可相信小老鸹的反哺是真实的！”朋友的话，使我心头一震。

我的这位朋友，饱读诗书，事亲至孝。

孝和孝道，应该始终伴随人类产生与灭亡的全过程。

死亡、战争、爱情，这是西方人所说的文学三大永恒主题，其中孝和孝道，显然属于爱的范畴。这种爱，可能不像男女之爱那般色彩斑斓，那样罗曼蒂克，但却更为质朴天然，更为深厚沉重，更为惊天地，泣鬼神。

中国似乎是最崇尚孝和孝道的国家。中华民族文化有序传承的血脉中，"孝"无疑是最重要的内容之一。儒家的书中，说到孝的很多，像《论语》中的"弟子入则孝，出则悌"，在过去一直作为读书人的座右铭。孔老夫子自己无疑就是孝的典范，否则不可以为圣。二十四孝图中，孔圣人的弟子就有三人，这就是啮指痛心的曾参，百里负米的仲由（子路）和芦衣顺母的闵损（子骞）。

孝的提倡，离不开统治者。首领和皇族中，讲孝的大有人在，二十四孝故事之首，就是讲的舜这位远古帝王。据说他的父亲瞽叟及继母，还有异母弟弟象，多次想合起伙来害死他，而他却毫不记恨，仍对父亲恭顺，对弟弟慈爱。他的孝行感动了天帝，所以他在历山耕种时，大象替他耕地，百鸟为他锄草，帝尧还把两个女儿娥皇、女英一起都嫁给了他。汉文帝刘恒也以仁孝之名闻于天下。他侍奉母亲薄太后从不懈怠。老娘亲卧病三年，他常常目不交睫，衣不解带，母亲所服的汤药，都得他亲口尝过后才放心让母亲服用。他在位24年，重德治，兴礼仪，注意发展农业，使西汉社会稳定，人丁兴旺，经济得到恢复和发展，他与汉景帝的统治时期被誉为"文景之治"。

自汉始，历代统治者更是无不大倡以孝治天下。只所以这么做，说穿了，主要还是因为中国缺乏的其实恰好是孝和孝道。强调什么则说明缺少了什么——这不只是现在的逻辑。而且，强调孝是为了强调忠，孝敬爹娘重要，忠于当权者更重要。孝与否，主要是感情；忠与否，主要是政治。感情和政治的融会叠加，在中国的"国学"和统治者的权术中，达到了完美的统一。皇族中真心尽孝的人不少，孝光挂于口头而实则不孝的，更是大有人在。大家都知道的典故"熊掌难熟"，说的就是春秋时期逼死亲爹楚成王的商臣（楚穆王）父子间的事。后来的隋炀帝不但弑父，而且淫母。李世民是作为好皇帝的榜样而载著史册的，可他对老爸李渊是怎么回事世人也都心知肚明。这叫我们进一步明白，中国历史上的当政者讲孝或做出不孝，都是权势的利益使然。目的和手段阴暗龌龊，还要讲得冠冕堂皇，一脉相承，大致如此。

但是，讲反哺总比诱导着把老娘抱到山沟里要好得多。像十年浩劫时期，为了"革命"，为了"忠于"，什么亲情伦理都可以被踩躏，儿女与爹娘划清界限成了革命的手段，反戈一击成了进步的砝码，什么爹亲娘亲不如某个领袖人物亲，在这种前人说不出后人道不来的说教中，人们被灌输的是为了"主义"就可以灭人伦、毁亲情的理念，孝与孝道的传统成了子孙后代调侃耍笑的垃圾。作此俑者，会三辈子坠入十八层地狱难得提升的。

写到这里，不知为什么，我脑海中忽然生成了一幅小老鸹把爹娘抱到了炕头上敬白饼奉热汤的画面，而且这张画面越来越根深蒂固，越来越生动鲜活。大自然中的真相究竟如何，那是它的事，我管不了，也不想管，但我的心中是怎样的情景，这是我自己的事，别人管不了，老天也管不了。我有信奉美好事物的权利和自由，我宁愿心中永远保留一个美丽动人的场景，使我得到长久和足够的温馨，使我受到时时的提醒与教诲。

最近几年，有些地方以尽孝与否列入选拔和升黜官员的条件。我看了觉得很欣慰。不管这个做法是不是含有作秀的成分，也不论它能在多大程度上冲淡官场中结党营私和买官跑官而搅起来的污泥浊水，但有了这个说法，总比对官员们连尽孝的要求都不想提出，只讲空洞的"为人民服务"要好上一百倍。试想，一个连生身父母都不屑"服务"的人，怎么指望他服务于人民？再说了，所谓"人民"，又在哪里？往大处说，作为一个国家，如果连子民的行孝都训练不出来，就别奢谈什么自立于世界民族之林，什么民族复兴大业。往小处说，作为一个家庭和个人，连孝都做不到，就别到社会上人模狗样地招摇。西方人有句格言，说我不看你怎么样对待我，我只看你怎么样对待别人。这是至理名言，我给引申一下：我不看你怎么对待别人，我就看你怎么对待自己的爹娘。你想，一个将给了他生命和深爱的父母都不拿着当回事的人，即便是披了张人皮，甚至那张皮还可能油光鲜亮，腹腔里跳动着的却十有八九是颗狼心。那一张咧开了的、油滚滚巧舌如簧的嘴里，送出来的话是真是假你敢相信？这样的人，你敢和他深交？如果你和他是至交好友，整日里打得火热，那你又是啥东西？

我劝大家都相信，小洼老鸹真是不辞辛劳打食来喂养它已无力觅食了的爹娘。我希望人人都懂得，洼老鸹能做到的，人更应该做到。即便它做不到，人也该做得到。这是因为洼老鸹不读书，不看报，不看文件，不开会，不在组织，它的脑细胞远没有咱们"人"这种动物的脑细胞发达。而且，它们不懂不孝顺了会遭到报应。退一步说，别人家里做不到的，自己家可以做得到。上一代做不到的，你可以从自己这代开始做。兄弟姐妹中，其他人做不到的，你自己能做到就行。媳妇做不到的，当儿子的却一定要去做——这是最后的底线了，别的可以让步，孝敬爹娘这个步不能让。再退一步，老老鸹就只配享受被扔到山沟里的待遇了。

宗教都有轮回和报应的说教，民间也有这种说法。我们老家还有一首顺口溜《我儿孙》，听来显然是未受到善待的父辈的口气："隔窗看见我儿孙，我儿抱着他儿亲。等到我孙如儿大，也将他爹气断筋。"所以，大老鸹怎么样对待老老鸹，小老鸹将来就会怎么对待大老鸹的，我相信。

放 下

人生天地间，

放下何其难。

方挂槐安印，

复追绿珠缘。

洞宾招欲渡，

天子呼下船。

几人陶夫子，

醉卧桃花源？

这是我作的一首小诗（未计平仄），所抒发的，就是有关"放下"的感慨。近些年来，不论是街谈巷议还是媒介平台，都多出来一个话题，就是如何保健养生，益寿延年。与此命题相关的，有一个很重要的分命题，就是"放下"，而与"放下"有关的，就有那个大家耳熟能详的富翁与樵夫的故事：

富翁很有钱，怕人偷，怕人抢，怕人借，整天提心吊胆，活得很是忐忑。他背着许多钱财，寻找幸福，然而翻越万水千山，还是没有达到目的。就在沮丧万分，坐在路边唉声叹气时，他遇到了一位背着木柴从山上走下来的樵夫。富翁拦住樵夫问道："你知道幸福在哪里吗？我找了好久，可就是找不到它！"樵夫随即将肩上的木柴往地上一扔，说道："看到了吗？这就是幸福啊，幸福就是放下！"富翁茅塞顿开，从此帮贫济富，好善乐施，广结善缘，生意也因此更加红火。他生活到了幸福之中。

这个故事，不断有人向我提及。虽然我早知道它，而且我也给别人讲过多次，但当亲友们一次次向我提到它的时候，我还是饶有兴致地认真聆听，并心生感激之情。我明白,给我讲这个故事,是因为他们对我心怀关切。他们了解我,知我凡心太炽,俗心过重,气量不够宽阔,不大懂得"放下",很需要在"放下"这方面下功夫补课。

忠告屡屡起到作用。我多次以不擅长的擘窠大字,手书"放下",置之书房、寝室、餐厅,以之为座右铭。开始,它们总给我耳提面命般的警示,但后来终于成为了熟视无睹。所以我常常从内心里,对于自己的没有记性或是没有长性,忿忿地加以自责,以致我还有了一条带有哲理性的发现:人,起码像我这一类的人,就是好了伤疤忘了疼的动物。

时光须臾,在我手术后三年半的时候,身体忽感出现了一段时间的异常。我原以为自己已过了生死关,其实不然。我有点紧张。所幸经过检查,发现是虚惊一场。这使我又一次想起友人们要我"放下"的告诫,并且用以前未曾有过的认真态度,来梳理60多年来特别是罹病后的为人处世、日常起居和心路历程,看一看,是不是有不少该放下而没有放下的事与情。

这次盘点,我真是感慨良多。

有些该放下的,我似乎是真的放下了。

譬如我经营的画廊的盈亏情况,我已不太关心。我所以差不多每日到此,是因为这里有我喜欢的书画、名砚、奇石,还有作画时弥漫于室内的墨香与燃香的交混。很投入时,我甚至会对进店购物的客人说,我的右首或是左首的店里,货色更全,更物美价廉,这使他们对我将钱财拒于门外的行为感到费解。有时,我还将大门交于铁将军把守,然后背起渔具跑去河边湖岸。譬如美酒豪饮,作为一大乐趣,曾伴随我大半生,但现在对它我已是敬而远之,任鼻翕吸气,口舌流津。譬如电视剧,或是发生在地球背面的奥运会和世界杯转播,不论情节多么跌宕,过程多么精彩,最晚到了夜里11点,我也会坚决地按下开关。还譬如,我一生热心助人,过去有人寻求我的帮助时,有八分力我恨不能出到十分,但现在我却常常借词加以推托。这是因为,有许多事我已力不从心,只要沾上手,我会耗费大量精力,而这的确为身体状况所不许。等等。

但是,是不是该放下的,我都放下了?

好像并不尽然。

譬如，我坐在画案前，本意是修养性情，但我却不时为一支竹一叶兰没有画好而心生懊恼。譬如，我到湖畔水边本该是与煦阳清风相会，但我却常常为半日里鱼漂纹丝不动而怅然不乐。譬如，有人求我帮忙办事，我拒绝之后并不是每次都心安理得，有时过了一两天之后，还会将电话打回去，询根问果。再譬如，当我遭遇一个人，他会因我已对他毫无用处而明显变化了口气和眼神时，我会敏感。这表明我对世态炎凉还做不到心如止水，还放不下中国人甚为重视的看不见摸不着的所谓"面子"。

但是，也有些事情，是不该放下的，我却正在放下。

这个社会，有很多的不公正，很多的不诚信，很多的不美好，很多的不尽人意。我曾经彷徨，曾经不平，曾经生气，也曾经倾诉过宣泄过自己的不满，尽管那算不上呐喊，充其量不过是发些街谈巷议（有人说那是发牢骚，其实那并非"牢骚"）。我知道，如果人人都不生气、不言语、不抗争，那么有些人就会更加肆无忌惮地为所欲为，更多的人就会距离本可触摸到的权利更加遥远，这个民族会更愚昧更懦弱，会失去更多的民主和活力。星星之火，未必可以燎原，但起码会引起更多人对那点光亮的注意。其实，我也算是个既得利益者，而那些对现实最满意最感恩戴德的人，恰恰生活于社会最底层。他们将放不下的未来置于一个满是破洞的网上，满怀期望地让谎言和虚假给予支撑。我为他们鸣不平，他们却以我的话为忤逆，并以《新闻联播》上的故事加以反驳。近来，我发现自己正在变化，那点少得可怜的忧国忧民之情，正在悄悄地放下。彷徨不再，它已转化成无奈；激愤不再，它已渐变成麻木；怜悯不再，它正在切换为冷漠。打扫掉身上和心中过多的火气，不再年轻的我，正在学习淡然，学习中庸，正在躲进城府，成就一统。龙应台说："有几流的民众，就有几流的政府。"

也可以说，是几流的民众，就配享受几流的待遇。中国有十三四亿人，不论是明白还是糊涂，也不差我一个。前不久，四川什邡市民众，因对抗当地强上超大型污染项目而上街游行，中学生们打出标语说"我们不怕牺牲——我们是90后！"可是，我怕牺牲。我身体有恙，且已面对夕阳。有70后、80后、

90后，还有以后的00后，他们是七八点、十来点和正在头顶的太阳，叫他们去发光发热吧，因为中国的未来，属于他们。

可是，我，以及和我抱有同样心绪的人们的"放下"，会真的那么心安理得吗？

我看到了不少修养层次比我高的人，他们放下了功名利禄，放下了尘埃凡事，甚至放下了恩义亲情。他们将更多的精力放到了延长生命上，做健身操，练太极拳，今日听这个大师讲课，明日抢购那种保健品。是的，他们真的将很多东西放下了，但在将那些零碎儿一点点抛弃的时候，他们却又打裹起一个更大的包袱，扛到肩头。这个包袱，就是对延长生命的极度渴望和对死亡的恐惧莫名。一个年近古稀的朋友开始了天天跑步，碰到我后，自我解嘲地笑笑说："年龄大了，所谓锻炼，就是垂死挣扎！"

他们是放下了，还是没有放下？

如果我们说，只有连健康和生命都不在乎的人，才是真正的放下，不知对也不对？

有一句禅语，说心是个口袋，什么都不装时叫心灵，装一点时叫心眼，装多了叫心计，装更多时叫心机，装满了就叫心事。我们常常执着于眼前的功利，执着于生活的琐事，执着于无果的爱情，迷失了自己，不堪重负。其实，放下越多，得到就越多；会放下的人，才真正懂得生活，才能活得更洒脱。可是，这些话说说简单，真要做起来，又谈何容易。茫茫人海中，没有心眼、心计、心机、心事，只有"心灵"的人，又能有几个？

我想起了李叔同，也就是后来的弘一法师。

38岁时，博学多才，人生经历绚丽至极的李叔同，突然剃度出家，从此青灯长卷，度此余生。他苦心向佛，精研律学，弘扬佛法，为世人留下了咀嚼不尽的精神财富，被佛门弟子奉为律宗第十一代世祖。对于凡世，他割舍得几近决绝。

据载：听说他出家，与他情笃义深的日籍夫人福基漂洋过海来寻找。在杭州找了三天，终于在西湖边找到了他。那天，由杨白民夫人、黄炎培夫人陪同，在岳庙前的素食店共餐。席间，三女子有问，李叔同才答。一席之中，他低眉垂目，既不发言，也不看人。饭毕，李叔同雇船离开，三人到岸边送行，但见一桨一船荡向湖心，直到消失在湖云深处。自始而终，李叔同都不回头一顾，杨、黄二夫人黯然神伤，福基更是失声恸哭。

62岁时弘一沉疴不起，自知大限将至，吩咐弟子说："我命终前请在帐外念佛，但亦不必多念。命终后勿动我体，锁门八小时。八小时后，不必擦体洗面，随身衣被裹了，送往后山坳中即可。历三日有虎食最好，虎不来则就地焚化。化后再布告周围，万不可早通知。"

但是，李叔同成为弘一之后，也没有全然忘却凡尘。他依旧爱这个民族，爱这块土地上的芸芸众生。他留有抵制洋货的佳话，抗日战争期间，还写了不少具有爱国思想的对偈送人，其中著名的一句就是"救国不忘念佛，念佛不忘救国"。

如此超凡脱俗者，也有放不下的牵挂。我辈俗子凡夫，又能放下多少？又该放下多少呢？

正如本文开头，以"放下"的大智慧，启示了富翁的那个樵夫，又当如何？

柴扉前有无老娘倚望？破席上有无病妻呻吟？冷灶前有无幼子号啼？贫寒窘困的一家老小，肯定在望眼欲穿地盼着他，还有他肩上的柴换来的吃穿用度之物。

想到这些，就是放下了，他是不是还要赶紧拾将起来呢？

2012年11月5日

拈花微笑 癸巳歲次王兆智敬造佛像一軀

后　记

　　前几年,博客大兴。我也一时手痒,建了博客,并随兴写些"博文"传将上去。未承想这竟引起了一些与我水平相仿或是见解相近的"博友"的青睐。他们在对我的文章说长道短的同时,还不断地催我再写,快写。盛情难却带来的疲于应付,很快成了负担,使我产生了以前人在仕途写遵命文章时特有的感觉,只得不大礼貌地悄没声息地从博客上蒸发掉了自己。到后来数了数,小文章竟然有了二三十篇,这又让我产生了结集的冲动,便断断续续地再写来存到电脑里,终于到了可以敷衍成册的数量。

　　去年夏天,我从这些文章中选编结集,并定名《乱炖集》。书在一个小工厂中印刷了几百本,外观有些粗糙自不待言,内里错谬之处亦不少见。书绝大多数被分送亲朋好友之后,我也有了如释重负般的感觉。谁知随后的事情有些出乎意料,不少朋友、熟人或来面晤,或来电话、短信,或来书信,诉说读后的感受。这些人中,也有若干热心者鼓动我将书正式出版。说的人多了,最终成为了我将书出版的最大动力。

现在呈献于读者们面前的《52度咏叹调》，与《乱炖集》的不同，一是删除了十几篇随笔、杂感和小诗，增补了数量相当的散文，二是对收入集中的稿子，都尽量做了一些文字的修订与润色。

在印制和出版这两本书的过程中，我始终得到了朋友们的关心、鼓励与帮助。为了《乱炖集》的印制，我的同学、山东金宇集团董事长延金芬先生给了我鼎力相助。为本书的出版，我的好王兆智先生废寝忘食创作了精美的插图，使集子大为增色。本子付印之前，不少朋友还向我提出了具体而中肯的修改意见。书稿送交出版社之后，很多朋友不断催问进度，表达希望早日看到新书的心情。这些关心、鼓励与帮助，打消了我屡屡滋生的倦怠之意，三贾余勇，终于将愿望变作了现实。每念及此，总有一股温情暖意从心底油然而生。借此机会，诚挚地向这些朋友们表达我由衷的谢意，发自内心地说一声：亲爱的朋友们，我是永远不会忘记你们的！

2013年7月16日